Joachim Fernau wurde am 11. September 1909 in Bromberg geboren, ging in Hirschberg (Riesengebirge) zur Schule und studierte nach dem Abitur in Berlin. Hier schrieb er als Journalist für Ullstein, bis er 1939 zur Wehrmacht eingezogen wurde. Seit 1952 lebt er als freier Schriftsteller in München und in der Toscana.
Fernau, der temperamentvolle Konservative, hat über zwanzig Bücher geschrieben – die meisten haben über 200 000, manche über eine Million Auflage. Es sind vor allem seine Werke zur Geschichte und Zeitgeschichte, die stets heftiges Für und Wider auslösen und für ebenso viel Jubel bei den Lesern wir für Ärgernis bei den Kritikern sorgen.
Fernau über sich: »Man nennt mich (richtiger: schimpft mich) konservativ. Das stimmt, wenn man darunter einen Mann versteht, dem das Bewahren des Vernünftigen und Guten im Geistigen ebenso wie im Alltäglichen wichtiger ist als das Ändern um des Änderns und das Verwerfen um des ›Fortschritts‹ willen und der nicht um jeden Preis ›in‹ sein will, wie man heute zu sagen pflegt. In allen Büchern habe ich mich bemüht, wahrhaftig und unabhängig im Denken zu sein...«

Außer dem vorliegenden Band sind von Joachim Fernau als
Goldmann-Taschenbücher erschienen:

Rosen für Apoll. Die Geschichte der Griechen (3679)
Caesar läßt grüßen. Die Geschichte der Römer (3831)
»Deutschland, Deutschland über alles...«
Von Anfang bis Ende (3681)
Sprechen wir über Preußen.
Die Geschichte der armen Leute (6498)
Die Genies der Deutschen (3828)
Halleluja. Die Geschichte der USA (3849)
»Guten Abend, Herr Fernau«.
Ich sprach mit Aristides, Friedrich Nietzsche, Xanthippe,
dem Müller von Sanssouci, Andreas Hofer, Agnes Bernauer,
Kaiser Heinrich IV., Campanella, Rudolf Steiner (8517)
Wie es euch gefällt. Eine lächelnde Stilkunde (6640)
Und sie schämeten sich nicht. Ein Zweitausendjahr-Bericht (3867)
Die Gretchenfrage. Variationen über ein Thema von Goethe (6306)
War es schön in Marienbad. Goethes letzte Liebe (6703)
Komm nach Wien, ich zeig' dir was.
Zweitausend Jahre Wiener Mädl (6383)
Ernst & Schabernack. Besinnliches und Aggressives (6722)
Mein dummes Herz. Lyrik (6480)

Joachim Fernau
Disteln für Hagen

Bestandsaufnahme der
deutschen Seele

GOLDMANN VERLAG

Ungekürzte Ausgabe

Made in Germany · 9. Auflage · 8/87
Genehmigte Taschenbuchausgabe
© 1966 F. A. Herbig Verlagsbuchhandlung, München/Berlin
Umschlagentwurf: Atelier Adolf & Angelika Bachmann, München
Umschlagfoto: Manfred Schmatz, München
Druck: Elsnerdruck, Berlin
Verlagsnummer: 3680
MV · Herstellung: Lothar Hofmann/Voi
ISBN 3-442-03680-1

RONDO

*Die Fernaus, Hugenotten des 16. Jahrhunderts, stammen aus Mégèvette in Hochsavoyen, dem alten Bourgogne, wo einst, 437 n. Chr., der römische Statthalter Aetius den Burgundern die letzte Heimat angewiesen hatte. Wenige Jahre zuvor, als noch Worms ihr blühender Königssitz gewesen war, hatte derselbe Aetius die Hunnen auf sie losgelassen. Die Schlacht in den Nebeln der Rheinebene bereitete damals dem Reich der Burgunder, den »Nibelungen« der Sage, und ihren Königen Gunther, Gernot und Giselher den Untergang. So endete die lange Wanderung dieses Volkes, zu der es einst aus den Brahe- und Weichselniederungen aufgebrochen war.
Zwischen Brahe und Weichsel kamen die Fernaus wieder an, als sie 1572 aus Haute Savoye als Hugenotten flohen. In Bromberg bin ich, Joachim Fernau, geboren.
1919 mußten wir abermals westwärts wandern und kamen nach Worms. Anderthalb tausend Jahre nach dem römischen Statthalter schließlich bereitete ein neuer*

Aetius dem hybriden Reich den Untergang. Jetzt warte ich auf die Bartholomäusnacht.
Bin ich nicht ganz und gar ein Deutscher, einer von euch, meine Brüder? Sagt mir: Wann ist das ewige Nibelungenlied, das im Original »Der Nibelungen Not« heißt, zu Ende?

DIE NIBELUNGEN

Der Held kommt immer über die Ebene.
Riesen wohnen in den Bergen, Giganten hausen zwischen Felsen, Pan streift durch die Haine der Hügel, der Held aber kommt über die Ebene. Unsere Liebe zum Meer, unsere Liebe zum Gebirge stammt aus späteren Zeiten und aus dem Wissen. Das Herz aber, wenn es weit zurück in die Vergangenheit auf Wanderschaft geht, kehrt aus allen Bergen und von allen Meeren am Ende heim in die Weite der Ebene, durch die ein Strom zieht und über der die Herbstnebel liegen. Können wir Soldaten denn Rußland vergessen? Das ist es.
Der Held kam über die Ebene. Eines Morgens tauchte der Reitertrupp vor den Mauern von Worms auf. Er zog vom Strand herauf, dreizehn Pferde, eines schöner als das andere; die Schabracken golddurchwirkt, die breiten Brustriemen aus Seide, leuchtend rot die Röcke. Die langen Schwerter schlugen im Takt an die Flanken der Pferde, die Lanzen standen im Steigbügel, ihre scharfen Blätter blitzten bei jedem Schritt im Morgenlicht auf wie Signale. Der an der Spitze ritt, gab das Zeichen zum Halt. Er legte den Schild über den Rist – alle taten das

gleiche – und öffnete mit beiden Händen den silbernen Helm. Dann hob er ihn vom Kopf und nahm auch die lederne Brünne ab: Lauter junge Gesichter kamen unter den Kappen hervor, glatte Stirnen unter blonden Schöpfen, lauter junge Augen voller Phantastik, lauter junge rote Lippen. Aber die Hände, die die Helme hielten, waren die von Schmieden.
Die Reiter reckten sich in den Sätteln hoch und ließen ihre Blicke über die Länge und die Höhe der Mauern schweifen. Worms, wach auf, das Schicksal steht vor der Tür!

*

Ach, wann sind wir jemals aufgewacht, wenn das Schicksal vor der Tür stand?
Die Knechte öffneten die Tore und »liefen den Herren entgegen. So war es Fug und Recht«, sagt der Nibelungendichter. Sie gafften und staunten und umkreisten die blendenden Gestalten; sie hingen mit den Blicken an den gewaltigen Pferdestärken, sie riefen sich ihre Mutmaßungen zu und waren entzückt, wenn die Fremden nur lächelten. Und als der Reitertrupp sich wieder in Bewegung setzte, da wieselten sie zu beiden Seiten im Staub des Weges mit, drängten sich zwischen den dampfenden Roßbacken durch das Tor und schrien und fuchtelten mit den Armen und gestikulierten die Reiter in die Park-Lücken zwischen den Lindenbäumen.
Um 1050 oder 1100 n. Chr., als das Nibelungenlied niedergeschrieben wurde, war Worms schon eine beachtliche Stadt, es war Königspfalz, Bischofssitz und Grafschaft und hat sicher ein paar tausend Einwohner gehabt. Dieses Bild müssen wir aus dem Gedächtnis streichen, so wie

es der Nibelungendichter zu vergessen versucht hat, um dem Stoff die Patina des »Damals«, des »Einst« zu geben. Nirgends erwähnt er Kinder oder Bürgerfrauen, nirgends eine Gasse oder Straße; und nur zweimal gebrauchte er für die Burgbewohner den Ausdruck »burgære«, aus dem erst später das Wort Bürger wurde. Er sah das Worms des 5. Jahrhunderts nur als eine Burg, als einen Mauerring um den Königspalas, um die Kemenaten, den Ritterbau, die Gesindehäuser, die Magazine, Stallungen, Höfe, Brunnen, Kräutergärten, um die Stiftskirche und den Pfaffensitz. Die Lindenbäume standen auf dem Hof vor der hölzernen Freitreppe, die zum Palassaal hinaufführte.
Hätten die Fremden auf- und in die Gesichter geblickt, die aus den Fenstern neugierig auf sie herabschauten, so hätten sie auf einen Sitz fast alle Honoratioren von Worms gesehen.
Die Herren, die dort oben zwischen den brokatnen Vorhängen die Köpfe heraussteckten, waren sichtbar Männer von Distinktion. Sie waren zwar häuslich gekleidet – die kurze wollene Tunika über den Strumpfhosen, Sandalen an den Füßen –, aber die Tuche fielen durch ihr schönes Gewebe auf, und einer von ihnen trug im Haar eine goldene Spange mit einem Rubin. Das war es jedoch nicht allein, wodurch er sich heraushob, vielmehr die Aufmerksamkeit der anderen, die sich auf ihn richtete. Man sah es nicht überdeutlich, aber man sah es. Er war ein mittelgroßer Mann Anfang der Dreißig, also nicht mehr jung, mit rundlichem, wenig markantem Gesicht und einem Ausdruck »unsicherer Sicherheit«, wie man ihn häufig bei Menschen findet, die in eine Stellung hineingeboren sind, für die sie eigentlich nicht die Natur be-

sitzen. In diesem Falle war die Stellung die eines Fürsten oder Heerführers oder, wie die Burgunder es nannten, eines Königs.
Es war Gunther.
Die beiden Männer, die neben ihm standen, waren seine Brüder, Gernot (etwas kleiner, mit dem friedlichen Lächeln und den dankbaren Augen des unnützen Zweitgeborenen) und Giselher (lang aufgeschossen, ein lieber Welpe). Der vierte im Saale, Herr Ortwein von Metz, gehörte offensichtlich dem höfischen Ritterstande an; er trug die Berufsmiene. Auch hatte er bei seinen Lederschuhen auf kleine Sporen nicht verzichten wollen. Bei dem Anblick, der sich ihm im Hofe bot, schnaufte er schwer durch die Nase, was hohe Offiziere immer angesichts eines außerplanmäßigen Ereignisses als erstes, oft als einziges, tun.
Wer die Fremden waren, wußte er nicht. Wenn es nach ihm gegangen wäre, hätte er es abgewartet. Aber als er das unruhige Grämeln Gunthers bemerkte, fiel ihm wenigstens ein, daß er seinen Onkel holen könnte, der die Welt besser kannte, die Welt der großen Degen und Wappen.
Und damit betritt eine der Schlüsselfiguren des Nibelungenliedes, eine der merkwürdigsten Schöpfungen der Dichtung, eine der glutvollsten, der erschreckendsten, doch so vertrauten Gestalten die Bühne: Hagen von Tronje.
Der Nibelungendichter schildert ihn nicht; ja, man hat geradezu das Gefühl, daß er vor ihm zurückzuckt. Erst viel später, gegen Ende des Liedes, macht er eine kurze, scheue Bemerkung über seine grauen Haare, seinen Gang und seine eisigen Augen.

Hier aber kein Attribut, kein schmückendes Beiwort. Dennoch hört man den Tronjer hereinklirren und die anderen bei seinem Eintreten verstummen.
Hagen trat zum Fenster. Die Reiter dort unten – wer waren sie? Er hatte sie nie gesehen. Aber plötzlich, als sein Blick auf den einen fiel, wußte er es; es riß ihm den Kopf zum König herum, und er stieß den Namen heraus, daß die beiden schrillen Vokale wie ein Trompetensignal klangen: Siegfried!
Die Wirkung war gleich Null.
Gunther blinzelte in die Runde; der Name sagte ihm nichts. Das erhöhte die Erregung des Alten und öffnete die Schleusen seiner Erinnerung. Er sah sich wieder an einem nebligen Winterabend auf Tronje am Kamin sitzen, die Beine der Glut entgegengestreckt, das Schafsfell um die Schultern gezogen, denn die diesigen, feuchten Schwaden drückten durch die verhangenen Fenster herein, zogen um seinen Rücken und schlugen dann in die Flammen des Holzstoßes. Er starrte ins Feuer und lauschte dabei der Erzählung des Spielmannes, der mit weiten Gebärden seine Worte begleitete, bald sich zu Hagens Füßen setzte, bald aufstand, bald auf und ab schritt.
Damals hatte er zum ersten Male von Siegfried, dem Königssohn aus Xanten, gehört.
Vor seinen Augen erstand wieder das ferne Schloß am Rhein, als der wunderbare Knabe die Schwertweihe empfing, der Zug der hundert Ritter mit ihren Herolden und Knappen, die Menge, die den Weg säumte und gaffte, bis abends die letzte Fackel erlosch, das Becherklingen der Gelage, das Waffenklirren der Turniere. Er sah König Siegmund vor sich, der so stolz war auf

seinen Sohn, und die Königin, die ihm zu Ehren »rotes Gold« mit vollen Händen unter die Gäste teilte.
Wie die Hände des Spielmanns die Geste des Schenkens nachgeahmt, wie seine Augen im Widerschein des Feuers gefunkelt hatten!
Dem Tronjer war, als hörte er wieder die tiefen Wälder rauschen, durch die Jung-Siegfried einsam nach Norden in das Land Nibelungs und Schilbungs ritt; Tag um Tag stampfte sein hünenhaftes Pferd zwischen den Baumriesen dahin, hügelaufwärts, hügelabwärts, wie sein Reiter keine Müdigkeit und kein Grauen vor der Einsamkeit kennend. Endlich war das Ziel erreicht. Schilbung und Nibelung nahmen den fremden Ritter freudig auf. Sie lagen in Streit miteinander um das Erbe des Vaters, des letzten Königs der Nibelungen; da schien es ihnen klug, den Fremdling in Ehren zu empfangen und zu bitten, ihren Zank zu schlichten und das Erbe für sie zu teilen. Der Berg, in dem der Hort lag, öffnete sich, und der Hände lange Kette trug das Geschmeide und Gefunkel an das Licht des Tages und türmte es vor Siegfried. »Er sah so vil gesteines, hundert wagene ez möchten niht getragen.« Aber wie immer er es auch teilte, nie waren die feindlichen Brüder zufrieden, und langsam glomm der Haß gegen den Fremden auf, der in ihrem Gold und Silber wühlte. Plötzlich schlug die Flamme hoch, die Schwerter flogen aus der Scheide und prallten aufeinander.
Dem Tronjer schien, als hörte er wieder die schrillen, klirrenden, knirschenden Hiebe, das Stöhnen der Getroffenen, das Keuchen der Meute, die von allen Seiten heranlief, den Wirbel der Schläge und dazwischen das Jauchzen des jungen Helden. Er siegte. Zum ersten Male und

gründlich; rot der Waldboden, tot Schilbung und Nibelung, tot die Vasallen, auf den Knien vor ihm der letzte der einst Mächtigen, der tückische Zwerg Alberich. Nun war Siegfried selbst ein Nibelunge, Herr des Hortes, Herr des Schwertes Balmung und Herr der Zauberkappe, die den Träger unsichtbar machte! Frühlingslieder schienen ihm die Vögel zu singen, Heldenlieder die Baumkronen zu rauschen. So ritt er heim, der junge Königssohn aus Xanten.

Hagen, der bei den letzten Worten fast in den Singsang des Spielmannes gefallen war, blieb einen Augenblick in Gedanken versunken stehen – die Lippen noch halb geöffnet, so daß man die Reihen seiner kleinen Rafferzähne sehen konnte.

Dann drehte er sich zu Gunther um. Und als er dessen seliges Gesicht bemerkte, diese Schüssel voll geschmolzener Träume, da klappte er mit einem hörbaren Knacken seinen Mund zu und sah mißmutig aus dem Fenster. Es war ihm unbegreiflich, daß Gunther die Erzählung genoß, ohne zugleich den Stachel der Beschämung, den Dorn des Neides zu spüren – so, wie er ihn damals in Tronje gefühlt hatte und jetzt wieder fühlte.

Dann fiel ihm noch etwas ein, und da er es lästig fand, knurrte er es nur über die Schulter:

»Noch weiz ich an im mêre, daz mir ist bekannt« – was soviel ist, wie: »Ach ja, noch etwas: Er tötete auch einen Lintwurm, badete im Blut des Drachen und ist seitdem unverwundbar.«

Gunther verschlug es den Atem; was für eine ungeheure Heldentat, die der Tronjer hier in drei Sätzen hinwarf. Sie schien ihm unglaublich, nicht zu fassen – er mußte später darüber nachdenken.

Er zwinkerte nervös und sah sich nach seinen Brüdern um, die sich ihrerseits verblüfft anschauten.
Ihr staunt? dachte Hagen. Ihr werdet es noch erleben – er ist da!

RONDO

Nein, wir staunen nicht. Wir staunen keinen Augenblick, obwohl alles, was Hagen berichtete, falsch war.
Es ist falsch, und doch ist es durch die Schöpfung des Nibelungendichters die Geschichte Siegfrieds geworden wider das bessere Wissen jener Zeit, in der das Nibelungenlied niedergeschrieben wurde. Man kannte die »Wahrheit« (die ursprüngliche Legende, meine ich) damals noch, man kannte sie sogar immer, sie ließ sich zu jeder Zeit in den nordischen, den skandinavischen und isländischen Sagen nachlesen.
Siegfried war kein Königssohn. Er war ein haus- und hofloser Abenteurer, er kam aus der Schicht, aus der in jener grauen Vorzeit die »Recken« hochgespült wurden, Menschen mit frappantem Aussehen, mit frappanten Fähigkeiten und mit einer ungeheuren Willenskraft. Sie waren Erscheinungen, die wie Naturgewalten in die höfische Gesellschaft, in die Welt der Ritter und Wappenträger einbrachen, ungebeten, mit dem Odium der niederen Herkunft behaftet, allen Widerstand hervorrufend, mit Unbehagen begegnet, mit ohnmächtigem Zorn bewundert. Die frühen Sagen kennen viele Recken. Sie mußten stets siegen. Ihre erste Niederlage war zugleich ihr Ende; man zertrampelte sie.

Die alten nordischen Aufzeichnungen, die Edda und die Thidrekssage, beide von keiner deutschen Hand berührt, berichten, daß Siegfried eine solche Gestalt war. Er wuchs elternlos auf: der deutlichste Hinweis auf seinen Makel. Sein Erzieher war ein im tiefen Walde hausender Schmied. Eines Tages, angesichts der glühend bewunderten großen Welt und genährt vom Hörensagen über die Unholde und Drachen, die das Land plagten, beschloß er, ein Recke zu werden. Das bedeutet im frühen Sprachgebrauch, daß er ausritt, sich ein Reich zu erobern – für einen einzelnen Mann eine geradezu wahnsinnig anmutende Illusion. Zu dieser Zeit erahnte er seine Kräfte mehr, als er sie kannte. Aber bald, je mehr sich ihm Hindernisse in den Weg türmten, die er spielend, auch lügend, stehlend und täuschend, vor allem aber rasch zuschlagend überwand, überkam ihn jene strotzende, heitere Sorglosigkeit, die das immerwährende Siegen verleiht. Er erschlug den Lintwurm, stieß in fernem Lande auf die Zwergenfürsten Nibelung und Schilbung, benutzte den ersten Anlaß, um sie zu töten, bezwang auch ihren Schatzmeister, den mächtigen Zwerg Alberich, und nahm von Gold und Silber an sich, was er schleppen konnte.

Der Nibelungendichter erzählt, daß Siegfried dann nach Worms kam, um Kriemhild, die junge Schwester des Königs, von deren Schönheit und Anmut man überall singen und sagen hörte, zu freien. Das ist nicht die alte Wahrheit. Es war undenkbar für den dubiosen Fremdling. Schlimmer noch: Es wäre lächerlich gewesen. Achten Sie nachher bei der Erzählung von seinem Empfang durch Gunther auf das gänzlich unmögliche Benehmen Siegfrieds, das dem Nibelungendichter aus Versehen noch »wahrheitsgemäß« in die Feder gerutscht ist, achten Sie auf Siegfrieds unverschämte Rede und auf seine sofortige, ganz grundlose Herausforderung zum Kampf mit Gunther. So spricht weder ein Königssohn, noch ein Brautwerber; so spricht ein notorischer Raufbold, der im Laufe seiner Erfolge schwindelfrei geworden ist. Der Nibelungendichter hat vergessen, auch dies noch in Ordnung zu bringen. Denn er wollte »in Ordnung bringen«. Er wollte nicht lügen.

»In Ordnung bringen« – was geht hier vor? Was für ein Gedanke ist das?

Hier spielt sich in der Tat etwas Seltsames ab: Ein alter Sagenstoff wird von einem Manne genommen und umgeknetet. Mit geradezu ängstlicher Sorgfalt werden bestimmte Züge getilgt und durch neue ersetzt. Warum? Warum, anstatt eine eigene Dichtung zu schaffen? Was trieb ihn dazu, die alte Sage zu verfälschen, als sei sie geschichtliche Realität, die man nicht wahrhaben will, als sei sie peinliche Historie?

Die Antwort ist einfach: Die alte Sage *war* peinlich. Ihre Schöpfung lag lange zurück, in einer Zeit, als die Deutschen noch nicht »die Deutschen« waren. Einst entsprach dieser archaische Siegfried den Träumen, er war die vollkommene Nahrung, die die Seele (noch indifferent an der Nabelschnur des ganzen Abendlandes) suchte.

Jetzt aber, im 11./12. Jahrhundert, wurde diese Nahrung beinahe giftig. Die Seele hatte sich gewandelt. Dieser Wandel zur »deutschen« Seele ist das Phänomen, das sich in dem Tun des Nibelungendichters offenbart. Der Wandel der Seele und die Verwandlung der Sage decken sich.

Der Nibelungendichter, selbst bereits ein »Deutscher«, konnte mit der alten Siegfried-Gestalt nichts mehr an-

fangen, ja mehr noch, er schämte sich ihrer. Er wollte – und das war es also, was ihn trieb – das »Unkraut« einer Legende jäten, die für ihn Geschichte war wie für die Griechen die Ilias. Er wollte der Seele einen makellosen Garten herrichten. Denn das ist es, was die Seele der Deutschen braucht: das Makellose, nicht die Wahrheit.
Die Kraft, die sie aufbringt, um sich das Neue zu erschaffen und zu glauben, wäre allerdings groß genug, die alte Wahrheit mit ihrem Menschlich-Allzumenschlichen zu lieben; aber sie kann es nicht, sie kapituliert vor dem Toxin, dem Giftstoff (des Unzulänglichen). Die Seele der Deutschen besitzt kein Antitoxin, wie es fast alle anderen Völker haben.
Der Nibelungendichter war ein großer Vollstrecker. Er grub die alte Wahrheit wie eine unansehnliche Wurzel ein und ließ daraus die tausendjährige Rose erblühen.
Er erfüllte eine Sehnsucht der Deutschen. Vielleicht hat seine Zeit und auch das Jahrhundert nach ihm noch oft mit dem Finger auf das Wort »Gesellenheim« gezeigt, in dem Siegfried geschlafen haben mag. Das nächste Jahrtausend aber wallfahrtete nach Xanten.

DIE NIBELUNGEN

Als Hagen seine Erzählung beendet hatte, warf Gunther noch einen Blick aus dem Fenster, und von der Mächtigkeit des eben Gehörten lag ein Abglanz auf seinem Gesicht; dann machte er kehrt und verließ den Palas, um dem jungen Helden entgegenzugehen.
Das Entgegengehen gelang nicht ganz, da dazu bekannt-

lich zwei gehören und Siegfried keinen Fuß rührte. Er stand, die Arme vor sich auf den Schild gelegt, neben seinem Pferd; seine Begleiter taten dasselbe. Sie sahen den König und sein Gefolge die Treppe herunterkommen und machten keine Anstalten. Gunther überquerte den Hof und legte auch noch die letzten Schritte zu ihnen zurück – da erst schwenkten die jungen Herren die Schilde nach außen und verneigten sich.
Sie verneigten sich tief und gemessen, so gemessen, wie es junge Leute tun, die demonstrieren wollen, wie fein sie schon seit langem sind.
Gunther war auch sogleich versöhnt, sprach den Blondgelockten mit »Edler Siegfried« an und fragte, was ihn nach Worms geführt habe.
Schlimm! Eine verpönte Frage. Eine unhöfliche, vor lauter Neugier kränkende Frage.
Nun wäre das schon bei jedem anderen ein Mißklang gewesen, bei der Natur Siegfrieds aber war es eine Katastrophe. Falls in seinem Kopf eben noch maßvollere Vorstellungen geherrscht hatten – jetzt, bei dieser ungeschickten und obendrein noch peinlichen Frage platzte seine alte Großherrlichkeit wieder auf. Seine Begleiter (seines Alters und seines Geistes) werden ihn gespannt angeschaut haben; das ist die Geste, die solche Situationen notwendig begleitet. Und zur Explosion bringt.
Genau das trat ein. Der Nibelunge fixierte den König eine Weile und antwortete dann mit seiner hellen, jungenhaften Stimme gereizt: »Daz sol iuch unverdaget sin!« (»Darüber sollt Ihr nicht im unklaren bleiben!«)
Und in vier raschen Versen bringt er es fertig, Gunther, vor dem er als Gastfreund steht, zu einem Zweikampf um Land und Leben herauszufordern.

Der König war, sagt der Nibelungendichter, verwundert. Das ist nicht gerade viel. Tatsächlich war er noch weniger als das: Er war verlegen. Die fünf Worte, die er Siegfried entgegnete, sind das Hilfloseste, was sich denken läßt. Sie sind einfach kläglich. Er antwortete: »Wie het ich daz verdienet?« Mit diesem Unschuldsseufzer, dem ersten in der abendländischen Literatur überlieferten, wurde er bis auf den heutigen Tag der Ahnherr aller Staatsmänner, die in Falliment geraten sind. Sein Satz ist so klassisch einfach, daß er sogar von einem ganzen Volke im Chor gesprochen werden kann.
Eine Lösung freilich ist er nicht. Auch nicht, wenn man ihn standesgemäß mit noch konfuseren Worten wiederholt, wie es Gunther im Begriff war.
Siegfried schnitt ihm die Rede ab. Er maß die Gestalt des Königs von oben bis unten: Die Idee mit dem Zweikampf gefiel ihm. Sie stimmte ihn heiter. Seine Rauflust, seine Kampfeswut, die aufgelodert war, wich sichtbar aus seinen Zügen und machte dem Ausdruck Platz, hier einem wirklich reellen Landerwerb entgegenzusehen.
Gernot wechselte die Farbe und trat seinem Bruder besorgt zur Seite. Da Gunther auf die herrische Geste Siegfrieds hin immer noch schwieg, beschloß Gernot, dem entsetzlichen Fremden selbst noch einmal ins Gewissen zu reden, kam jedoch zunächst nicht dazu, weil in diesem Augenblick der junge Ortwein von Metz explodierte; er zischte Gernot wütend an, verfluchte seinen eigenen hinderlichen Aufzug, Spitzenkragen, Tunika mitsamt den Sporen, und schrie nach seinem Schwert. Vielleicht riß er sich die Etappenkleidung vom Leibe und hatte Schaum vorm Munde, jedenfalls bot er einen Anblick, der den Nibelungen einen Moment zurückzucken

ließ. Er sah sich um. Ei, ei, Hagen stand bereits in seinem Rücken.

In dieser Situation, die alle glücklichen Möglichkeiten in sich barg, die Verhältnisse im Sinne des Darwinschen Ausleseprinzips zu klären, begab sich Gernot (wieder das Lächeln auf seinem gutmütigen Gesicht) geistig nach Bad Godesberg und schuf damit jene Voraussetzungen, die zu der Kette der künftigen Tragödien führten.

Was Gernot vorhatte und wovon er sich nicht abbringen ließ (er verbot Hagen und Ortwein, noch ein Wort zu sagen), war das, was im Laufe unseres Jahrhunderts weltberühmt wurde: das sogenannte »gute Gespräch«. Er ist der Erfinder. Das »gute Gespräch« oder die »Gernotsche Krankheit« besteht darin, durch zwei oder mehrere monologische Wechselreden der Lösung eines Problems aus dem Wege zu gehen.

Gernot begann zu reden.

Die Sonne war über die Dächer gestiegen, und ihre Strahlen schnitten die staubige Luft des Hofes in breite goldene Streifen. Die Rosse stampften, peitschten mit den Schweifen und warfen die Nüstern auf bei der Witterung des kühlen Brunnens. In den Linden jagten sich die Sperlinge; Hundegekläff klang vom Marstall herüber; Dohlen kreisten um den Turm.

Die Vorhänge an den Fenstern des Kemenaten-Traktes waren ständig in Bewegung, und zwischen den Spalten schauten zarte Nasenspitzen heraus. Zwei Mägde trugen ein dampfendes Schaff zum Palas, und aus der Küche begann sich ein milder Bratenduft zu verbreiten.

Gernot machte einen Atemzug lang Pause, um seine Lippen anzufeuchten –

Da trat Giselher zwischen den Brüdern hindurch auf

Siegfried zu, nichts als Bewunderung in seinen jungen
Augen, reichte dem Gefürchteten die Hand und sprach
das denkwürdige Wort: »Willkommen!«
Der Nibelunge sah ihn überrascht an. Langsam sog er
den Welpengeruch ein, und siehe da, Friede zog in sein
Herz. Er ergriff die Hand (eine junge, aber harte Hand,
sie ähnelte der seinen), er nahm auch den Becher Wein,
den der Jüngling ihm reichte (Gunther und Gernot wechselten Blicke; wo kam der Wein her?), trank ihn aus und
dankte.
Und dann lächelte er zum ersten Male dem König zu.
Wie durch einen Dornröschenkuß erwachte die erstarrte
Gruppe der Burgunder, und es hub ein geschäftiges, erlöstes Gerenne an; Knechte nahmen die Pferde der Fremden an sich, Knappen huschten über die Gänge, um einen
Blick auf die schönen Recken werfen zu können, junge
Mägde eilten, die Badebottiche mit warmem Wasser zu
füllen und Tücher bereitzulegen, der Kellermeister, dickbäuchige Krüge unter dem Arm, stieg zu den Weinfässern in die Gewölbe hinunter, und der Koch steckte noch
zwei Rehschlegel auf den Spieß und warf einen neuen
Buchenkloben ins Feuer.
Sonne im Herzen schaute sich Gunther im Kreise der Seinen um, nachdem er den Nibelungen bis zur Tür geleitet
hatte. Gernot legte dem Benjamin die Hand auf die
Schulter. Schön war die Welt. Merkwürdig, wie sie gleich
anders aussieht, wenn der Mut, auch der kühnste, sich
nicht bestätigen muß.
Oben, in seiner Kammer, polterte Held Siegfried herum
und richtete sich ein.

*

Aus dem Leoparden war ein Gepard geworden, aus dem Adler ein Jagdfalke. Wer hatte ihm die Kappe aufgesetzt? Die Jugend, die ein Herz hat, das schnell vergißt? Der Sommer, der mit Jasmin- und Akazienduft allmorgendlich die Schläfer wachstreichelte? Die kleine, schmale Hand, die oft am Bogenfenster der Kemenaten zu sehen war, wenn sie den Vorhang raffte?
Die Tage gingen mit Spielen und Jagen hin – einer schöner als der andere. Es kamen, so als seien sie gerade mal im Vorrüberreiten, mancherlei Ritter von weit her, um den strahlenden jungen Gast zu sehen. Es kamen Händler, Sänger und Faxenmacher; und Boote, die sonst die Strömung rheinabwärts nutzten und vorübersegelten, legten an, wenn sie die Schar der hohen Herren am Ufer bemerkten und sahen, wie die Lanzen im Wettkampf flogen.
Arg strapaziert waren die Herzen der Mädchen, vom Hoffräulein bis zum barfüßigen Küchentrampel; das war ein Ratschen und Tratschen und Hinter-allen-Ecken-Lauern, und wenn auf dem Hofe ein Waffenspiel begann, dann hingen alle Fenster voll runder, lieblicher Gesichter, die bald glühten wie Lampions.
Nur eines fehlte. Und, berichtet der Nibelungendichter, oft dachte Siegfried: »Wie sol daz je geschehen, daz ich daz edele kint kan sehen?« Nämlich Kriemhild.
Ja, wie sollte es je geschehen?
Es gab zwei Möglichkeiten: Entweder *war* Siegfried der ebenbürtige Königssohn, dann gab es keine Schwierigkeiten, und er konnte der jungfräulichen Prinzessin schon morgen vorgestellt werden; oder er war ein Niemand, dann konnten nur unerhörte Heldentaten im Dienste des Königs die Schranken durchbrechen.

Der Nibelungendichter, hin- und hergerissen zwischen alter Überlieferung und seinem Wunschbild, entschloß sich, diese Entweder-Oder-Logik zu vergessen und beides vereint zu genießen.
Zunächst geschah nicht viel.
Die drei königlichen Brüder ritten, als der Herbst und die Erntezeit kamen, im Lande umher, und Siegfried begleitete sie. Es läßt sich nicht leugnen: Allmählich gehörte er zum Gefolge. So ergeht es Leuten, die den Zeitpunkt ihrer Abreise versäumen; eines Tages besichtigen sie Kohlrüben und helfen im Vorwerk die Kühe zählen.
Die Blätter fielen, die Felder wurden kahl; Vogelschwärme zogen südwärts, Scheuern und Fässer waren prall gefüllt, die Holzfäller kamen mit ihren schwer beladenen Ochsenkarren zurück, die Strohmatten wurden vor die Kemenatenfenster gehängt, und eines Nachts fiel der erste Schnee.
Sogleich lagen alle Kamine unter Feuer und qualmten in den grauen Winterhimmel. Die Schiffer auf dem Rhein erkannten daran schon von weit her, daß Worms nahte; sie standen in ihre Schafspelze gehüllt an der Reling und schauten, während der Kahn vorüberglitt, auf das warme Nest halb mit Neid, halb mit Spott, denn es mußte dort in diesen Monaten kolossal langweilig sein.
Das war es.
Aber Siegfried hielt aus. Der Nibelungendichter sagt: »So wônt' er bi den herren, daz ist wâr, in Guntheres lande ein jâr.« Die junge Königsschwester bekam er nicht ein einziges Mal zu Gesicht.
Seine große Stunde schlug im Frühjahr.
Das passierte so:

Es tauchte ein kleiner Trupp von Reitern auf, die geradewegs auf die Tore zuhielten; sie sahen nicht sehr imposant aus, führten auch keinen Stander mit und kamen wohl nur zufällig an Worms vorbei. Jedoch der Wächter irrte sich: Worms war das Ziel ihrer Reise, einer sehr langen Reise. Sie waren todmüde. Nachdem sie sich etwas erfrischt hatten, fanden sie ihre Sprache wieder, und siehe da, es war die sächsische.
Sachsen! – da gibt es immer zwei Möglichkeiten: Entweder sind es Genies oder es sind politische Unglücksraben. Als die Fremden etwas von ihrer Mission durchsickern ließen, da war es klar: *keine* Genies.
Man führte sie vor Gunther.
Gunther empfing sie allein und war schon aus diesem Grunde nervös. Er setzte sich, ließ die Boten stehen, versuchte auch, seine Gesichtszüge in eine königliche Ordnung zu bringen und begrüßte sie, wie es seine Gewohnheit war, mit der Frage, was sie hergeführt habe. Im Nibelungenlied heißt es, daß die Fremden durch den Eindruck, den Gunther auf sie machte, recht eingeschüchtert waren – mag sein; dann scheinen sie sehr beherzte Männer gewesen zu sein, denn sie fingen sich rasch und warfen dem Burgunderkönig ihre Botschaft in einem Ton vor die Füße, daß einem heute noch der Atem stockt.
Dabei fällt mir etwas ein: Im ersten Weltkrieg, als ich vier oder fünf Jahre alt war, fragte mich meine Mutter einmal, wie es meiner Meinung nach wohl vor sich ginge, wenn man jemandem den Krieg erklärt. Ich machte es ihr der Einfachheit halber gleich vor, ich verbeugte mich vor ihr und sagte: »Bitte schön, gnädige Frau, heute ist Krieg.«
Jedesmal, wenn ich im Nibelungenlied an die Botenszene

komme, fällt mir die Parallele an Kindlichkeit und Unkompliziertheit auf. Die sächsischen Kuriere drückten sich nicht anders aus, nur etwas länger. Ihre Gebieter, die dergestalt aus heiterem Himmel Gunther die Kriegserklärung schickten, waren Lüdeger, König von Sachsen, und sein Bruder Lüdegast, König der Dänen.
Gunther war von der Eröffnung so überrumpelt, daß es ihm — wie meiner Mutter — die Antwort verschlug. Er ließ den Boten Unterkunft anweisen und gab Befehl, sie mit ausgesuchter Höflichkeit zu bewirten. Dann rief er seine Brüder und Hagen zu sich, um ihnen die »starke maere« mitzuteilen. Die Wirkung war interessant.
Interessant schon, daß Gernot, aller Möglichkeiten eines guten Gesprächs mit Lüdeger und Lüdegast beraubt, furchtbar zu schimpfen begann.
Interessanter noch, was Hagen tat. Er reagierte geradezu modern. Er schlug vor, Siegfried mit der Erledigung dieser Angelegenheit zu betrauen. Natürlich sagte er es nicht mit diesen Worten, sondern mit ganz anderen, er sagte: » Wan muget iez niht Sivride sagen?« (»Warum wollt Ihr es nicht Siegfried sagen?«)
Das ist auf den ersten Blick — ich benutze jetzt lediglich einen terminus technicus — English fashion in Perfektion. Jedermann, der staatsmännisch einigermaßen begabt ist, glaubt Hagen sofort zu begreifen.
Jedoch das Urteil ist falsch, der Verdacht irrig. Tatsächlich wollte Hagen den arglosen Siegfried nicht »geschickt« als Handlanger benutzen. Hagen ist eine Gestalt aus der tiefsten Tiefe der deutschen Seele, und diese kennt einen solchen Ausnutzer-Zug nicht. Nein, die Übereinstimmung mit English fashion ist rein zufällig, Hagens Motiv war viel sauberer und zugleich viel schlimmer: Er

hoffte, daß Siegfried im Kampf fallen würde. Den Krieg dann selbst weiterzuführen und zu gewinnen, war er sehr wohl entschlossen. Zum ersten Male zeigt Hagen hier seinen Haß gegen den Nibelungen.

Siegfrieds Puls schlug schneller und seine Miene blühte auf, als man ihm die Nachricht mitteilte: Da war der Augenblick der ersehnten Annäherung! Er hätte dem verstörten Gunther geradezu den Arm um die Schulter legen mögen, jedoch er wagte es nicht. (Wir werden sehen, daß er es niemals wagte.) Um so höher spannte er die Hoffnungen und sein Versprechen, und wenn er sagt, er brauche gegen die Heere Lüdegers und Lüdegasts tausend Mann, so greift er die Zahl nur deshalb so hoch, weil er an die zu erwartenden dreißigtausend Gefangenen denkt, die zu bewachen sind. Hier erinnert er stark an Karl May. Ich meine das nicht ironisch. Karl May war eine Gestalt, die des Studiums aller wert ist, die die ewigen Deutschen kennen lernen wollen. Die Dinge laufen nun auch genau nach Karl May ab, und bereits der nächste Satz liest sich wie aus dem Munde Old Shatterhands. Siegfried sagt: »Herr König, bleibet Ihr getrost zu Hause, Eure Männer haben sich mir unterstellt«, und er teilt Gunther die Rolle des Beschützers der Frauen zu. Karl May pflegte da noch hinter der Hand hinzuzufügen: »Er wäre mir nur hinderlich gewesen.« Ein harmloser Satz, ein plausibler und fast liebenswürdiger Satz. Aber ein Satz, für den man leicht gekreuzigt werden kann: Es ist die »infame Güte« der Deutschen. Das Wort Karl Mays gibt es, soviel ich weiß, in der Heldenliteratur keines zweiten Volkes mehr.

Unmittelbar nach den abreisenden Boten brachen auch die Burgunder auf. Man wollte den Feinden möglichst weit zuvorkommen. Die Spitze des kleinen Heeres bildeten Hagen von Tronje, den der Nibelungendichter »Scharmeister«, also Kommandeur der Kampfschar nennt, ferner Hagens Bruder Dankwart, Neffe Ortwein von Metz, Volker, der die Standarte trug, Sindold und Hunold, Mundschenk und Kämmerer des Königs, zwei alte erprobte Kämpfer, Gernot und endlich Siegfried, ohne Planstelle, denkbar etwa in der Rolle des Bevollmächtigten.

Während sich nun jedermann Gedanken über den bevorstehenden Kampf machte, erwies sich das als überflüssig, denn im Kopfe Siegfrieds stand der Plan bereits fest, und wie bei Karl May trennte sich der Held, kurz bevor sie auf den Feind stießen, von seinen Gefährten und ritt solo weiter, in der richtigen Erkenntnis, daß der Starke nicht nur, wie Schiller sagt, am mächtigsten allein ist, sondern auch für die größte Verblüffung sorgt, wenn er mit dem schon gebratenen Feind zurückkehrt.

Er hatte gerade den Höhenzug mit der sächsischen Gemarkung erreicht, als er in der Ebene die Feinde vor sich sah, einen gewaltigen Block von blitzenden Helmen, Lanzen und Schwertern, den die Unruhe und das Stampfen der Pferde hin und her wogen ließ wie ein stählernes Kornfeld.

Auch Siegfried war erspäht worden. Sofort löste sich eine imposante Gestalt aus dem Heerhaufen; sie trug einen kostbaren ziselierten Panzer und einen Schild mit dem Wappen der dänischen Könige. Offensichtlich Lüdegast. Er hatte die Hand vor die Augen gelegt, um gegen die Sonne den Hügel besser beobachten zu können.

Einer der Boten, die in Worms gewesen waren, sprengte zu Lüdegast vor und rief ihm zu, wer der einsame Reiter

sei. Das also, dachte der Däne, ist der Gefürchtete, der Sagenumwobene, der Unüberwindliche, der Drachentöter, der Nibelunge!
Lüdegast legte die Lanze ein und gab seinem Pferd die Sporen.
Auf halbem Wege prallten die beiden aufeinander, die Lanzen zersplitterten an den Schilden, die Pferde flogen, als ob »si waete ein wint«, aneinander vorüber, die Reiter warfen die Stümpfe weg, rissen die Rosse herum, zogen die Schwerter und fingen an, sich zu umkreisen. Der entscheidende Gang – wie die ritterliche Kunst es befahl – begann. Wie ein Multimix quirlte der Balmung in der Faust des Nibelungen durch die Luft, Lüdegast parierte gleich einem Amboß den ersten Schlag, auch den zweiten noch mit Mühe – dreißig Reiter seiner Leibwache rückten angstvoll näher –, der dritte Hieb durchschlug ihm die Brünne, der Panzer klaffte auf und ein Strahl von Blut schoß heraus.
Der König wankte im Sattel, Siegfried griff ihm in die Zügel, um das Pferd mit fortzureißen, aber es war zu spät: Die Leibgarde hatte ihn umzingelt. Dreißig Schwertspitzen, wie ein immer enger werdender Stachelkranz, drangen auf ihn ein; Siegfried ließ seinen Gefangenen fahren und dafür den Balmung noch einmal tanzen. Es war, als mähte er Halme.
Karl May, mit dem schlechten Gewissen des modernen Menschen, erklärt solche Wunder stets; der Nibelungendichter nicht.
In Sekundenschnelle war der Kampf vorüber. Lüdegast bat um Gnade. Siegfried richtete ihn auf, hielt ihn im Sattel und sprengte mit seinem kostbaren Geisel zurück, ehe die Dänen begriffen hatten, was geschehen war.

Wie staunten die Burgunder! Wie wuchs ihr Mut! Wie stieg ihre Kampfeslust! Fast bis zur Fröhlichkeit, denn nichts ist schöner, als zu Ende zu siegen.
Da gab es niemanden, der zurückstehen wollte. Mit dem Herrlichen, dem Unverwundbaren an der Spitze stürmte die kleine Schar gegen die vereinigten Dänen und Sachsen, die sich, vierzigmal so stark, gegen die Höhe heranwälzten.
Der Hufschlag dröhnte, der Staub wallte auf, die Lanzen krachten, die Burgunder schlugen breite Schneisen in die Masse der Feinde. Allen voran selbstverständlich Siegfried. Wo war der nächste König?, sprühten seine himmelblauen Augen.
Lüdeger sah ihn wie eine Wotanserscheinung kommen, nahm alle Kühnheit zusammen, legte alle Kraft in den ersten Schlag, der vielleicht der einzige bleiben würde, und ließ das Schwert mit Zentnerwucht niedersausen. Siegfried fing den Hieb ab, aber sein Pferd brach in die Knie und drohte ihn unter sich zu begraben. Einen Moment lang schien es Lüdeger, als sei das Unfaßliche geschehen: Siegfried besiegt –, doch die Faust, schon zum tödlichen Stoß erhoben, sank wieder herab, denn der Nibelunge riß mit übermenschlicher Kraft sein Roß hoch und ließ es über dem Gegner steigen. Sein Gesicht sah aus wie feuervergoldet, verklärt von der Macht über Leben und Tod. Da warf der Sachsenkönig den Schild weg und hob die Hände.
Auf sein Zeichen kapitulierte das ganze Heer.
Der Blitzkrieg war zu Ende.
Die Burgunder sammelten sich; viele waren verwundet, aber nur wenige fehlten. Freund und Feind begruben die Toten und verbanden die Verletzten. Dann zogen die

Sachsen und Dänen – waffenlos bis auf wenige Schwerter
– ab. Die beiden streitbaren Könige und einige ihrer
vornehmsten Ritter blieben als Geiseln zurück.
Noch bevor die Sonne sank und die Lagerfeuer entzündet wurden, sandte Gernot, der in der Schlacht die Gernotsche Krankheit total vergessen und wie ein Held gefochten hatte, zwei Knappen auf den schnellsten Pferden als Siegesboten nach Worms voraus.
Gunther bereitete den Heimkehrenden einen spendablen Empfang. Er bot den gefangenen Königen die Hand, er ließ wie ein dankbarer Dirigent den ganzen Heimatchor aufstehen vor den ruhmreichen Solisten, er tröstete die Trauernden, rief für die Verwundeten Ärzte von nah und fern herbei und wog sie verschwenderisch mit Gold und Silber auf.
Das große Freudenfest sollte in sechs Wochen, zu Pfingsten, gefeiert werden, wenn der Schmerz gelindert und die Wunden geheilt waren. Diese psychologisch bemerkenswerte Idee, die so ganz der Augenblicksliebe der alten Zeit widerspricht, stammte von Gernot.
Alles strebte den heimatlichen Penaten zu. »Dô begêrte ouch urloubes Sigvrit von Niderlant«. Gunther bat ihn, zu bleiben. Und um Kriemhilds willen verlängerte der Strahlende seine Besuchszeit um weitere anderthalb Monate.
Denn immer noch nicht hatte er die Königsschwester zu Gesicht bekommen.

*

In 240 Versen läßt nun der Dichter des Liedes vor unseren Augen das Fest erstehen. Es dauerte zwölf Tage und war eine herrliche Zeit. Maienzeit. Das Land in Blüte, das Herz »so hôchgemuot«.

Über die weite Rheinebene und über die sanften Wellen des Flusses kamen sie zu Pferd und zu Schiff, Tausende von Gästen, sagt der Nibelungendichter, und berichtet genau, wie die Frauen geschäftig zu werden begannen, wie sie die Truhen durchwühlten und die Schränke durchkramten nach Gewändern, Edelsteinringen und Goldketten, wie die Mägde fieberhaft zu schrubben, zu putzen, zu schälen, zu rupfen loslegten, wie der Küchenmeister sein Heer vergrößerte, wie die Herde glühten, wie die Küfer die Weinfässer schleppten, wie die Höfe und Häuser mehr und mehr Schmuck anlegten, wie am Vorabend Gernot zu Gunther ging und ihn bat, Siegfried ihrer Schwester vorzustellen, und wie die Höflinge auf diese Kunde hin zu dem Nibelungen liefen und ihm aufgeregt berichteten: »Der künec hât erloubet, ir sult ze hove gân!«
»Ihr sollt zu Hofe gehn!«, das Zauberwort war endlich gefallen!
Schönster aller Träume, wunderlichster Beitrag zur menschlichen Soziologie.
Diese seltsame Erscheinung – bis auf den heutigen Tag wichtigster Transfer des Danks des Vaterlandes – basiert auf einer medizinisch erstaunlichen Voraussetzung, nämlich auf der Fähigkeit des Geehrten zur Schmerzwollust, einer Eigenschaft, die allein imstande ist, die Situation so zu verkennen, daß aus dem Gebenden ein Nehmender wird.
Der wirkliche Nobelmann hat diese Fähigkeit nicht. Er geht daher auch nicht »zu Hofe«, beziehungsweise er stellt ihn selbst dar. Allerdings sollte jedermann, der daraufhin seine eigene Person prüft, zu keiner vorschnell freudigen Klassifizierung für sich kommen: Auch der

Prolet, und zwar gerade der der niedrigsten Stufe, verachtet das Zuhofegehen und kennt die Demutswollust nicht. Doch dies nur nebenbei.

Siegfriede gehören zu keinem von beiden Extremen; sie *kennen* ihn, den wollüstigen Schauer. Sehr richtig bemerkt der Nibelungendichter, daß der Sieger des Sachsenfeldzuges und Retter des Burgunderreiches bei dem Gedanken, »daz er sult ze hove gân, vil bleich und rôt wart«.

Als am Pfingstsonntag der Zug der Frauen aus dem Kemenatenhaus heraustrat, entstand unter den Rittern, die den Burghof füllten, ein beängstigendes Gedränge, ein solches Geschiebe und Gedrücke, daß die vordersten sich schräg gegen ihre Hintermänner stemmen mußten, um dem blendenden Korso eine Gasse frei zu halten. Kämmerer in den Wappenfarben der hohen Frauen schritten dem Zug voraus. Dann kam Kriemhild an der Seite der alten Königinmutter Ute in einem Sternengewand von Edelsteinen, lavendelduftend, süß wie eine junge Birke. Das Köpfchen wuchs aus dem Gold des Brokats wie ein Blütenkelch; sie hielt die Augen züchtig gesenkt, bis die Brüder vor sie hintraten und ihr den Nibelungen zuführten. Da sah sie auf, und ihr Herz schlug schneller: Der vor ihr stand, glich einem jungen Gott...

Sie reichte ihm die Hand und hauchte ihm auf die Wange einen konventionellen Kuß und in das Ohr die freundlichen, aber nicht sehr geistreichen Worte: »Sît willekomen, her Sigvrit, ein edel riter guot«. Dieses »ein edel Ritter gut« ist schwer zu übersetzen. Ich fürchte, es entspricht unserer originellen Redensart: »Ich habe schon viel von Ihnen gehört.«

Er verneigte sich »flizecliche«, geflissentlich; dann ergriff

er ihre Fingerspitzen, was damals nach höfischer Sitte das Armreichen war, und schritt neben ihr in geziemendem Abstand her. Daß sie sich dabei dauernd ansahen, war eine über das Notwendige hinausgehende Zugabe. Kriemhild konnte sich von Siegfrieds Anblick nicht losreißen. In aller Züchtigkeit. Sie dagegen, so berichtet der Nibelungendichter, erweckte ringsum »starke wunsche«. Das ist hübsch beobachtet und »stark« formuliert.
Ebenso scharfsinnig ist auch die Bemerkung des Dichters, daß den aphrodisierten Männern die Messe, zu der sie sich nun alle begaben, viel zu lange dauerte. Die Hauptmasse der Ritter wartete überhaupt draußen vor der Tür und trat von einem Bein aufs andere, während drinnen der Chorgesang kein Ende nahm.
Endlich öffnete sich das Portal, die königlichen Brüder erschienen mit Siegfried und dem Gefolge, und dann trat Kriemhild heraus. Wieder reichte sie dem Nibelungen die Hand und richtete – vielleicht auf Mahnung ihrer Mutter während der Messe – einige Worte mehr des Dankes an ihn, ebenso unbeholfen und dick aufgetragen. Bis zu diesem Augenblick ist sie (und bleibt es noch einige Zeit) das farblose, stille, anscheinend temperament- und willenlose Geschöpf.
Auf ihren Schulmädchenvers antwortete Siegfried genau den Unsinn, den auch heute noch alle, die zu Hofe gehen, antworten, nämlich, daß er dem König ewig dienen werde. Er sagte: »Solange ich mîn leben hân«; und er nannte Kriemhild zum ersten Male »meine Herrin«. Laut und deutlich. Ihm muß unbeschreiblich wohl zumute gewesen sein.
Die zwölf Festtage gingen vorüber, die Gäste verließen Worms. Die gefangenen Könige, eher Gäste als Gefange-

ne, hofften, ebenfalls heimkehren zu können. Sie boten an Lösegeld, soviel sie aufzubringen vermochten. Der Nibelungendichter berichtet, daß *Siegfried* es war, der Gunther bewog, die Gefangenen ohne Sühne zu entlassen und Freundschaft statt Haß zu säen. Es überrascht, aber es paßt zu dem deutschen Recken, der noch vor acht Wochen mit solchem Eifer die Helme der Sachsen spaltete.
Die Gästehäuser wurden leer, die Burg wieder still. Als letzter rüstete wohl oder übel nun auch Siegfried zur Abreise. Da entschlüpfte dem lieben, allzeit begeisterten Welpen Giselher – nicht etwa dem König oder Gernot – die Bitte, er möge doch noch ein bißchen bleiben, und sofort prolongierte der Strahlende seinen Ortswechsel um einige weitere Monate.

*

Eines Tages, noch im gleichen Sommer, als man bei dem guten Pfälzer Wein im Männerkreis beisammensaß und über das Thema Frauen sprach, verblüffte Gunther die ahnungslose Runde mit der Mitteilung, daß er zu heiraten beabsichtige. Er hatte ganz präzise Vorstellungen von der Frau seiner Wahl und fügte auch gleich den Namen hinzu: Brunhild.
Während die anderen in ihrem Gedächtnis zu kramen begannen und nur zu vagen Vermutungen kamen, gab es einen, der zutiefst erschrak. Er wurde abwechselnd blaß und rot – eine Eigenschaft, unter der er sichtbar litt – und versuchte vergeblich, sich schnell zu fassen.
Es war der Nibelunge.
Alle sahen ihn an. Seine Verwirrung war zu offenkundig

gewesen, als daß er schweigen konnte. Während sich in seinem Kopf noch alles drehte, versuchte er, um den König abzuschrecken, von der sagenhaften Prinzessin ein drohendes Bild zu malen: sie regiere im fernen Island ein großes Reich, eine Jungfrau von wilder Schönheit und übermenschlichen Kräften, eine Heldin im Kampf, unbesiegt im Wettspiel, unbarmherzig und von tödlicher Grausamkeit gegen jeden Freier, der seinen Kopf zu riskieren wagte.

Gunther blinzelte vor sich hin. Die Sache mit dem Kopf gefiel ihm nicht. Er sah an seinen stämmigen Beinen hinunter und betrachtete die muskulösen Arme; er war schließlich doch nicht so überzeugt von der Notwendigkeit seiner Niederlage. Die Vorstellung reizte ihn.

In diesem Augenblick mischte sich Hagen ein – mit denselben Worten, mit denen er schon einmal den Nibelungen empfohlen hatte. Wieder riet er dem König, Siegfried um Beistand zu bitten, »sît im daz ist so kündec, wi ez um Prünhilde stât.« Der Satz fiel niemandem auf. »Da Siegfried so erstaunlich gut über Brunhild informiert ist.« (War er das? Was ist dem Nibelungendichter hier entschlüpft? Wir werden es später sehen.)

Siegfried war durch Hagens Vorschlag in neue Aufregung geraten: Er fühlte den Rocksaum des Schicksals durch den Raum wehen. Und als Gunther ihn nun um Hilfe bat, griff er zu und nannte seinen Preis – die Hand Kriemhilds.

Ohne sich zu besinnen, und ehe es Hagen hätte verhindern können, sprach der König das Gelöbnis aus.

Wir müssen uns vorstellen, daß die Männer aufsprangen und in nicht geringer Bewegung auf und ab gingen. Ein großer Augenblick!

Siegfried übernahm in seiner bekannt dezenten Art sofort die Führung. Während Gunther einige tausend Mann für die Expedition auf die Beine stellen wollte, beschnitt Siegfried die Zahl kurzerhand auf vier, bestehend aus dem König, ihm, Hagen und Dankwart. Er wünschte, sie sollten als »fahrende Recken« auftreten; »wir suln in reckenwîse varn« – eine Idee, die Gunther vollständig verwirrte.
Aber er akzeptierte alles, er befand sich in der Stimmung eines Kamikaze-Fliegers.
Am nächsten Tage bereits begannen die Vorbereitungen. Sie bestanden hauptsächlich im Bestellen neuer Gewänder. Wenn man den Bericht liest, traut man seinen Augen kaum; die Herren müssen bis dahin nackend gegangen sein, denn es scheint so gut wie alles gefehlt zu haben. Kriemhilds Kemenate wurde Vorgeschobener Gefechtsstand, in dem die Modekuriere und Melder stündlich ein- und ausgingen. Dreißig Frauen machten sich gleichzeitig an die Arbeit. Es waren zu erstellen für vier Herren je drei Kleider pro Tag, und man gedachte vier Tage zu Gast zu sein, wohingegen die anderen Freier Brunhilds traurigerweise nur für einen Tag Garderobe nötig gehabt hatten. Alle achtundvierzig Gewänder wurden mit Anproben nach Maß gearbeitet, Kriemhild selbst schnitt sie zu. Man verwandte arabische Seide, golddurchwirkte Stoffe aus Marokko und Libyen, exotisches hauchdünnes Fischleder, Hermelin und Edelsteine. Nach sieben Wochen waren die Damen mit den Aufträgen und mit den Nerven fertig. Kriemhild rannen bei der Generalprobe die Tränen »vor den brüsten«, teils vor Nervosität, teils vor Sorge um den Bruder.
Es war soweit. Man schaffte die Koffer an Bord des Seg-

lers, die Waffen, die Rüstungen und schließlich die Pferde; dann setzte man die Leinwände. Es wehte eine steife Brise, und mit vollen Segeln glitt das Schiff rheinabwärts dem offenen Meere zu. An irgendeinem Tage muß man wohl oder übel auch Xanten am Ufer haben liegen sehen, aber es wird nicht berichtet, daß man gehalten oder daß Siegfried auch nur mit dem Finger darauf gedeutet und gesagt hätte: Übrigens, das ist mein Vaterhaus.
Nach zwölf Tagen erreichten sie Island. Auf den Punkt genau, wie Old Shatterhand die berühmte »einsame Tanne« in Arizona wiederzufinden pflegte, landeten sie unterhalb Isensteins, der Burg Brunhilds. Gunther war von der unwirtlichen Feste, die mit Türmen gespickt war wie San Gimignano in den Prospekten, stark beeindruckt und minutenlang ganz damit beschäftigt, zu den Fenstern hinaufzustarren, die mit den Köpfen neugieriger schöner Frauen und hünenhafter Mägde ausgefüllt waren. Er starrte hinauf, sie starrten herunter, bis sie plötzlich, wie auf Befehl, verschwanden, um, wie der Dichter boshaft sagt, die interessante Tätigkeit hinter den engen Schießscharten ungesehen fortzusetzen.
Die weniger interessante Tätigkeit des Ankerns, Vertäuens und Ausladens übernahmen inzwischen Siegfried, Hagen und Dankwart. Der einzige, der sie gern übernahm und mit einem devoten Eifer, der weithin sichtbar sein sollte, ausführte, war der Nibelunge. Und das ist zunächst ganz und gar rätselhaft.
Siegfried wünschte sogar, sich als Dienstmann des Königs auszugeben, ja, er ermahnte die anderen wiederholt, sich nicht zu versprechen, und als Gunther zu Pferd stieg, hielt er ihm die Steigbügel.

So ritten sie in die Burg ein, wo man sie höflich weder nach dem Namen noch nach dem Woher und Wohin fragte, ihnen jedoch vor allem erst einmal die Waffen abforderte – zum Entsetzen Hagens. Dann nahm man ihnen die Schilde. Darauf führte man die Pferde weg.
Jetzt sahen sie schon bedeutend weniger imposant aus; sie waren sozusagen bloß noch Männer.
Dafür wollte auch die Königin nur eine Frau sein. Sie war wunderbar gekleidet, als sie erschien, aber sie trug keine Insignien, kein Zeichen ihrer Stellung, anscheinend nicht einmal Schmuck. So trat sie in den Saal.
Jetzt folgt eine Überraschung! Sie erblickte Siegfried, ging auf ihn zu, streckte ihm die Hände entgegen und rief: »Sît willekomen, Sigvrit!«
Nun stimmt nichts mehr. Zwar fängt sich der Nibelungendichter gleich wieder, läßt Siegfried zurücktreten, den König als seinen Lehnsherrn vorstellen und die Werbung ihren Gang gehen, aber es ist zu spät, um das Geheimnis, das hier irgendwo steckt, vor unseren Augen noch weiter verbarrikadieren zu können.

RONDO

Drehen wir die Zeit noch einmal zurück. Und nun soll nicht der Nibelungendichter, sondern die alte Sage berichten, wie es war. Sie erzählt die Dinge ganz anders, und alles wird sogleich klar.
Als Jung-Siegfried zum ersten Male in die weite Welt zog, als er mit selbstgeschmiedetem Schwert und (wahrschein-

lich) geraubtem Pferd aus der Wald-Einsiedelei zur Reckenfahrt aufbrach – vielleicht drei oder vier Jahre, bevor er nach Worms kam –, da war sein erstes Abenteuer weder der Drachenkampf noch der Sieg über Schilbung und Nibelung. Ins Reich der Nibelungen, das sich die Alten hoch oben in Norwegen vorstellten, war er nicht von ungefähr gelangt, sondern bei der Rückkehr von einer langen Irrfahrt auf dem Nordmeer. Er kam aus Island!
Nach Island, auf eine von flackernder Lohe umgebene Burg hatte Wotan die Walküre Brunhild verbannt. Dieses Bild des brennenden Berges sah Siegfried, als er von Wind und Strömung an die Küste getrieben wurde, und er müßte kein echter Recke gewesen sein, wenn er der Sache nicht sofort auf den Grund gegangen wäre.
Er durchbrach den Feuerring und fand die schlafende Brunhild; und im Rausch des Abenteuers und der Todesgefahr, im Rausch des Anblicks des Flammenmeeres, das jetzt besiegt niederfiel und erlosch, berauscht von seiner Männlichkeit und der Schönheit des silbergeharnischten Mädchens vor ihm, stieß er wie ein Adler auf sie herab und vereinigte sich mit ihr.
Brunhild erwachte und war ein sterblicher Mensch geworden. Sie sah den Strahlenden vor sich, sie fühlte ihr Herz noch wie rasend schlagen vom Liebeserlebnis, das sie nie gekannt hatte, und fiel in tiefe Liebe zu ihrem Erlöser.
Wie sehr der Seele der späteren Deutschen schon diese Szene zuwider war, obwohl man die Erfindung als so schön empfand, daß man sie nicht vergessen konnte, zeigt das, was davon geblieben ist: Das Dornröschen-Märchen – ein sympathischer Prinz aus geordneten Verhältnissen,

ein holdes, schuldloses Mädchen, ein Rosenwall, ein Kuß. Der Deutsche hat Angst vor den Abgründen der Seele. Er mag bedauern, daß er sich nun nicht mehr mit einem aus dem Nichts gekommenen Recken identifizieren kann, aber schöner dünkt ihn dafür die klare Ordnung und Übersichtlichkeit des Daseins. Wir zählen zu den Menschen, deren Seele schon am weitesten vorbereitet ist für den entropischen Endzustand der Erde.
Siegfried und Brunhild verlebten eine Zeit der höchsten Lust. Dann, während Brunhild daranging, die Hochzeit vorzubereiten, zog Siegfried noch einmal in die weite Welt. Wir wissen nicht, warum; vielleicht wollte er noch schnell ein Hochzeitsgeschenk besorgen.
Er gelangte nach Norwegen, stieß auf die Nibelungen, erschlug sie und erbte Königsschatz und Namen. (Von einer Tarnkappe wissen die alten Quellen nichts). Auf seinem Wege nach Süden kam ihm der Lintwurm in die Quere; er tötete ihn. (Von einem Bad im Blut des Drachens, das ihn fast unverwundbar machte und seine Tapferkeit von nun an belanglos erscheinen läßt, steht ebenfalls nichts in der alten Sage). Er ritt weiter, er hatte im Sinne, sich eine Krone zu erobern. So landete er in Worms.
Er sieht Kriemhild. Nicht ihre Schönheit, nicht ihr Jungmädchentum, nicht ihr Reichtum, nicht ihr Adel, nicht ein Zauber bringen ihn zu Fall, sondern sein Charakter. Er weiß nicht, was Liebe ist. Er lebt in den Tag, er galoppiert durch das Leben, er dreht sich nie um, er ist ein hirnloser Idiot.
Ohne Scheu spricht er auch jeden Gedanken aus, den er hat; viele sind es nicht. So erzählt er – nachdem er inzwischen Kriemhild geheiratet hat – auch einmal von seinem

Feuerritt. An dieser Erzählung entzündet sich Gunther; er beschließt, um Brunhild zu werben, und Siegfried begleitet ihn als Wegführer – ohne Bedenken. Erst vor den Toren der Isenburg fällt ihm ein, daß es Komplikationen geben könnte, und er beschließt, sich als Vasall Gunthers auszugeben, denn, so kalkuliert er messerscharf, das löst das alte Verlöbnis auf die einfachste Weise von selbst auf: Einen Vasallen würde Brunhild nie zum Gemahl begehren.
Tatsächlich ist Brunhild entsetzt, ihren Geliebten unter diesen Umständen wiederzusehen. Ein Aufruhr tobt in ihrer Brust; aber größer als ihr Schmerz und ihre Beschämung ist ihr Stolz. Sie verschließt die Hölle in ihrem Herzen und gibt sich, ohne eine Regung zu verraten, dem Lauf des Schicksals hin. Sie reicht Gunther die Hand.
Von einem Freierwettkampf weiß die alte Überlieferung nichts. Er wäre auch sinnlos; Brunhild ist nur noch eine schwache Frau. Ihre Walküren-Kräfte wurden ihr – wie dem biblischen Samson – durch den Liebesakt mit Siegfried gebrochen.
In Worms erfährt Brunhild dann, daß Siegfried mit Kriemhild vermählt ist. Das alte Edda-Lied erzählt, daß Brunhild bei dieser Entdeckung weint. Die Wunde der Scham über den Betrug ist nicht verheilt.
Nichts ist verheilt. Mit dämonischer Gewalt bricht auch ihre Liebe zu Siegfried wieder durch und treibt die Verzweifelte nach Tagen qualvollen Grübelns zu einem furchtbaren Entschluß: Sie läßt Siegfried ermorden.
Der Anlaß wird fingiert – irgendeine Verbal-Injurie. Vollstrecker ist Hagen. Er hat es leicht; Siegfried ist ahnungslos, und er ist auch nicht unverwundbar.
Der tote Held, so berichtet die alte Sage, wird auf einem

festlich hergerichteten Holzstoß zur Verbrennung aufgebahrt, der Scheiterhaufen entzündet.
Und nun kommt etwas Kolossales: Brunhild erscheint hoch zu Roß; sie hat ihre Walkürenrüstung angelegt. Die Menge teilt sich. Sie reitet hindurch und springt mit dem Pferd, wie es einst Siegfried getan, in die lodernden Flammen, um mit ihrem unglücklichen, ewig Geliebten vereint zu sein und zu sterben.

*

Mit einem Gefühl größten Unbehagens, mit einem Gefühl stärksten Widerwillens stand der Nibelungendichter vor dieser Brunhild. Daß hier eine suspekte »Geliebte« die gleiche Wucht des Liebesgefühls spürte, wie er es nur für die in ordentlicher und schöner Klarheit Liebenden Siegfried-Kriemhild wahrhaben wollte, das war ihm unannehmbar. Er konnte nicht nur nichts mehr mit diesem Liebestod anfangen, sondern er war der erste, der ihn als »Boheme«, als »Radau« empfand. Das ist auf das Präziseste unsere heutige Empfindung. Nur unser Intellekt »würdigt« kläglich noch ein bißchen das Elementare.
Der Nibelungendichter aber war kein rückwärts gewandter Historiker, er war ein Dichter seiner Zeit, ein Arzt, der das Kardiogramm der Deutschen schrieb. Zum zweiten Mal stellte er sich also verdeckend vor die einstige »Wahrheit«, mit der er seelisch nichts mehr anfangen konnte: vor den Nachsicht verlangenden, dubiosen Charakter des deutschen Helden, vor Siegfrieds Treubruch, seine Doppelliebe, seine Flachheit, seine sitt-

liche Feigheit, seine Dummejungenhaftigkeit, sein wirres Herumschwimmen im Leben – in Wahrheit lauter Züge gesegneter Menschlichkeit, die in Verbindung mit seiner grandiosen Kühnheit, Stärke und Schönheit ein Bild animalisch wilder Schöpfung gaben. Wir erkennen es, aber es ist nur unser historischer Sinn, der es erkennt.
Wenn das Leben brodelt und kocht, zuckt und schillert, dampft und stinkt, dann befällt unser Herz Beklemmung und Scham. Die deutsche Seele ist unfähig, auf dem Misthaufen des Lebens – und das Leben *ist* ein dampfender Misthaufen – zu blühen. »Makel« ist für sie etwas Tödliches geworden. Sie kann ihn nicht bewältigen, nicht belächeln, nicht verstehen, nicht verzeihen. Er hat die Wirkung von Rauhreif.
Was der Nibelungendichter vor der archaischen Siegfried-Gestalt empfand, war Scham. Zum zweiten Mal schmolz er also das alte Gold in neue Münze um. War die beschämende Herkunft Siegfrieds der erste Makel gewesen, so war die Verstrickung in Schuld und »verächtliche« Tat sein schwerster. Der Dichter hatte den ersten korrigiert, jetzt beseitigte er den zweiten. Siegfrieds erlösende Tat als Geschlechtstier – ganz sicher das Entzücken und größte Verstehen der romanischen Völker – versenkte er in den tiefen Brunnen des Vergessens. Der Held der deutschen Seele hat keinen Phallus.
Dann stellte der Nibelungendichter die Gradlinigkeit des Siegfried-Charakters her, er schuf seine Ahnungslosigkeit und damit seine schöne Untadeligkeit und Unschuld.
Die Kronzeugin des Gegenteils aber, einst denkbar begehrenswerteste Frauengestalt, Brunhild, wird unter seinen Händen jetzt ein Fremdling, eine blecherne Gestalt ohne Bedeutung – und ihre Geschichte nichts weiter als

die Geschichte einer Leichtathletin, bei der es der Nichtsportler schwer hat.
Hiermit ist sie, der Urtyp der Geliebten, ausgelöscht. Die letzte Klippe für unseren Traum vom Helden ist beseitigt. Mag der deutsche Penis eine Geliebte haben, die deutsche Seele nicht. Bis heute nicht.

DIE NIBELUNGEN

Auf Isenburg nahmen die Dinge ihren Lauf; und zwar mit einer Schnelligkeit, die Gunther zu ängstigen begann. Ohne Rücksicht auf die Möglichkeit eines »guten Gesprächs« befahl Brunhild, sogleich mit dem Wettkampf anzufangen. Während sie ihr »Seidenes« aus dem Schrank holte und ihren goldenen Panzer anlegte, richtete man im Turnierhof alles für das Duell auf Leben und Tod. Zunächst kamen ein paar Schauwerte, die die Herausforderer das Gruseln lehren sollten: Ein Kämmerer trug mit Mühe den gewaltigen, gold- und eisenbeschlagenen Schild herbei, drei Mann schleppten einen zyklopischen Wurfspeer in den Kampfkreis, und zwölf Knechte kamen mit einem Felsbrocken von gigantischen Ausmaßen angekeucht. Gunthers Blinzeln erreichte den Höhepunkt. Hagen und Dankwart, die ihn verstohlen musterten, fühlten den Schweiß auf ihre Stirn treten. Etwas wohler wurde ihnen erst, als man ihnen die Waffen zurückbrachte, in der richtigen Erkenntnis, daß auch Olympische Spiele vor einem Maschinengewehr nicht standhalten würden.

Inzwischen bummelte Siegfried im Hof herum, warf hierhin und dorthin statt eines Steines nur einen Blick, auch vor das Tor und ward plötzlich nicht mehr gesehen. So schnell er auf dem steinigen Ufer konnte, lief er zum Schiff, war mit einem Satz über der Reling, riß die Truhe auf, holte die Tarnkappe (Kappe = Überwurf) heraus, schlüpfte hinein, wurde im gleichen Augenblick unsichtbar und rannte so in den Burghof zurück. Zu seinem nicht geringen Schrecken sah er, daß sich dort inzwischen hundert isländische Ritter versammelt hatten, alle bewaffnet.

Er drängte sich durch die Menge – schade, daß der Nibelungendichter so humorlos ist und nicht beschreibt, wie Siegfried als Schloßgespenst umhergeht, die fremden Ritter anstößt, und wie sie sich verdutzt nach der unsichtbaren Ursache umsehen. Der Nibelungendichter ist sonst gar nicht so todernst, aber die Tarnkappe ist für ihn kein Koboldscherz, sondern eine militärische Wunderwaffe. Er erwähnt nur kurz das Erstaunen Gunthers, als Siegfried ihm die Hand auf die Schulter legte und ihm zuflüsterte, er möge ohne Sorge sein.

Das Barometer stieg, der Weltmeister war da! Aber Brunhild hatte schon genug in Gunthers Miene lesen können. Sie sah ihn ohne Mitleid »über die Achsel« an. Dann ergriff sie den Schild, nahm den Speer auf, als wäre er innen hohl, und stieß ihn in Ermangelung einer Startpistole in die Höhe: Der Wettkampf sollte beginnen.

Er begann; aber der Nibelungendichter ist der kläglichste aller Sportberichterstatter. Später, beim Untergang der Burgunder am Hofe Etzels, werden wir sehen, daß er ein geradezu grandioser Kriegsberichter ist. Der unritterliche Zweikampf jedoch, obwohl seine ureigenste Erfindung, bereitete ihm keine Freude. Er machte es kurz und bündig, schlug die Odyssee im Originaltext auf, denn er war ein belesener Mann, und schrieb die Phäaken-Szene ab. So ließ er also in Gottesnamen auch Gunther und Brunhild Steine stoßen und hinterdreinhopsen. Als sehr nobel empfand er es nicht.

Ein bißchen mehr erwärmte er sich beim Speerwerfen »auf Mann«. Brunhild und Gunther standen sich in zwei Kreisen gegenüber. Siegfried hatte jetzt alle Hände voll zu tun. Er griff mit in die Schildschlaufe und stellte sich tandem vor den König, um den Aufprall von Brunhilds Speer abzufangen. Es kam schlimmer, als er dachte. Der Speer schlug wie ein Blitz ein, die doppelseitige Schneide durchbohrte den Schild, drang auf der Rückseite heraus und riß noch Siegfrieds Brünne auf. Der Schildrand schlug ihm gegen den Kopf. Blut floß. Zum Glück unsichtbar. Rasender Zorn überfiel ihn, er riß den Speer heraus und setzte zum tödlichen Wurf an – auch Gunther war wieder auf den Beinen, griff hinten noch schnell an den Schaft und mühte sich ängstlich, alle Bewegungen mitzumachen. Auf diese Weise, dachte Siegfried, wird es nie was, und da er in Brunhilds Augen nun offene Bewunderung sah, schmolz seine Wut dahin. »Ich wil niht schiezen daz schoene magedin«. Langsam und bedächtig, daß alle es sehen konnten, drehte er den Speer um, »des gêres snaîde hinter den rucken sîn«, dann holte er aus (Gunther fast den Arm verrenkend) und warf. Der Schaft traf Brunhild immerhin noch mit solcher Wucht, daß sie in die Knie ging.

Sie raffte sich schnell wieder auf und rief Gunther ein höhnisches »Danke!« zu. Sie sagte wörtlich: »Des schuzzes habe danc«, was in dieser Situation eine fatale Ähn-

lichkeit mit der Schnippischkeit hat, die, bis auf den heutigen Tag, Schulmädchen so unausstehlich macht.
Der Wettkampf war vorüber. Der Nibelungendichter atmete auf. Siegfried auch. Er wischte sich mit der unsichtbaren Hand die unsichtbaren Schweißtropfen von der unsichtbaren Stirn und ging schleunigst zum Schiff hinunter, um die Tarnkappe abzulegen und in aller Unschuld wieder zu erscheinen.
Inzwischen hatte man sich hinauf in den Palas-Saal zum festlichen Mahl begeben. Eine Fülle schöner Hofdamen umsummte Gunther, der sich sehr »minneclîche« aufführte.
Da trat der Nibelunge ein. Und jetzt ist dem Nibelungendichter etwas Hübsches eingefallen, er läßt Siegfried mit runden Augen Gunther fragen, warum er denn noch immer mit dem Wettkampf zögere.
Brunhild, ahnungslos, wie sehr das Siegen zum Scherzen anregt, ging auch sofort in die Höhe und antwortete ihm in der Art, wie man jemand empfängt, der den fünften Satz im Daviscup-Spiel verpaßt hat, weil er mal austreten mußte. Und Hagen benutzte die Gelegenheit, noch rasch seinen Schwarzen Humor als I-Tüpfelchen auf die Komödie zu setzen, indem er sich zur Königin beugte und ihr zuflüsterte, Siegfried habe es vorgezogen, sich sicherheitshalber schon ein bißchen in die Nähe des Schiffes abzusetzen.
Das kränkte den Nibelungen nicht im mindesten. Er strahlte, nannte den Ausgang des Tages »sô wol mich« (ihm wohltuend) und erkundigte sich, wann man die Dame nun nach Worms verladen könne. Er sagte es nicht ganz so, aber beinahe und zeigte direkt studentischen Humor. Einmal und nicht wieder allerdings, denn Größe

und Witz sind für uns Deutsche zwei unvereinbare Dinge.
Das Lachen verging ihm auch sogleich, als er Brunhilds Antwort hörte.
Uns vergeht es ebenfalls. Denn nun folgt eine Glanzleistung an Konfusion und Gedächtnisschwäche; die ganze nächste Passage kann unmöglich vom Nibelungendichter stammen. Hätte es damals schon Lektoren gegeben, so würde ich annehmen, daß sie sich an dieser Stelle mit eigener Feder versuchten. Eine spätere, fremde Hand muß hier ein Kapitelchen eingeschmuggelt haben, um den Helden noch einmal in einem großen, feldherrlichen Auftritt zu zeigen, ehe es in das alte, gute Worms zurückging.
Die Antwort Brunhilds lautete nämlich nicht, wie es das Selbstverständlichste von der Welt gewesen wäre: »Was haben wir heute, Mittwoch? Also sagen wir: nächsten Montag!« Nein, Brunhild verkündete, daß sie zwar Gunthers Gemahlin werde, aber ob sie ihr Reich überhaupt verlassen könne, darüber hätten die Würdenträger und vornehmsten Familien ihres Landes zu entscheiden. Sie schickte sofort Boten aus, um sie herbeizurufen, »unde mann«, – »mit ihren Mannen«. Und sie sandte kostbare Geschenke mit. Wozu? Was sollte das? Wir werden stutzig, die Burgunder wurden es auch.
Nun wäre es eine Kleinigkeit gewesen, Brunhild unter die Tarnkappe zu nehmen und an Bord zu tragen. Statt dessen zergrübelten sich drei Männer vom Format Hagens, Dankwarts und Siegfrieds sowie ein ausgewachsener König den Kopf, was zu tun sei.
Alsbald kamen sie auf etwas rasend Originelles: Siegfried sollte tausend Mann zur Hilfestellung holen. Zu diesem

Zweck reiste er nicht etwa nach Worms, auch nicht nach Xanten, sondern in sein Nibelungenreich, und zwar vermittels eines Ruderbootes. In vierundzwanzig Stunden skullte er die zwölfhundert Kilometer von Island nach Norwegen: eine reife Leistung für einen Einer.
Von Gunther verabschiedete er sich entwaffnend: »Falls Brunhild nach mir fragen sollte – ich bin in Eurem Auftrag weggefahren.« Man möchte es nicht für möglich halten. Nein, unbedingt, hier war ein Lektor am Werk, ja, ich möchte fast sagen, ein Cheflektor.
Im fernen Skandinavien passieren weiter Dinge von außergewöhnlicher Albernheit: Siegfried begehrt, zwar nicht mit falschem Bart, aber mit verstellter Stimme, am Burgtor Einlaß, um für einen Kassenräuber gehalten zu werden und sich den Spaß eines Kampfes mit den eigenen Torhütern zu leisten! Dann ruft er die tausend Ritter offenbar über Funk zusammen, denn »sie sprungen von den Betten«. Hier kommen dem Ghostwriter denn doch Bedenken, und er spricht uns direkt an: »Nun möchten mich die Toren vielleicht der Lüge zeihn, wie so viel Ritter konnten wohl beisammen sein, wo nähmen sie Speise her? Doch Siegfried war gar reich.« Nicht doch! Wer wird sich denn da Sorgen machen! Wir haben im Sachsenkrieg schon dreißigtausend Ritter beisammen gesehen, und sie sind auch nicht verhungert. Wir sind nicht kleinlich.
Dies alles wäre dem Nibelungendichter nie passiert. Er wollte glaubwürdig sein; keinerlei Zweifel sollte unser Vertrauen in seine Schöpfung erschüttern, daher siedelte er alles Geschehen, soweit er es direkt berichtete, in der Wirklichkeit an. Er hat diese goldene Regel nur in einem Falle durchbrochen: in den beiden Tarnkappen-Szenen,

als er verzweifelt nach einem Ausweg aus dem alten Sexualmotiv suchte. Er erwähnt die Tarnkappe darnach nie wieder, sie bleibt verschwunden.
Der Schluß des konfusen Kapitels mündet gottseidank rasch und naiv wieder in die Erzählung des Nibelungendichters ein: Kein Wort mehr davon, daß sich inzwischen tausende von isländischen Rittern versammelt hätten, kein Wort mehr von einem Verdacht des Verrats, kein Wort von Widerstand bei Brunhild. Im Gegenteil, sie empfängt den zurückkehrenden Siegfried und sein Gefolge freundlich, öffnet ihre Schatzkammer und überträgt Dankwart das Amt, die Seinen zu beschenken.
Kein Zweifel, der Nibelungendichter ist wieder am Werk. Unverkennbar, denn an dieser Stelle holt er noch einmal zu einem häßlichen Schlag gegen die einstige Walküren-Gestalt aus: Er läßt Dankwart das Gold und Silber mit vollen Händen unter die Leute werfen. Brunhild wird total ausgeplündert. Unbeholfen wie ein Mädchen vom Lande rafft sie den Rest noch im Handtäschchen zusammen, und als sie Gunther ihr Leid klagt, da »began lachen Gunther und Hagene«.
Ein schauerliches Bild.
Hier wird Brunhild endgültig vernichtet – nicht die zukünftige Gemahlin Gunthers, die vom Nibelungendichter gleich wieder in ihrem Ansehen (um ihrer Funktion willen) rekonstruiert werden wird, sondern die Walküre, die ehemalige Geliebte, der Makel Siegfrieds.

*

Mit großem Gefolge trat Gunther die Heimfahrt an. Eine ganze Flottille stach in See, überquerte ohne Zwischenfall das Meer und erreichte am neunten Tage die Rheinmündung. Dort legte man an, um Hagen zu Pferd vorauszuschicken, denn nun ging es stromaufwärts, also nur langsam voran.

Doch Hagen wollte nicht; »ich bin niht bote guot«, er tat, als könne er nicht bis fünf zählen, und bat Gunther, statt dessen Siegfried die Ehre zu geben, die frohe Botschaft zu überbringen. Es muß auf den Schiffen sehr gemütlich gewesen sein, denn auch Siegfried hatte keine Lust. Wieder war es Hagen, der mit einem kleinen, unscheinbaren Einfall den Nibelungen los wurde: Er sprach nun nicht mehr von einem Boten nach Worms, sondern Boten zu Kriemhild.

Das änderte allerdings vieles! Am nächsten Morgen schon machte sich Siegfried mit vierundzwanzig Rittern auf den Weg. Sie ließen die gewaltigen Gäule ausgreifen, daß die Schabracken flogen und die Schwerter gegen die Flanken klatschten. Die Reiter blickten sich noch einmal um und sahen über den Nebelschwaden die Mastspitzen der Schiffe im Sonnenlicht als letzten Gruß, dann kehrten sich die Gedanken nach Süden und eilten den Pferden voraus in die Heimat.

Wer im Besitz einer Landkarte ist, was der Nibelungendichter auch schon war, kann dabei feststellen, daß die Reiterschar spätestens am dritten Tage unter den Mauern einer Burg vorbeigekommen sein muß, die Xanten hieß. Daß Siegfried sie auch nur eines Blicks gewürdigt hätte, ist nirgends vermerkt. Erstaunlich, wie dieser Mensch dauernd an Vater und Mutter vorüberreist.

Die Ankunft in Worms vollzog sich dramatisch. Die Tölpel auf den Zinnen meldeten die Ankunft Siegfrieds »ohne den König«, eine klassische Oberschützenmeldung, richtig, aber hirnlos; denn Gernot und Giselher verstanden nur »ohne den König« und stürzten dem Nibelungen verstört entgegen. Wenn auch der Schreck nur ein paar Minuten dauerte, die Freude über die neue Schwägerin war natürlich beim Teufel.

Der fatale Wächterruf war inzwischen weitergetragen worden; Giselher hatte zu tun, die Sondermeldung überall zu widerrufen. Auch bei Frau Ute und Kriemhild ging die Nachricht von der heransegelnden Schwiegertochter zunächst im allgemeinen Weinen unter.

Rasch, rasch; man fasse sich!

Kriemhild betupfte die tränennassen Augen mit einem Seidenzipfelchen des Kleides, um den Helden, der auf dem Fuße nahte, besser sehen zu können. Und während sie dann ihr Herz an seinem Anblick volltankte, hatte sie eine charmante Idee: Sie gedachte ihm einen »Botenlohn« zu geben, wie es Sitte war, doch – sie lächelte – »darzuo sit ihr zuo rîche«. Siegfried schüttelte den Kopf, wahrhaftig, er schüttelte ihn, anstatt ihn einfach einladend vorzubeugen. Darauf seufzte Kriemhild ein wenig ob der verkannten Chance, senkte ergeben den Blick und reichte ihm aus ihrem Schatzkästlein vierundzwanzig Spangen aus Gold und Edelsteinen in dem beruhigenden Gefühl, daß sie in der Familie bleiben würden.

Doch da irrte sie sich. Der Nibelunge, selbst Herr über tausende von Spangen, verteilte die Gabe überraschend unter die anwesenden Hoffräulein.

Viele Germanisten pflegen an dieser Stelle in die Saiten zu greifen, um das Hohelied auf Siegfrieds feines Benehmen zu singen. Ich weiß nicht, wie sie zu dieser Vorstellung kommen, ich weiß nur, daß von alters her schon das Weitergeben von harmlosen Sofakissen als unartig und kränkend gilt. Hier ist dem Nibelungendichter etwas Unangenehmes unterlaufen: Die Geste Siegfrieds wirkt wie die Sorge des Parvenüs vor dem Odium, etwas nötig zu haben.

Königinmutter Ute nahm nun die Dinge in die Hand, denn inzwischen war den Damen eingefallen, daß nicht nur Gunthers Heimkehr, sondern auch die Ankunft der künftigen Königin bevorstand. Die Kemenaten für Brunhild und ihr Gefolge wurden hergerichtet, der Palas festlich ausgestattet, die Pferde gestriegelt und geschmückt und die Frauensättel aus den Remisen hervorgeholt, visitiert und mit Bändern und Borten verziert, denn der ganze Hof sollte Brunhild entgegenreiten und sie am Ufer empfangen. Thronsitze wurden am Strand errichtet, eine Zeltstadt entstand, man steckte den Platz für ein Prunkturnier ab und zäunte die Areale ein, in denen das Volk stehen sollte. In alle Siedlungen, Höfe und Burgen ritten die Boten, die die Mannen des Königs schleunigst nach Worms einluden. Es klappte vorzüglich. Als die Schiffe gesichtet wurden, stand man zum Jubeln bereit.

Da waren sie! Während die Segel fielen und die Ruderer die Boote langsam dem Ufer zutrieben, nahte der feierliche Zug, Gernot und Giselher an der Spitze vor sechsundachtzig Pferden, die die Damen und Edelfräulein trugen und an deren Seite die Vertrauten schritten; Ortwein führte das Pferd Utes und Siegfried Kriemhilds Zelter. Ich sage »Zelter« wie der Nibelungendichter, weil ich gut nachfühlen kann, daß er dabei an so etwas Ähnliches wie einen elfenbeinfarbenen Sportwagen dachte.

In dem Augenblick, da Gunther den heimatlichen Boden betrat, grüßte ihn eine Fantasia, wie sie heute noch die Araber kennen, ein kurzes, blitzendes Schauspiel, das der König wie eine Parade abnahm.

Darauf ging Kriemhild allein der fremden Frau entgegen, die die Königin der Burgunder werden sollte, und küßte sie auf den Mund. »Ir sult« lächelte sie, »zuo disen landen uns willekomen sîn, mir unt mîner muoter unt allen die wir hân der getriuwen friunde«. Sie hob den Blick und suchte in Brunhilds Gesicht zu lesen; dabei blieb ihr Auge abermals an den Lippen haften, sie konnte nicht widerstehen und küßte sie wieder und wieder. Und als Frau Ute ihr den Willkommensgruß entbot und sie in die Arme schließen wollte, hielt auch sie inne und küßte statt dessen »den süezen munt«, der so rätselhaft und betörend war.

Und nun folgt eine tollkühne Schilderung des Nibelungendichters. Er erzählt, wie die Ritter beim Anblick der jungen Mädchen und der vom Schiff strömenden Hofdamen Brunhilds unruhig wurden, wie die Küsse Kriemhilds ihr Blut in Wallung brachten, wie die Männer mit ihren Blicken die schlanken Körper umfingen, wie sie sie unter den seidenen Gewändern zu erraten, zu finden trachteten, wie sie Kriemhild und Brunhild verglichen, Linie um Linie, und daß die »Kenner«, die »vrouwen spehen kunden« (zu sehen verstanden), von Kriemhilds mädchenhaftem Reiz noch mehr erregt wurden als von der fremdartigen wilden Schönheit Brunhilds.

Eine Welle der Sinnenfreude sollte die bevorstehende Doppelhochzeit, vor allem aber das erste Beilager Siegfrieds ankündigen, so wie einst bei der Vermählung Alexanders des Großen zugleich zehntausend Krieger

Hochzeit feierten. Es erinnert daran; doch hier in Worms wetterleuchtet es nur ein bißchen, und alles bleibt in Gedanken stecken, in »minneclichem spile«.

Nach dem Willkomm traten die Ritter ihre Kavalierspflicht an, das heißt, sie eilten, so schnell die feinen Sitten es erlaubten, im Bersaglieri-Trab auf die Menge der wartenden Damen zu, um die Liebreizendste beziehungsweise überhaupt eine zu erwischen und zum Turnierplatz zu führen. »Jâ wart dâ geküsset manic rosenvarwer munt«, fügt der Nibelungendichter hinzu, um uns einen Begriff von dem gewagten Treiben zu geben.

Es war ein brütendheißer Tag und das Turnier – denn natürlich stand mit der Monotonie unserer sonntäglichen Fußballspiele wieder eines auf dem Programm – verlief in nicht so strengen Formen wie sonst. Die grelle Sonne durchglühte die Staubwolken, der ganze Strand sah aus, als brenne er. Die stäubenden Schwaden verjagten, wie heute die Benzinwolken, die Damen und trieben sie in die schattigen Zelte, worauf dann prompt die Reiter ihre Spiele näher heran verlegten oder durch die Reihen hindurchgaloppierten und den Motor noch einmal richtig hochzogen. Auch Siegfried gehörte dazu – wen überrascht es?

Schließlich ließ Gernot es genug sein und gab das Zeichen zur Beendigung des Turniers. Der König wünschte bis zur Abendkühle am Strand zu bleiben, also vertrieb man sich die Zeit nach dem Beispiel der hohen Herren: Man redete, trank, lachte, scherzte, man wanderte in den Zelten herum und versuchte, etwas von den isländischen Abenteuern zu hören.

Bei untergehender Sonne brach Gunther auf. Mit feinem ritterlichem Anstand zog man in Worms ein, und im

Burghof trennten sich die Gruppen: Gunther mit Brunhild und den Würdenträgern begab sich in den Palas, die Gäste verteilten sich auf die Säle der Ritterhäuser. Die Frauen aber, auch Ute und Kriemhild, kehrten in die Kemenaten zurück. Die Königinmutter hatte ihre Tochter an die Hand gefaßt, sie gingen stumm nebeneinander, mit den gleichen Gedanken: Gunther hatte das entscheidende Wort nicht gesprochen.
Im Palas begann indessen »Belsazars Gastmahl«, das Hochzeitsfest eines vom Schicksal zum Untergang bestimmten Königs. Man hatte alles aufgefahren, was gut und teuer war, die Tafel glitzerte von Gold und Silber, auf den Anrichten türmten sich die Speisen. Pagen geleiteten die Gäste zu ihren Plätzen. Brunhild trug bereits das burgundische Krondiadem.
Ehe man sich zu Tisch setzte, reichten die Kämmerer Wasser in kostbaren Becken, und Gunther war gerade im Begriff, die Hände einzutauchen, als Siegfried schnell hinzutrat und es verhinderte – als ob der Nibelungendichter hier die Erinnerung an Pilatus wachrufen wollte. Gunther sollte sich nicht die »Hände in Unschuld waschen«, ehe er sein Versprechen eingelöst hatte! Der Nibelunge wollte seinen Preis; jetzt oder nie, er sagte es laut; Bettler sind bescheiden. Und er war doch weiß Gott keiner!
Alle erschraken.
Gunther faßte sich schnell. Er richtete sich auf, jeder Zoll ein Ehrenmann, und rief nach Kriemhild.
Jetzt war's passiert! Der Startschuß für Giselher. Er sauste glückstrahlend davon.
In Ungewißheit, was der Wunsch ihres Bruders bedeutete, raffte Kriemhild schnell eine Handvoll Anstandsda-

men zusammen, doch Giselher winkte ab. Er nahm sie allein an die Hand, und da wußte sie, daß nun ihr Traum in Erfüllung gehen würde. Mit Herzklopfen betrat sie den Saal, wo zwei Dutzend Soldaten in KdF-Stimmung sie gespannt anstarrten.

Was nun folgte, vollzog sich mit der Geschwindigkeit einer Kriegstrauung. Kriemhild, ganz gehorsame Schwester, ließ mit züchtig gesenktem Blick geschehen, daß ihre Hand in die Siegfrieds gelegt wurde und daß der Nibelunge, blutrot vor Aufregung, sie dann vor aller Augen umarmte und küßte. Die Zeugen bildeten einen Ring um das Paar: Die Ehe war geschlossen.

Niemand hatte Zeit gehabt, auf das »Menetekel« zu achten, das in diesem Augenblick in Brunhilds Gesicht geschrieben stand. Betäubt starrte sie auf die Gruppe der Liebenden, nur von einem Wunsch beseelt: weg, weit weg zu sein. »Ich möhte gerne fluht« (fliehen), läßt der Nibelungendichter sie wenig später zu Gunther sagen und gibt ihr hier noch einmal alle Gefühle, die ein verratenes Herz in der Beschämung haben kann.

Die Tränen rannen ihr über die Wangen. Es war nicht zu übersehen, nicht einmal für Gunther. Er zeigte sich bestürzt.

Auch der Nibelungendichter war es, denn nun stand er vor der Aufgabe, eine neue Begründung für Brunhilds seelische Verfassung zu finden. Die Brunhild der alten Sage (Ex-Verlobte Siegfrieds) war ja ausgemerzt – was hatte nur die neue? Haben mußte sie etwas, denn der Knoten sollte sich schürzen. Es mußte der Same gelegt werden für Siegfrieds Tod. Aber wie?

Ja, wie? Es gab eine Lösung, und er fand sie ausgezeichnet: Brunhild weint aus Scham darüber, daß die Schwe-

ster des Königs einem Manne gegeben wird, der, wie sie in Isenstein erlebt hat, unfrei ist. Aus Rangstolz also und Standesbewußtsein. Das wäre im Hochmittelalter in der Tat ein Motiv gewesen. Jetzt aber stolpert der Dichter über seine eigenen Füße. Er läßt Gunther sich zunächst weigern, über diese Dinge zu sprechen, dann aber, als Brunhild bei Tisch weiter rauhreift, deckt er ihr Siegfrieds wahre Herkunft und königliche Abstammung auf.
Wunderbar! Herrlich steht der Nibelunge da – aber, Sie werden es ahnen: Mit diesem Zuge hat sich der Dichter selbst schachmatt gesetzt, denn der Konflikt ist wieder zum Teufel, die Gewitterwolke, die so dringend nötig ist, hat sich aufgelöst.
Gunther fühlte sich nach diesem kurzen Schatten schnell wieder wohl, scherzend und übermütig tafelte man bis Mitternacht. Des Königs Blut geriet in Wallung, er sehnte sich nach dem Lager. Schließlich konnte er es nicht mehr aushalten und hob das Fest auf.
Die Kämmerer nahmen die Fackeln aus den Ringen und begleiteten die Hohen Herrschaften die Treppe hinunter und über den Hof zu ihren Gemächern. Brunhild und Kriemhild gingen ein Stück Wegs gemeinsam, schweigend, aber anscheinend in Eintracht.
Kaum war die Tür hinter Siegfried zugeknallt, als er auch schon von seinem hart verdienten Preis Besitz ergriff. Er, der Strahlende, der alles konnte, konnte auch dies, und zwar, wenn wir dem Nibelungendichter vertrauen dürfen, vorzüglich.
Hier erhebt sich nun für jeden vielseitig interessierten Mann die Frage, wie es damals eigentlich bei den Berufshelden mit der Erfahrung vor der Ehe stand. Siegfried war weit herumgekommen, gut, aber da ist Gunther. Er

ist König, stündlich und minütlich eskortiert, betreut, behütet, beobachtet. Außerhalb der Kemenaten spielt sich sein Leben fast öffentlich ab. Also wie?
Die Antwort steckt in einer Zeile des Berichts über Gunthers Hochzeitsnacht; wir werden gleich darauf stoßen. (Ich mache dort ein Ausrufungszeichen.)
Der König ließ sich etwas mehr Zeit mit dem Türschließen, denn er war von Kopf bis Fuß auf Zartheit eingestellt. Nachdem er noch das Licht gedämpft hatte, wie der Nibelungendichter ausdrücklich betont, legte er sich sanft neben seine Gemahlin. Und sanft gedachte er sie zu umarmen, als bei der ersten Berührung Brunhild wie der Blitz hochfuhr und ihn zurückstieß.
Gunther war vollkommen verdattert und dachte bitter, »er hete sampfter schon bî anderen gelegen.«! (Da ist es.)
Er versuchte noch einmal, sich ihr zu nähern, aber flammend zornig zischte sie ihn an, sie werde so lange unberührt bleiben, bis sie es in Erfahrung gebracht habe.
Sie stutzen? Mit Recht. Was ist »es«? Im mittelhochdeutschen Text heißt es »diu maere«, »diese (Kriemhilds) Geschichte«. Ja, ist das denn die Menschenmöglichkeit? Die Sache ist doch längst geklärt! Kommt uns der Nibelungendichter noch einmal mit dem alten Mißverständnis von Siegfrieds Nicht-Ebenbürtigkeit?
Er muß. Es ist höchste Zeit für ihn, einen Gegensatz Brunhild-Kriemhild zu schaffen. Er muß; und von allen unlogischen Möglichkeiten kann er diese noch am ehesten bringen, denn auf dem Gebiet »Ehre« schlucken wir Deutschen auch Unlogisches.
Auch Gunther schluckte es auf Wunsch des Nibelungendichters. Er wiederholte nicht seine Erklärung, was so einfach gewesen wäre, sondern schwieg. Aber etwas durf-

te er: Er durfte allmählich, während er so dalag und an die Decke starrte, eine kalte Wut in sich hochsteigen lassen, jenes Gefühl, das gegenüber einer Frau im Bett wirklich nicht das richtige ist, das aber – welcher Mann wüßte es nicht – so leicht in diabolische Lust umschlagen kann. Plötzlich war es auch bei ihm soweit, er fiel über Brunhild her, riß ihr das Leinen vom Leibe und setzte zu einem Doppelnelson an – als er sich hochgehoben fühlte, kurz zappelte und dann auf dem Fußboden landete. Und ehe er es sich versah, hatte Brunhild ihn mit ihrem Gürtel gefesselt, gepackt und an die Wand gehängt.
Eine Boccaccio-Szene! Gunther war nicht mehr außer sich, er war gebrochen. Alles an ihm geknickt.
Erst am nächsten Morgen nahm ihn Brunhild vom Nagel.
Lethargisch begann er den neuen Tag, an dem die Königin gekrönt werden sollte. Gleichgültig begleitete er sie zum Münster, und gleichgültig ließ er das festliche Turnier über sich ergehen. Er blinzelte nicht mehr, er grämelte nicht einmal mehr. Er schien ein Mann, dem man das Rückgrat gebrochen hatte.
Es fiel schließlich sogar Siegfried auf, und das will etwas heißen. Auf seine besorgte Frage beichtete ihm Gunther hinter der Hand das Erlebnis der Nacht. Der Nibelunge war empört. Er selbst in Hochstimmung und von Natur aus gutmütig, wünschte auch den König glücklich, wünschte alle, alle glücklich zu sehen und versprach sogleich Abhilfe mit der Großzügigkeit eines Familienministers, der freudig in fremde Betten greift. Gunther lebte ein bißchen auf, hielt aber die ganze Geschichte für fast irreparabel und beendete die Unterhaltung mit der schlichten Aufforderung, das »schreckliche Weib« zur Not tot-

zuschlagen. Er war auf dem Tiefpunkt der Depression. Siegfried lachte. Aber Gunther meinte es beinahe ernst; zum ersten Mal zeigt sich hier bei ihm ein Zug von Schlechtigkeit, die sich auf Passivität zurückzieht, und ein Zug von Phantastik.
Seine Stimmung besserte sich. Gegen Abend fand er den Plan, daß Siegfried unter der Tarnkappe den Widerstand Brunhilds brechen sollte, schon spannend. Und als er an den zweiten Teil des Projektes dachte, an das Halali, das er dann selbst übernehmen würde, da schoß ihm das Leben wieder in alle Glieder. Abermals, wie schon tags zuvor, beendete er vorzeitig das Mahl und stelzte an der Seite der leicht erstaunten Königin seinen Gemächern zu. Pagen mit Windlichtern begleiteten ihn bis ins Schlafzimmer. Sie richteten noch das Notwendigste, schlugen die Decken auf, steckten die Öllämpchen an und gingen. Plötzlich drückte eine unsichtbare Hand die Lichter aus. Ah!, er war da. Es konnte losgehen!
Er hörte, wie Siegfried sich ins Bett fallen ließ, offenbar in bedenklicher Nähe Brunhilds, denn sie fauchte bereits und erinnerte ihn an die vergangene Nacht. Als Antwort legte der Nibelunge den Arm um sie, gespannt, ob etwas folgen würde.
Es folgte, was man in Ringerkreisen einen Schleudergriff nennt: Er flog aus dem Bett, schmetterte auf eine Bank und krachte mit dem Kopf an die Kante. Der kurze Augenblick, während ihm die Sinne zu schwinden drohten, wurde ihm fast zum Verhängnis, er fühlte schon ihren Gürtel um seine Handgelenke. Mit verzweifelter Anstrengung machte er sich frei. Da umschlangen ihn ihre beiden Arme, hoben ihn hoch und trugen ihn zur Wand. Noch einmal riß er sich los. Er bekam es jetzt wirklich

mit der Angst. Beide polterten gegen den Schrank, hinter dem Gunther stand.
Der König flüchtete in die andere Ecke, aber er schien nirgends sicher vor der wilden Jagd, die nun durch den Raum tobte.
Endlich, endlich hörte er aus Brunhilds wütendem Protest, daß der Kampf sich dem Ende zuneigte, hörte, wie Siegfried schwer durchs Zimmer stampfte und gleich darauf seine Last aufs Bett fallen ließ. Noch ein kurzes Ringen, ein Stöhnen – dann war es still.
Bett? Stöhnen? Still? Teufel nochmal!
Gunther lauschte – behutsam wagte er sich vor und versuchte, in der Dunkelheit etwas zu erkennen, aber es war unmöglich.
Jetzt ein schwaches Knarren des Bettes.
Jetzt noch einmal – –
Schon kam ihm der erste mißtrauische Gedanke, da hörte er, wie Brunhild sich noch einmal aufbäumte und von Siegfried mit solch roher Gewalt niedergestoßen wurde, daß sie vor Schmerz aufschrie.
Der Widerspenstigen Zähmung war beendet. Siegfried streifte Brunhild heimlich einen Ring vom Finger und nahm ihren Gürtel an sich – die Reflexhandlung des ewigen Beutemachers (vom Dichter sehr schön erfunden, denn diese beiden Gegenstände werden später den Tod des Nibelungen besiegeln).
Während sich Siegfried zu Gunther tastete, um ihm das Inspizientenzeichen zum ersten Akt zu geben, sprach Brunhild vor sich hin. Welche Worte! Welche himmlischen Worte der Demut und des Gehorsams! Gunther riß sich die Kleider herunter, während er mit pochendem Herzen hörte: »Künic edele, ich gewer mich nimmer

mere der minne dîn. Ich hân wol erfunden, daz du kanst vrouwen meister sîn.«

Der nächste Morgen sah einen verwandelten König. Erntedank-Stimmung in den Mundwinkeln und schulterklopfend befahl er, das Feiern möge jetzt erst mal richtig losgehen, man möge zum Turnier rufen, man möge Gaukler, Spaßmacher und Sänger holen, man möge die Truhen öffnen und Gold und Silber unter die Gäste werfen. Ja, er schaffte es mit seinem ansteckenden »möge«, daß auch der Nibelunge in sein Säckel griff und mit vollen Händen schenkte, ohne eigentlich zu wissen, warum. Sogar Gernot stand nicht zurück und führte von morgens bis abends gute Gespräche.

Zwei Wochen dauerten die Festlichkeiten. Dann machten sich die Gäste endlich auf den Heimweg, und die Schnorrer zogen weiter.

Man war wieder unter sich. Allerdings mit einer Bombe im Haus.

*

Die Tragödie könnte nun ihren Fortgang nehmen, denn alle Akteure sind versammelt und der Knoten ist geschürzt. Statt dessen legt der Nibelungendichter hier eine große Fermate ein. Er ist Dramatiker von Geblüt und spürt, daß die Katastrophe noch zu früh käme, daß sie um so niederschmetternder wirken muß, wenn er den Himmel noch einmal von allen Wolken reinfegt.

Er hat auch das Gefühl, daß er seinem Helden noch Glanz geben muß, denn das rasche Aufeinander der Taten und Ereignisse hat eine Unruhe in Siegfrieds Bild gebracht,

die gegen die saturierte Würde Gunthers abfällt. Er möchte auch noch ein Weilchen genießen, daß der Held, an dem er mit allen Fasern seines Herzens hängt, alles in so gute Ordnung gebracht hat. Dies ist sogar einer seiner höchsten Genüsse.
Daher ist das nächste Kapitel, die 11. Aventiure, eine Idylle.
Zugleich benutzt er sie, um uns noch einmal zu beweisen, daß an Siegfried kein Makel ist; daß alle Erinnerungen, die wir vielleicht haben könnten, falsch sind, irrig, Gift; daß er der Sohn »aus gutem Hause« ist.
Es waren nur wenige Wochen seit der Hochzeit vergangen, als der Nibelunge seine junge Gemahlin und nicht weniger uns mit der Ankündigung überraschte, es gelte nun Abschied von Worms zu nehmen und in sein Vaterhaus, an dem er so oft wie ein D-Zug vorübergebraust war, zurückzukehren. Denn merken Sie wohl auf: In den alten Sagenquellen bleibt Siegfried in Worms; er hat kein Zuhause.
Kriemhild nahm die Nachricht fröhlich und ohne Wehmut auf. »Wann fahren wir?« waren ihre ersten Worte; sie klingen jungmädchenhaft wie »Oh, fein«, aber sie meinte sie anders: Sie wollte geistig in ihrem Terminkalender nachschlagen, denn gleich fügte sie hinzu, sie brauche noch ein paar Tage Zeit, um ihre Erbansprüche zu regeln! Ansprüche? Welch neue Töne! Kündigt hier der Nibelungendichter ganz vorsichtig eine Kriemhild an, die endlich ein Gesicht bekommt?
Auch Siegfried war etwas verwundert, eigentlich mehr darüber, daß ihm, dem Überreichen, noch von dieser Seite Zuwachs entstehen sollte. Das war ihm peinlich; mißbilligend schüttelte er den Kopf.

Doch siehe da, über dieses Kopfschütteln schritt Kriemhild, die Zarte, Feine, hinweg zur Tagesordnung. Der Nibelunge war zugegen, als sie vor ihre Brüder trat und ihr Erbe forderte. Man hat fast den Eindruck, als schämte er sich. Und als Giselher, mit alter Begeisterung für seine schöne Schwester, ihr als erster Land und Leute, die ihm gar nicht gehörten, zu Füßen legte, wehrte Siegfried verlegen ab.
In diesem Augenblick setzte sich Kriemhild zum zweiten Mal über ihn hinweg. Sie wiederholte ihre Forderung und blickte Gunther fest an.
Der König blinzelte fest zurück.
Und da das anscheinend nicht genügte, um seine wenig begeisterte Auffassung von der Angelegenheit zum Ausdruck zu bringen, wandte er sich dem Nibelungen zu und sprach wie ein echter Landesvater die seitdem geflügelten und die ganze Sache in die Zukunft verlegenden Worte: Der Dank des Vaterlandes ist Euch gewiß.
Wie richtig hat er Recken eingeschätzt! Siegfried senkte »den degenen, do man ez îm sô guetlich erbôt.«
Vielleicht wäre damit die Geschichte erledigt gewesen, wenn nicht Gernot das dringende Bedürfnis zu einigen Worten gefühlt hätte. Da er tatsächlich ein weit honetterer Mann war als sein regierender Bruder, erkannte er Kriemhilds Forderung an, durchdachte das Problem auch gleich noch etwas weiter, machte einen kleinen Überschlag, verrechnete Immobiles mit Transportablem und kam zu einer konkreten Zahl: Er schlug seiner Schwester vor, als Abfindung tausend Lehnsmannen mitzunehmen; er deutete gleich in die Runde, um ihr zu zeigen, daß sie mit der Auswahl schon anfangen könne. Auch Kriemhild war im Kopfrechnen nicht schlecht und griff sofort zu.

Sie wählte wie ein guter Fußballpräsident die beiden besten Stürmer Hagen und Ortwein und ließ sie holen. Als man dem Tronjer den Beschluß eröffnete, geriet er außer sich. Mit zornrotem Gesicht schrie er die Königsschwester an, er sei kein Geschenk, er wechsle seinen Herrn nicht wie ein Hemd, er kenne nur *eine* Treue, nicht mehrere, sie möge nehmen, wen sie wolle; ihn nicht. Damit verließ er den Saal.
Die Szene muß furchterregend gewesen sein. Wir wollen sie im Gedächtnis behalten, sie ist ein Schlüssel zu dem vielseitigen Rätsel Hagen.
Der Auftritt ließ auch Kriemhild zurückzucken. Sie bat um fünfhundert Mann und dreiunddreißig Frauen und Mädchen und ließ es damit bewenden.
Das große Rüsten und Packen begann, und dann ging es »küssende« ans Abschiednehmen.

*

Wenn der Vorhang sich wieder hebt, erblickt man Xanten. Die schöne Idylle beginnt.
Boten kommen auf schweißbedeckten Rossen und melden das Nahen Siegfrieds.
Die Burg wird ein aufgescheuchter Bienenstock.
In tiefem Glück das alte Königspaar Siegmund und Sieglind.
Die Tage vergehen im Fluge.
Eines Morgens eine Staubwolke am Horizont. Hornsignale vom Söller.
Der Sohn, der Held, der Strahlende, der Unbesiegte, der Sagenhafte kehrt heim.

In Samt und Seide prangen Säle und Gemächer, Blumen und Grün schmücken alle Wege, ein Lächeln schmückt jedes Gesicht.
Nun ist er da, der Erbe.
Der zukünftige? O nein, in der ersten Stunde noch setzt Siegmund ihm die Krone auf, und alle Großen des Reiches huldigen ihm.
Ist er nicht wie ein junger Gott? Verjüngt sich nicht das ganze Land mit ihm?
Und wie schön ist die Erwählte an seiner Seite! Von ihr hat er geträumt, um sie hat er geworben, für sie hat er gekämpft.
Jeder Tag ist von nun an Sonntag.
Wenn er regiert, glänzen die Augen aller Getreuen. Wenn er Gericht hält, zittern die Ungetreuen. Aber es gibt fast keine, das macht die Sache so einfach.
Friede herrscht, und in allen Hütten Glück.
Die Ernte des heldischen Lebens ist in die Scheuer gefahren, alles ist nach dem Kopf des Helden geregelt, es gibt gar keine andere Möglichkeit, als glücklich zu sein. Und zwar traut.
So gehen die Jahre dahin, eins, zwei, zehn.
Der Knabe – denn Kriemhild hat einen Sohn geboren – ist inzwischen schulpflichtig und ganz der Vater. Er heißt nach seinem Onkel Gunther.
Auch Brunhild, im fernen Worms, hat einen Knaben geboren. Ebenfalls ganz der Vater. Er heißt Siegfried; der Knabe.
Die Welt ist schön. Der Himmel ist blau, die Schweine sind fett, und auf dem Ofen liegen die Bratäpfel.

*

Wenn der Motor abgestellt ist, ist das Ticken der Uhr das lauteste Geräusch.
Mit Regelmäßigkeit, mögen die Abstände noch so groß sein, kommt im Leben der Völker diese Zeit. Wenn der Held die Stiefel von den Füßen schießt und sich auf das Sofa zurückwirft, dann gleicht er den Göttern gewiß nicht weniger als im Augenblick seiner Größe. Denn es ist der »siebente Tag« der Bibel, der Tag, an dem er, gleich dem Schöpfer, sich zurücksinken läßt und ruht – der Deutsche, nachdem er noch schnell die Stiefel geradegestellt und die Schnürsenkel nach innen geschlagen hat.
Das Pausenzeichen der Historie tickt.
Aus einem unerfindlichen Grunde nennt die Welt diese Zeit spießig und philiströs. Es sind die Makartstraußzeiten, die Gründerzeiten, die Biedermeier-Zeiten der Völker. Verlacht und verhöhnt, sobald sie rückblickend erkannt werden.
Was will die Welt eigentlich? Der Held liegt im Trockendock: Soll er wieder auslaufen, soll die Flamme wieder aufzischen, das Feuer wieder ausbrechen? Es gibt nur dieses Entweder-Oder, es gibt kein Zwischending. Ein Held ersinnt entweder Bomben oder Gartenzwerge.
In Wahrheit wissen wir über das Ausreifen solcher Zwischenzeiten gar nichts; noch jedesmal wurden sie abgebrochen, endeten sie vorzeitig und gewaltsam. Soweit wir sie aber kennen, diese seltsamen Leberecht-Hühnchen-Zeiten der Menschheit, haben sie das Wunderbarste, das Schönste hervorgebracht, was sich denken läßt: den komplementären Aufstand des Geistes.
Als 1793 in Frankreich »was los« war und die Bombe der Revolution platzte – was geschah da in der Malerei, in der Dichtung, in der Musik? Eine Eruption? Nichts

dergleichen. Erst die »Spießerzeit« war es, in der der Impressionismus geboren wurde, es waren »Spießerzeiten«, in denen der Expressionismus erblühte, stets war die verachtete »Spießerzeit« die große Mutter, die milchreiche, geduldige, ahnungslose, dümmliche Amme.
Ein Land, das seinen »siebenten Tag« feiert, sollte nicht verlacht, es sollte zum Naturschutzgebiet erklärt werden.

*

Schön war's. Zehn Jahre lang; wie der Nibelungendichter sehr richtig als Maximum erkannt hat.
Nun wird es wieder ernst.
In Worms hatte man all die Jahre hindurch aus Xanten kaum mehr gehört, als was ein Spielmann gelegentlich daherschwatzte, und wem von diesen armen Teufeln wäre es eingefallen, eine schlechte Nachricht zu überbringen?
Ging es Kriemhild gut? War sie gealtert? Laß mich nachrechnen, dachte Brunhild: Damals war sie wahrscheinlich zwanzig, man kriegt es ja nie heraus; heute zehn dazu macht dreißig. Vielleicht geht sie schon auf die Vierzig. Ob sie noch so hübsch ist? Vielleicht hat sie nach dem Kind ihre Figur verloren. Vielleicht ist sie böse geworden; übermäßiger Reichtum macht böse. Was fangen die eigentlich mit ihrem unermeßlichen Nibelungenschatz an? Warum hat man ihnen nur erlaubt, noch fünfhundert Burgunder mitzunehmen?
Und damit fiel er ihr nach zehn Jahren glücklich wieder ein, der berühmte Gedanke: Wie *war* die Sache eigentlich damals?

Gunther – in stiller Abendbrotstunde darauf angesprochen – hob die Augen zum Himmel und erklärte zum hundertsten Male, Siegfried sei niemals sein Lehnsmann gewesen.
Brunhild lächelte ungläubig, aber sie ließ das leidige Thema fallen und offenbarte dafür Gunther den Wunsch, Siegfried und Kriemhild wiederzusehen.
Der König war entzückt von dieser Idee. Schon tags darauf machten sich die Boten, dreißig Reiter unter Führung des Markgrafen Gere, auf den Weg.
Es wurde eine etwas längere Reise, als sie glaubten, denn in Xanten stellte sich heraus, daß die Hohen Herrschaften ausgeflogen waren. Nicht weit, nur in ihr Dependance-Königreich in Norwegen.
Man warf also die Pferdekräfte nochmals an und brauste in Richtung Skandinavien weiter. Nach zwölf Tagen hatte der Trupp die Burg Nibelunc erreicht. Als er mit Getöse in den Hof einritt, lagen Siegfried und Kriemhild gerade im Bett. Tagsüber.
Das, verehrter Leser, ist keine Erfindung von mir, sondern vom Nibelungendichter, eine hübsche Erfindung übrigens. Wir wollen dankbar sein für jede menschliche Episode. Ich nehme an, dies war damals eine.
Die Forschung sagt nein. Das Wort »bette« habe hier gewiß den Sinn von Diwan, und daß Frau Kriemhild nicht selbst ans Fenster ging, sondern die Zofe rief und sie hinunterschauen ließ, sei nur ein feiner Zug von Selbstbeherrschung.
Ach, ihr Philologen und Germanisten, zerstört mir meinen Glauben nicht! Nackend war sie, meine Freunde, nackend, vertrauen Sie mir!
Und hastig zog sie sich an, sobald sie wußte, wer ange-

kommen war. Denn die Zofe, selbst Burgunderin, hatte natürlich die Trachten und Schilde erkannt.
Angesichts der alten Freunde und bei den vertrauten Lauten brach das Heimweh durch; sogar Siegfried war gerührt von der Einladung, die der Markgraf überbrachte. Er sah das schöne Worms wieder vor sich, den freundlichen, blinzelnden Gunther, den netten Gernot, den lieben Welpen Giselher – er war kein Welpe mehr? Wahrhaftig! Wie die Zeit vergeht! Graf Gere begann zu erzählen, er erzählte bis tief in die Nacht hinein.
Seltsamerweise sagte Siegfried nicht sofort zu. Er wollte erst den Rat seiner Vertrauten einholen, er wollte auch noch die Staatsgeschäfte ordnen. Er war nicht mehr – hier konnte man es sehen – der junge, unbekümmerte Haudegen, er war König! Graf Gere mußte neun Tage warten, es war fast unhöflich.
Aber dann entschied der Nibelunge sich selbstredend so, wie es sich alle wünschten; und die Burgunder konnten, reich beschenkt, die Rückreise antreten.
Dreißig Pferde hatten sich damals auf den Weg gemacht, doppelt so viele kehrten nun nach Worms zurück, so hoch beladen, daß sie schwankten. Der Markgraf bahnte sich mit Mühe einen Weg durch die staunende Menge, und wer es sich erlauben konnte, bestürmte ihn mit Fragen.
Er ruderte sich zur Palas-Treppe durch.
Die königliche Familie genoß die Neuigkeiten in vollen Zügen. Vor Vetter Gere brauchte man sich keinen Zwang aufzuerlegen. Leider war der Graf im Sinne Brunhilds etwas begriffsstutzig; es gelang ihr nicht, herauszubekommen, ob Kriemhild immer noch ihre schöne Figur hatte. »Hât noch ir schoener lîp«, fragte sie, »behalten der zühte (Zucht)?« Und Gere antwortete: Doch, doch,

»si kumt sicherlîchen!« Dann wurde sie abgelenkt; vom Hof herauf drangen helle Ausrufe des Entzückens, »Ah's« und »Oh's« und das Gegacker der Mägde. »Sie laden die Geschenke ab«, lächelte Gere. Alle stürzten ans Fenster. Der Anblick der Kisten und Kasten, dieser kleinen Kostprobe des Nibelungenschatzes, erweckte in Hagen eine Erkenntnis von schlichter Größe; er sah Gunther von der Seite an, entblößte seine Rafferzähne zu der Freundlichkeit eines Brotmessers und sagte: »Hey! der hort sold komen immerdar in der Burgunden lant!« – ein Gedanke, der wie ein Pfeifchen Haschisch den König sogleich in angenehmes Träumen versetzte. Jetzt hatte der Besuch aus Xanten erst die richtige Würze, und er gab Befehl, den lieben Gästen einen »großen Bahnhof« zu bereiten.

Am Tage der Ankunft, als man durch Kuriere schon von Stunde zu Stunde, von Gehöft zu Gehöft ihr Nahen verfolgen konnte, zog Gunther mit Brunhild und stolzer Eskorte den Xantenern entgegen und holte Siegfried unter Posaunenstößen und Trommelwirbel ein.

Sogar Hagen von Tronje stieß ins selbe Horn. Bildlich gesprochen.

*

Elf Tage verliefen in Harmonie und Freundschaft. Am zwölften trat jenes Ereignis ein, das die Bombe zündete. Der Nibelungendichter hat dieses Kapitel überschrieben: »Wie die Küniginne einander schulten« (sich schalten), eine Formulierung, die so klein und dünn ist wie eine Viper. Sie hat auf mich schon, als ich noch zur Schule ging,

einen unheimlichen, einen gruseligen Eindruck gemacht. Dieses Frösteln konnte ich später, als ich erwachsen war, kaum noch nachfühlen. Heute aber, als älterer Mann, empfinde ich es überraschenderweise wieder. Das Scheußliche liegt für mich in den nichtigen Worten für das tückische Umkippen von Gunst in Ungunst innerhalb einer Sekunde. Die Ungewißheit jeden Gesprächs zwischen uns Menschen ist in Wahrheit zum Fürchten.
In dieser »14. Aventiure« wächst der Nibelungendichter über sich selbst hinaus und zeigt sich als der geborene Dramatiker. Ich überlege, wie ich Ihnen das Kapitel, das mit dem Dialog steht und fällt, wiedergeben soll. Ich hatte bisher stets Scheu, in direkte Rede zu fallen, denn die alte Sprache können wir nicht mehr auskosten, und unsere heutige hat den Teufel in sich; sie ist so hell und desillusionierend wie das Neonlicht.
Wahrscheinlich muß man es ganz neu fassen. Wir wollen es versuchen.
Grandios ist die Steigerung des Dialogs, das Wachsen des Irreparablen, das langsame Aus-dem-Ei-Kriechen des Hasses. Von Satz zu Satz hört man das Knacken der Schale. Die Szene spielt nicht mehr wie in der Ur-Sage am Rheinufer, wo sich die Königinnen ihr Haar wuschen – ein schönes Bild, archaisch einfach.
Der Nibelungendichter empfand es im Gegenteil als unwürdig und verlegte das Drama auf einen Altan des Frauenhauses, von dem man in den Turnierhof blicken konnte. Die Zeit ist präzise genannt, so, wie ein Dramatiker sie für den Beleuchter angibt: Früher Nachmittag.
Personen: Brunhild und Kriemhild.

Kriemhild
(in Teichoskopie): Schön! Nicht wahr?
Brunhild nickt.
Kriemhild: Wie schön, wie schön!
Siehst du ihn?
Brunhild: Wen?
Kriemhild: Meinen Mann!
Brunhild (lächelnd): Er ist schwer zu übersehen.
Kriemhild: Er ist herrlich! Wie ein Stern am Himmel.

*Brunhild (immer noch
lächelnd):* Am Himmel stehen viele Sterne, und sehr viele sind gleich hell.
Kriemhild (humorlos): Dann ist er eben der Mond unter den Sternen.

Brunhild schweigt.
Kriemhild (unbeirrt): Er ist der König der Könige!
Brunhild (mit Unbehagen, aber milde): Ein großes Wort. Recht stolz.
Kriemhild: Stolz? Ich bin es.
Brunhild: Ja, ich merke es.
Kriemhild (der die Worte noch immer keine Erleichterung verschafft haben): Alle Königreiche könnten ihm untertan sein.

*Brunhild schweigt und
betrachtet statt des
Turniers angelegentlich
den Himmel.*
Kriemhild: Nicht »könnten« – sollten!

Brunhild (wie nebenbei): Wie das?

Kriemhild hört offenbar nicht hin, sondern gestikuliert zum Hofe hinunter.

Brunhild (ärgerlich): Wenn ihr beide, du und er, allein auf der Welt wäret, würde sie ihm gehören. Zweifellos. Nun leben aber zufällig noch andere, zum Beispiel Gunther.

Kriemhild: Schau nur! Schau hinunter! Und da soll ich nicht stolz sein?

Brunhild: Ich habe nichts dagegen. Nur kann ich natürlich dasselbe sagen: Für mich ist Gunther der König der Könige.

Kriemhild (aufreizend weiter schwärmend): Ich weiß, was ich sage, wenn ich ihn über alle stelle.

Und sich plötzlich Brunhild zuwendend: Du glaubst doch nicht etwa, daß er Gunther an Adel nachsteht? Das glaubst du doch nicht, nicht wahr? Nicht wahr?

Sie wartet unruhig. Als Brunhild nichts erwidert, fährt sie taktlos fort: Du bist unhöflich, wenn du nicht antwortest!

Brunhild (mit der Bedächtigkeit, mit der man einen vergifteten Pfeil auflegt):

Ich will dir etwas sagen, Kriemhild, auf die Gefahr, daß du mir sehr böse bist, aber es ist die Wahrheit: Als Gunther und Siegfried damals nach Isenstein kamen, erklärten beide – hörst du – beide, daß Gunther der König und Siegfried sein Lehnsmann sei.

Alles, was ich sah, bestätigte es mir. Ich sah ihn dienen, verstehst du, Kriemhild? Dienen! Ich sah ihn Gunthers Steigbügel halten.

Kriemhild (verwirrt):

Das ist unmöglich! Nein, nein, das ist ein Irrtum. Niemals hätte mich mein Bruder seinem Lehnsmann zur Frau gegeben. Niemals!

O nein, das ist absurd. Siegfried ist König und –

Brunhild:

– und Lehnsmann Gunthers. Was ist daran absurd?

Kriemhild (zutiefst getroffen):

Ich bitte dich, Brunhild, sprich nie mehr davon. Ich bitte dich herzlich. Denke auch nie mehr daran.

Brunhild: Ich denke sogar sehr oft daran. Und ich werde es weitertun.

Kriemhild: Ach, wie böse du bist! Warum kannst du nicht darauf verzichten, mich –

Brunhild (sie unterbrechend): Auf eine Lehnshoheit verzichten?

Kriemhild (zornig): Ach, das meine ich doch nicht –

Brunhild: Aber ich! Warum sollte Gunther auf seinen besten Lehnsmann verzichten?

Kriemhild schreit sie an: Er wird! Er wird! Verlaß dich drauf. Siegfried würde lachen, wenn er dich hörte!
Wo ist denn der Zins, wo ist der Dienst, den er dir in den zehn Jahren hätte leisten müssen? Nirgends! Sagt dir das nichts? Nein?
Ach, ich habe es satt, mit dir zu reden.

Brunhild steht auf und wendet sich zum Gehen: Ich werde deinem Hochmut ein Ende machen. Du sollst erleben, wer ich bin und wer du bist.

Kriemhild (die ebenfalls aufgesprungen ist, in Wut): Jawohl! Das werden wir erleben, und zwar sofort!

	In einer Stunde werde ich vor aller Augen *vor* dir die Kirche betreten. Und du wirst hinterhertrotten.
Brunhild (drohend):	Laß es, ich rate dir!
Kriemhild (im Gehen):	Nein. Ich will es, und so geschieht es!

Noch dramatischer, wenn auch nicht in dieser kunstvollen, stufenweisen Steigerung, verlief die Begegnung eine Stunde später am Kirchenportal vor den Augen der versammelten Burgunder, Xantener und Nibelungen, die keine Ahnung hatten, was sich zusammenbraute. Brunhild war bereits eingetroffen und wartete auf der obersten Stufe vor dem Eingang auf Kriemhild. Es schien allen eine hübsche, höfliche Geste.
Die Unruhe begann, als Kriemhild mit ihrem Gefolge – alle auffallend, geradezu wie Parvenüs herausgeputzt – ankam, ohne rechts und links zu sehen, ohne Lächeln. Zwei Schritte vor der Tür trat Brunhild ihr in den Weg und rief, laut und scharf wie einen Befehl: Steh!
Kriemhild stand. Etwas anderes war im Augenblick auch gar nicht möglich, zwischen ihr und der Tür befand sich eine Olympionikin.
Es war kein Mißverständnis möglich; die entfernter Stehenden reckten sich auf die Zehenspitzen, um etwas sehen zu können. Es gab nichts zu sehen, nur zu hören. Gerade jetzt tönte wieder der Lautsprecher: Die Frau eines Lehnsmannes habe zu warten, bis Königin Brunhild das Münster betrete.
Sie hat es wahr gemacht, dachte Kriemhild, und blinder Haß packte sie. Sie trat nah an Brunhild heran und

schleuderte ihr all die Ungeheuerlichkeiten, die sie sich aus dem Bettgeflüster ihres Mannes in ihrem Kopf zurechtgebraut hatte, ins Gesicht: daß Siegfried in jener Nacht Brunhild besiegt und besessen habe, daß sie die Dirne des Mannes, den sie Lehnsmann nenne, gewesen sei.
Brunhild wich einen Schritt zurück, entsetzt wie vor einer Viper. Dann sagte sie tonlos, mehr zu sich selbst als zu der Rasenden, das alles müsse nun Gunther erfahren. Sie war wie betäubt, schien gar nicht zu hören, daß Kriemhild ihr antwortete, das schrecke sie nicht, und schien auch nicht wahrzunehmen, daß die andere an ihr vorbei in das Münster trat, gefolgt von dem langen Zug ihres Hofstaates.
Die Menge der Ritter, die den Gottesdienst vor der Kirche abwarteten, starrten zu der Königin hinauf, die die Hände vor das Gesicht geschlagen hatte und weinte.
Was jetzt unmittelbar folgte, ist im Nibelungenlied unklar. Wie in einem Drama blendet die Bühne ab, noch während Brunhild vor dem Portal steht, und blendet mit der Gestalt der heraustretenden Kriemhild wieder auf.
Der Gottesdienst war beendet – da stand sie schon wieder da, die Fremde aus Island, Gunthers Leichtathletik-Preis!
Was wollte sie noch?
Ja, was wollte Brunhild noch? Sie wollte das Zwecklo-seste, was man bei einer Beleidigung überhaupt wollen kann: Beweise. Einen größeren Gefallen hätte sie Kriemhild nicht tun können. Beweise? Endlich konnte sie das lang gehütete Geheimnis preisgeben und dem Überdruck ihres Herzens Luft machen. Sie streckte die Hand vor und zeigte Brunhild den Ring, den sie am Finger trug.

Die Wirkung war anders, als sie erwartet hatte. Brunhild war nicht erschrocken, im Gegenteil, sie machte ein Gesicht, als ginge ihr ein Licht auf. Oh – ihr Ring! Sie hatte ihn zehn Jahre vermißt; hier also tauchte er wieder auf. Und wer war der Dieb?

Kriemhild lachte. Der Dieb? Sie schlug den Umhang zurück, knüpfte einen seidenen Gürtel ab und hielt ihn triumphierend in die Höhe: den Gürtel, den »die da« in der ersten Nacht getragen und den Siegfried ihr abgenommen hatte!

Sie werden mir zugeben: Der Gipfel der Geschmacklosigkeit ist erreicht. Es geht nicht mehr darum, Brunhild in ihrer Stellung und in ihrem Anspruch zu treffen, es geht darum, sie als Geschlechtsgenossin, als Ur-Rivalin der Schöpfung zu vernichten. Die Entgleisung Kriemhilds, die offenbar den Verstand ausgeschaltet hat und sich selbst nicht mehr kennt, ist nur aus einem zu begreifen: Sie kann nicht mehr zurück. Sie ahnt den Abgrund, den sie aufgerissen hat. Es gibt keinen Rückzug, sie will es durchstehen, deshalb schlägt sie so sinnlos zu.

Ist sie schlecht? Böse? Oder würde sie, wenn sie könnte, alles ungeschehen machen?

Sofort.

Leider geht es nicht.

Brunhild ist am Ende mit ihrer Fassung, sie begreift nichts mehr. Sie fühlt sich wie ein waidwundes Wild todmatt, sie kann auch nicht verhindern, daß ihr wieder die Tränen über das Gesicht laufen; sie ruft nach dem König. Kriemhild kreuzt die Arme über der Brust und wartet, lächelnd; in Wahrheit in heftiger Ungewißheit.

Nach wenigen Sekunden tritt Gunther aus der Kirche. Er sieht Brunhild weinen. Er staunt ein bißchen in die Runde, breitet dann die Arme aus und geht als starker Mann auf sie zu, indes seine Stimme unbehaglich tremoliert:

    Meine Liebe, was muß ich sehen! Traurig? Nanu, nanu?

Brunhild (bitter): Traurig. Ja, traurig.
Sie weist auf Kriemhild: Deine Schwester hat mich vor aller Augen und Ohren angeklagt, meine Ehre verloren zu haben. Sie hat mich angeklagt, mein Magdtum einem anderen Mann, ihrem Mann, verschenkt zu haben. Sie hat mich angeklagt, dich betrogen zu haben. Sie hat mich angeklagt, Siegfrieds Kebse zu sein.

Sie sieht Gunther ratlos an.
Gunther (energisch und daher albern): Das war nicht recht von ihr.
Brunhild (sprachlos): Nicht recht?
Dann flammt ihr Stolz noch einmal auf:

    Mein Herr Gemahl! Eure Schwester trägt meinen Ring und meinen Gürtel! Ist Euch klar, was das heißen soll? Erkennt Ihr, was hier zusammengebraut werden soll?

(Gunther überlegt)
Brunhild tritt an seine Seite: Von dieser Lüge und von dieser öffentlichen Schmach wirst du mich jetzt reinigen!

*Gunther,
während überraschend
nun auch Kriemhild die
Tränen kommen, zu den
Rittern:*   Ruft ihn herbei!
Einige Stimmen: Wen –?
*Gunther, zerstreut und
ungeduldig:*   Na, ihn!
*Während man Siegfried
holt, marschiert Gunther mit gesenktem
Kopf ein paarmal auf
und ab.
Endlich tritt der Nibelunge auf.
Siegfried, mit einem
schnellen Blick in die
Runde:*   Die Frauen weinen? Was ist geschehen? Warum hat man mich geholt?

Gunther, sich aufraffend, zögernd: Folgendes...
dann, energischer: Ja – was geschehen ist? Folgendes ist geschehen. Ganz übel.
Ist es wahr, daß du dich vor Kriemhild dessen gerühmt hast?
Siegfried: Wessen gerühmt? Ich verstehe kein Wort.
Gunther: Du seist Brunhilds erster Mann gewesen? Du habest sie besessen in jener Nacht – ich will sagen...

Siegfried, sofort:	Niemals! Und hat Kriemhild es gesagt, so soll sie es bereuen.
Gunther:	... ich will sagen, verstehst du –
Siegfried, feierlich:	Vor deinem ganzen Heerbann will ich es beeiden, daß nie ein solches Wort über meine Lippen kam.
Gunther, rasch:	Jawohl, so soll es geschehen. Leiste mir den Eid, hier und sofort...
und mit Erleichterung:	... und die böse Sache ist bereinigt.

Auf seinen Wink treten die Ritter zum Kreise um die Gruppe zusammen. Siegfried hebt die Rechte zum Schwur. Alle warten auf seine Worte, aber außer der Schwurgeste folgt nichts.

Gunther, befriedigt, ihn aber unwillkürlich nicht mehr mit du anredend: Ich glaube Euch! Ihr seid schuldlos.

Siegfried läßt die Hand langsam sinken.
Da löst sich Hagen aus dem Ring, tritt zu seiner Königin, die wie versteinert dem Vorgang gefolgt ist, ergreift

*ihre Hand und führt sie,
an Gunther vorbei, fort.
Sein Gesicht ist finster.
Siegfried, der offenbar
nichts bemerkt hat:*   Die Kränkung tut mir leid, sehr
                               leid. Man sollte Frauen so er-
                               ziehen, daß sie ihren Hoch-
                               mut...
                               ... ich schäme mich.

Es war der seltsamste Eid, der je geleistet worden ist. Worum er ging, wußten nur zwei, Gunther und Siegfried. Er ging um Gunthers stille Frage an den Nibelungen: Hast du damals oder hast du nicht?
Er hatte nicht. Er konnte es mit gutem Gewissen beschwören. Stumm und sprachlos beim Erheben der Hand blieb er nur deshalb, weil er auf das »dicke Ende«, das wegen seiner Anwesenheit im Schlafzimmer nachkommen mußte, wartete. Es kam nicht; er wollte es kaum glauben.
Die Menge der Ritter und Hofdamen konnte überhaupt nichts begreifen. Wo kam der Ring her, woher der Gürtel des Nachthemds?
Ob der Nibelungendichter gesehen hat, daß der Konflikt ungeklärt und alle Fragen unberührt blieben, ist zweifelhaft; auf jeden Fall war es ihm egal. Er wollte nur eins: seinen Helden vor jedem Schatten bewahren; er sollte rein dastehen, wenn sich allmählich alle um ihn herum in Schuld verstrickten.

*

Als sich wenige Minuten nach dieser Szene die drei königlichen Brüder mit Hagen und Ortwein im Rittersaal trafen, kam der große Knall; Hagen gab seinem Herrn zur Kenntnis, er habe der Königin geschworen, die Schmach mit dem Tode Siegfrieds zu sühnen.
Nicht alle waren von den Worten des Tronjers überrascht oder gar gelähmt; Ortwein, als Neffe Hagens, selbstverständlich nicht, denn er kam aus dem selben Nest. Aber auch Gunther nicht. Hier hätte er toben müssen; den Tronjer anschreien müssen; die Tür so ins Schloß werfen müssen, daß sie zum Fenster hinausflog – aber er wackelte nur mit den Ohren. Schließlich raffte er sich auf, er gab zu bedenken, daß der Nibelunge viel für ihn getan habe. Und dann sprach er die milden, schrecklichen Worte: »Man sollte ihn leben lassen.«
Der einzige, der – eben weil er nichts verstand – begriff, daß etwas Fürchterliches sich zusammenbraute, war der junge Giselher. Er sprang auf, voll ungläubigen Entsetzens, und warf sich seinem Bruder fast zu Füßen.
Hilfesuchend blickte er sich nach Gernot um. Aber Gernot trat, wie Herr Staatssekretär Globke sagen würde, geistig »in die Fensternische«...
Die nächsten Besprechungen fanden ohne die beiden statt.
Das Ganze lief mit Riesenschritten auf die Katastrophe zu. Von Mal zu Mal wurde der Sinn der Einwände, die Gunther noch machte, deutlicher: Er fürchtete, der Anschlag könnte mißglücken und der Nibelunge sie alle ins Jenseits befördern. Er fürchtete auch, sie würden die verwundbare Stelle Siegfrieds nie erfahren.
Hagen war nicht taub. Es ging bereits um Details? Vierundzwanzig Stunden später hatte er sich durchgesetzt.

Er trat zum Fenster, blickte zu den Kemenaten der Königin hinüber, deren Fenster verhangen waren, und dann zum Hof hinunter, wo ein Ritterspiel mit Siegfried im Gange war. Teure Tränen, dachte er, aber das sind die Preise Hagens, wenn er haßt.

*

Nervös und unruhig – bis auf einen – gingen die Verschwörer auseinander. Verschwörer sind immer nervös und unruhig; nicht weil das Attentat mißlingen könnte, sondern weil es im Wesen der Verschwörung liegt, ein unehrenhafter Weg zu sein. Verschwörer haben vorher unter sich stets zu viel von Ehre gesprochen, um im Unterbewußtsein nicht ein schales Gefühl zu haben.
Sie waren auch nervös, weil sie, wie die meisten Verschwörer, nichts zu tun hatten. Der einzige, auf dem die Last der Durchführung lag, Hagen, blieb ruhig und besonnen. Sein Plan war einfach, aber er stand und fiel mit der Frage, ob es ihm gelingen würde, die verwundbare Stelle Siegfrieds in Erfahrung zu bringen, jene Stelle, auf die bei dem Bad im Drachenblut ein Lindenblatt gefallen war.
Hagen war überzeugt, daß Kriemhild das Geheimnis kannte. Er sah es als simples Bettgeheimnis an, das sie verraten würde wie jenes andere. Er war so fest überzeugt, das Rätsel lösen zu können, daß er keine Bedenken hatte, schon vorher die notwendige Komödie abrollen zu lassen, ein umständliches Theater, das aber zum Ziele führen mußte.
Es verlief folgendermaßen:

Eines Morgens ritten 32 Reiter in Worms ein und begehrten, vor den König geführt zu werden. Sie sprachen den Dialekt der Burgunder, kein Wunder, denn sie waren welche.

Ein Wunder war lediglich, daß sie sich als Sachsen und Boten König Lüdegers ausgaben. Niemand am Hofe kannte sie, nichts fiel auf.

Virtuos – wieder wie ein Dramatiker – beschreibt der Nibelungendichter indirekt die (wie man heute auf der Bühne sagen würde) »idiotensichere« Schauspielkunst Gunthers. Die Boten wurden vor ihn geführt, er empfing sie jovial, setzte sich und hieß sie ebenfalls Platz nehmen – ahnungsloser Gastgeber vom Scheitel bis zur Sohle. Die Fremden lehnten höflich ab. Gunther warf erstaunt den Kopf auf. Was bedeutete die Weigerung, wer waren diese Leute? Und mit immer mehr sich verdüsternder Miene hörte er sich die Platte an, die der Sprecher herunterleierte: Kriegsansage Lüdegers und Lüdegasts!

Nicht sehr geistreich, zugegeben; aber immerhin ein Krieg! Gunther sprang auf und »begonde zürnen«, wie ihn seine Landeskinder, die da vor ihm standen, noch nie gesehen hatten. Sie wichen ernsthaft erschrocken zurück. Es war eine große Szene, und Hagen entblößte begeistert die Klaviatur seiner Zähne.

Die Komödie ging so weit, daß man den falschen Boten sogar Herberge anwies. Verdattert zogen sie unter. Jedermann konnte es beobachten. Tags darauf ritten sie davon. Von Stund an ging Gunther gramzerfurcht umher. Dennoch mußte er tagelang warten, bis der arglose Nibelunge ihn darauf ansprach; ärgerlich lange Tage, wie jeder Mann weiß, der einmal vor seiner Frau den geheimnisvollen Märtyrer spielen wollte.

Und nun wiederholte sich das Schauspiel, das sich durch den ganzen Siegfriedteil des Liedes zieht: Geschmeichelt und eitel, im Bewußtsein der Berufung, die Welt in Ordnung bringen zu müssen, aber auch in aller Unschuld und großer Hilfsbereitschaft ließ sich der deutsche Held übertölpeln. Wieder hören wir von ihm den Satz: Bleibt Ihr nur hier zu Hause, ich werde mit meinen Mannen allein in den Kampf ziehen und Euch den Sieg bringen.

Sein Auge leuchtete martialisch; zivil blickte das von Gunther. Hier sah man's wieder: der eine ein Preuße, der andere ein netter Mensch.

Die Zeit war nun reif, daß Hagen eingriff. Während sich alles im Aufbruchsfieber befand, begab er sich zum Gästehaus und bat um Audienz bei Kriemhild, um von ihr »urloup« zu nehmen. Er meldete sich also ab. Kriemhild rechnete es ihm außergewöhnlich an. Und außergewöhnlich war es in der Tat, denn erstens war sie durchaus nicht mehr seine Herrin, und zweitens war nie die Rede davon gewesen, daß Hagen mit in den Krieg ziehen würde.

Er fand sie in zwiespältiger Verfassung. Das erste, was sie ihm – ganz im alten Tonfall – sagte, war, wie stolz sie darauf sei, daß man die Rettung des Reiches wieder in die Hände des einen Mannes, ihres Mannes gelegt habe; ja, sie schien es kaum zu fassen, die Frau dieses überirdischen Wesens zu sein. Aber dann kamen andere Töne auf, sie sprach Hagen mit »Viel lieber Freund« an und fuhr unsicher fort: »Gedenket an daz, daz ich iu noch nie wart gehaz (Euch niemals gekränkt habe)«. Musik in den Ohren Hagens! Noch verlegener und in seltsamer Ahnung fügt sie hinzu: »Des lâzet an mînem lieben man niht engelten, daz ich Prûnhilde iht getân (etwas angetan).«

Er schwieg. Er wollte, daß sie weitersprach. So, wie es jetzt aussah, kam sie ihm nicht nur entgegen – sie lief ihm geradezu in die Arme.
Dabei entschlüpfte ihr außer dem Bekenntnis, daß ihr der Streit mit Brunhild bitter leid tue, noch etwas, was uns Nachfahren nicht schlecht verblüfft: das Geständnis, daß Siegfried sie zur Strafe grün und blau geschlagen habe.
Die Bemerkung ging an Hagen ohne Reaktion vorüber. Ihm war nicht nach Lächeln zumute. Er wartete weiter, und sein Schweigen steigerte Kriemhilds Unruhe ins Unerträgliche.
Endlich beschloß er, die Falle zuklappen zu lassen. Er wählte die Worte sorgfältig, sparsam und schamlos. Er redete Kriemhild mit ihrem Namen an, nannte sie samten »liebiu vrouwe« und gelobte, Siegfried im Kampf zu beschützen. Und dann kam der kritische Augenblick: »Doch wie sol ich daz unterstêhn?«
Kriemhild muß gemerkt haben, in welche Gefahr sie sich begab. Ihre Sorge um eine zufällige tödliche Verwundung Siegfrieds im Kampf war groß, aber ebenso groß ihre Furcht, das Geheimnis zu verraten. Daher beschwor sie, ehe sie antwortete, noch einmal das stärkste Band, das Hagen an sie knüpfen konnte und das stärker sein mußte als alle Kränkungen und aller Groll: die Sippentreue. Es ist rührend, wie sie dem düsteren Verschwörer gegenübersitzt, ihn ängstlich beobachtet und die berühmte, einst heilige germanische Formel spricht: »Du bist mîn mâc, so bin ich der dîn.«
Du bist meines Blutes, und ich bin deines Blutes.
Jetzt war ihr leichter ums Herz.
Hagen ließ die Beschwörung schweigend über sich erge-

hen. Noch ein paar Sekunden, und er würde das Geheimnis wissen.

Während in den Zeugkammern, im Marstall, in den Höfen gerüstet wurde, der Troß zu packen begann, das Abschiednehmen anhub und Siegfried noch einmal seine Waffen prüfte, mit denen er siegen wollte, lieferte ihn Kriemhild dem Tronjer aus. Als Hagen sie verließ, wußte er, was er wissen wollte: Die verwundbare Stelle lag zwischen den Schulterblättern. Kriemhild wollte ein heimliches Zeichen auf das Wams nähen.

»Nähen«, dachte er, während er über die Treppe zum Palas schritt; was für ein lächerliches weibisches Wort für ein Todesurteil.

Und was für ein widerlicher Gedanke, daß ein Hagen von Tronje morgen danach Ausschau halten würde.

Aber Verschwörer müssen, wenn sie erstklassige Verschwörer sind, die Röte, die ihnen fortwährend ins Gesicht steigt, für den Glanz der neuen Morgenröte halten. Hagen war kein erstklassiger Verschwörer, er verschwieg dem König, was er mit dem törichten, blinden Weib vereinbart hatte.

Am nächsten Morgen brachen die Nibelungen auf. Siegfried war, als der Tronjer erschien, bereits aufgesessen, was die dem Alten so widerliche Prozedur noch erschwerte. Er stieg also ebenfalls zu Pferde und »reit îm sô nâhe, daz er geschouwete sîn kleit.« Das Zeichen war darauf. Wie verabredet kreuzten in diesem Augenblick zwei neue »Boten« Lüdegers auf, staubbedeckt, wie es sich gehörte, und brachten die Nachricht, der Sachsenkönig bäte um Frieden.

Niemand bemerkte die Dürftigkeit, die peinliche Dürftigkeit der Erfindung. In einem allgemeinen Bedauern

aus tausend Soldatenbrustkörben gingen alle Zweifel
unter. Man machte mit den Wagen kehrt, wendete die
Rosse und stieg ab. Hagen sah sich suchend nach Gunther
um; es war höchste Zeit, daß jetzt der gute König lobesam erschien.
Da kam er schon. Er eilte auf Siegfried zu, reichte ihm
für die Hilfsbereitschaft die Hand und bat Gott, ihm den
Schuldschein querzuschreiben. Und als fiele es ihm soeben
ein, schlug er vor, die Friedensnachricht mit einer Jagd
im Odenwald zu feiern.
Mit dem freudigen und tumultösen Aufbruch endet die
15. Aventiure des Liedes.

*

Gernot und Giselher – so berichten übereinstimmend alle
alten Handschriften – weigerten sich mitzureiten. Vor
allem der Junge war todunglücklich und vergrub sich in
seinen Gemächern.
Der kleine Trupp setzte ohne sie über den Rhein und
folgte der Spur der Saumpferde, die, beladen mit Picknickkörben, Zelten und Decken, bereits vorausgezogen
waren. Nach einem gemächlichen Ritt durch den kühlen,
frühlingshaften Hochwald, begleitet von den Jägermeistern mit der Meute der Bracken, gelangte man zum Lagerplatz, den der Troß schon für den Empfang der hohen
Herren vorbereitet hatte.
Man wollte den Tag nutzen, teilte die Jäger und Hunde
ein und brach sofort auf. Zur Treibjagd war es zu spät,
jeder machte sich allein auf die Pirsch.
Noch einmal, zum letzten Mal, schwelgt hier der Nibelungendichter in den Heldentaten Siegfrieds. Er schwelgt

in dem Bild, wie der Nibelunge, gekleidet in ein schwarzes Jagdkostüm, einen Zobelhut auf dem blonden Haar und ein Pantherfell über die Schultern gehängt, auf seinem herrlichen Roß zwischen den Bäumen hinreitet, Leitbild für alle späteren Verkleidungskünstler auf deutschen Thronen; wie der goldene Köcher blitzt, wie die Spürhunde aufgeregt vor ihm herstreichen und das Wild wittern, und wie sein ewig-jugendliches Auge leuchtet in Vorfreude auf das Abenteuer; wie die wilden Tiere aus dem Dickicht brechen, wie der odysseische schwere Bogen surrt, die Pfeile schwirren und die Saufeder durch die Luft saust, wie der Held vom Pferd springt und mit den nackten Händen zu kämpfen beginnt, ewig siegreich, ewig unbezwungen.

Als er – aus weiter Ferne – das Halali blasen hörte, das die Rückkehr des Königs ins Lager und das Ende der Jagd verkündete, betrug seine Beute: ein Wildschwein, einen Löwen (!), einen Wisent, einen Elch, vier Auerochsen, einen Schadhirsch, mehrere Hinden, einen Eber (hier machte der Jägermeister einen kleinen Scherz: »Lât uns, her Sifrit, ein teil der tier, ir tuot uns leere berc und walt!«, und Siegfried lächelte bescheiden wie Karl May), und schließlich einen Bären, den er lebendig gefangen hatte.

Er brachte ihn ins Lager. Er tat es arglos. Natürlich arglos; er war nun einmal der Beste, der Aufoperndste, der Eifrigste, der Tüchtigste. So kam er also an, der deutsche Held, strahlte, war glücklich und wünschte nichts mehr, als daß auch alle anderen glücklich seien. Und um ihnen noch einen Spaß zu bereiten, löste er dem Bären die Fesseln und ließ ihn frei.

Ein unbeschreiblicher Wirrwarr entstand: Die Herren

sprangen von den Sitzen, die Jäger rannten herbei, die
Hunde zerrten an den Leinen, der Bär flüchtete durch
das Küchenzelt, riß die Suppe um und sprengte die dikken Köche auseinander. Gunther befahl, die Meute loszumachen; sie stellte den Bären, man griff zu den Spießen, aber das Tier war so rasend geworden, daß niemand
sich heranwagte. Ja, da hieß es nun abermalen: Siegfried
an die Front! Und der Nibelunge wußte, was er sich
schuldig war und machte dem Schauspiel souverän ein
Ende. Mit einem Sprung war er bei dem tobenden Tier
und schlug es mit einem einzigen Streich seines Balmung
nieder.
Wenn es bei Hagen noch einen Zweifel über das Todesurteil gegeben hätte, hier stand es endgültig fest.
Nach diesem Zwischenfall nahmen die Dinge planmäßig
ihren Lauf. Gunther rief zu Tisch. Die Köche, auf wackeligen Beinen noch, schleppten die Fülle der Speisen heran,
duftende Braten, köstliche Gemüse, Brot, Backwerk und
frische Erdbeeren. Man aß mit einem »Bärenhunger«,
bis gegen Ende der Mahlzeit dem Nibelungen auffiel,
daß es keinen Tropfen zu trinken gegeben hatte. Er war
durstig geworden, er sah sich rechts um, sah sich links um,
kein Becher, kein Krug – er war sehr ärgerlich und sagte
es auch.
Gunther schien den Übelstand nicht bemerkt zu haben,
er entschuldigte sich und wies auf Hagen. Der Tronjer
bleckte den Nibelungen höflich an und meinte, man
könne vielleicht gemeinsam einen Spaziergang zu einer
Quelle machen, die er kenne. Siegfrieds Stimmung schlug,
wie bei allen gutmütigen Menschen, sofort um. Als der
König sich erhob, schob auch er seinen Tisch weg und
stand auf.

Leider folgten die anderen Herren dem Beispiel, und so
war es nicht gedacht. Hagen überlegte. Schließlich fiel
ihm ein Ausweg ein. Er bastelte zunächst einmal an einem
einigermaßen freundlichen Lächeln herum und wandte
sich dann an Siegfried mit der Frage, ob die Fama stimme, daß ihn im Wettlauf niemand schlagen könne.
Es war keine Nachtigall, die er hier trapsen ließ, es war
ein Elefant. ›Mein Gott‹, möchte man ausrufen, ›ist die
menschliche Natur wirklich so trostlos?‹ Sie ist es.
Siegfrieds Reaktion kam prompt: Diese Sache wollte er
sogleich mal unter Beweis stellen. Schon war er in sein
Zelt zurückgeeilt, mit Schild und Waffen wiedergekehrt,
und erbot sich, einen Wettlauf bis zur Quelle zu gewinnen, nicht nur mit vollem Magen, sondern auch in voller
Ausrüstung gegen Gunther und Hagen, die laufen mochten, wie sie wollten.
Beim ersten Wort bereits hatte der Tronjer das Wams
ausgezogen und die Schuhe abgestreift, um zu zeigen, wie
ernst er es nahm; jetzt stieg er auch noch aus den Hosen.
Notgedrungen folgte ihm der König. »In zwein wîzen
hemden sach man si beide stân.«
(Seltsame Idee des Nibelungendichters! Die Verschwörer stehen im Hemd da.)
Indes auch die Marscherleichterung nützte nichts, Siegfried gewann spielend.
Am Ziel angekommen, legte er die schweren Waffen nieder und sah den beiden lächelnd entgegen. Er war glücklich, arglos glücklich, denn er war nun einmal der Beste,
der Aufopferndste, der Eifrigste, der Tüchtigste. Obwohl sein Durst nach den tausend Metern nicht gerade
kleiner geworden war, wartete er mit ausgesuchter Höflichkeit und bat den König, als erster zu trinken.

Gunther beugte sich hinab und trank. Hagen trat indes einige Schritte zurück. Er stand jetzt neben den Waffen, die Siegfried abgelegt hatte.
Alles lief gut. Nur weiter.
Nun erhob sich der König, und der Nibelunge kniete an der Quelle nieder. Hinter seinem Rücken raffte Hagen Köcher, Bogen und Schwert auf und versteckte sie.
Es war so weit. Er ergriff den Speer und näherte sich vorsichtig dem Trinkenden ...
Dann holte er aus und stieß ihm das Eisen mit aller Kraft zwischen die Schulterblätter.
Und nun tat er das, was seitdem bei Verschwörern klassisches Gesetz geworden ist: Er brachte sein eigenes kostbares Leben in Sicherheit. Ohne sich zu vergewissern, ob sein Opfer tot war, stürzte er davon.
Keine Sekunde zu früh. Siegfried war von der Wucht des Stoßes vornübergekippt, im nächsten Augenblick aber schon wieder aufgesprungen. Den Speer im Rücken stand er da, noch nichts begreifend – da sah er den Tronjer laufen. In rasender Wut setzte er dem Mörder nach. Die Todesgewißheit gab ihm noch einmal übermenschliche Kraft, er holte Hagen ein und schlug ihn nieder. Zu matt, zu schwach jedoch, um ihn in die Ewigen Jagdgründe mitzunehmen.
Der König war kreidebleich. Nun der Mord geschehen war, grauste ihn.
Da lag der Sterbende zu seinen Füßen, und die »bluomen allenthalben von bluote wurden naz«. Ein schmerzlichtrauriges Bild. Immer messen die Menschen, wenn ihnen keine anderen Maßstäbe mehr bleiben, ihre Wehmut an der stummen, duldenden Natur.
Der Todwunde erwachte noch einmal aus der Erschöp-

fung, richtete sich auf und rief, als er Gunther und Hagen erblickte, mit lauter Stimme: »Ihr vil boesen zagen!« (»Ihr erbärmlichen Feiglinge«).
Und als der König die Hände vor das Gesicht schlug, fuhr er ihn bitter an: »Daz ist âne nôt (Was soll's?)«.
Dann wurden ihm die Mörder und die Welt gleichgültig. Mit seinem letzten Gedanken empfahl er Kriemhild dem Schutze ihres Bruders, der sein Mörder, aber ihres Blutes war.
Und sank tot in die Blumen zurück.

RONDO

»Es begab sich, daß Kain dem Herrn Opfer brachte von den Früchten des Feldes, und auch Abel brachte von den Erstlingen seiner Herde. Der Herr aber sah gnädiglich an Abel und sein Opfer. Da ergrimmte Kain sehr, und seine Gebärde verstellte sich. Und da sie auf dem Felde waren, erhob sich Kain wider Abel und schlug ihn tot.« (1. Buch Moses).
Solange die Menschheit lebt, erschlägt Kain den Abel, den Makellosen, den Begnadeten, den Liebling der Götter. Mit dieser Wurzel reichen alle Völker der Erde gleichermaßen noch in jene seelischen Tiefen hinab, die dunkel und modrig sind wie ein unergründlicher Brunnenschacht. Das mag animalisch sein, wüst und ordinär, aber es ist nicht saturnisch tragisch, solange der Clan des Volkes damit nur seinen Willen kundtut, sich von einer Beschämung zu befreien, um sich darnach einträchtig und ungestört weiter in der Wohligkeit seiner Mängel

und Unzulänglichkeiten zu sielen – was, vornehm ausgedrückt, das berühmte »schöne Begreifen und Dulden menschlicher Schwächen« ist.
Welche Tragik aber, wenn die Seele eines Volkes sich zugleich immerfort verzehrt nach den Baldurschen Lichtgestalten; wenn sie sich jedesmal beim Auftreten eines Abel mit ihm glühend identifiziert und ihn immer wieder töten muß! Wie wir.
Der Siegfried der Ursage war kein Baldur; sein Bild hatte Flecken, er war einer von uns Allzumenschlichen. Bei den romanischen Völkern ist der Held heute noch so. Wir aber, seit wir die Deutschen wurden, haben unseren Traum bis in die höchsten Höhen getrieben, bis dorthin, wo völlige Makellosigkeit, herrliche Ordnung und Vollkommenheit herrschen; wo er uns endgültig entrückt ist. Unsere zügellose Liebe – und dieser Traum der Deutschen ist zügellos – hat Siegfried in eine Ferne, in eine Distanz zu uns, den Dubiosen, gebracht, die unnatürlich und daher unheilschwanger ist. So kommt es, daß in geradezu beängstigender Weise auf ihn die gleiche Vokabel zutrifft wie auf einen Asozialen: Er ist ausgestoßen. Die Himmelsrichtung wird da egal.
Für den Kain in uns ist er alsbald ein Ärgernis: vom Ärgernis wird er zur Beleidigung; von der Beleidigung zur Unerträglichkeit, einer Unerträglichkeit, die wir – da wir ihn zugleich so heiß lieben – nicht erklären können. Wenn Hagen von Tronje beim Tode Siegfrieds zu dem erschütterten König sagt: »Ich verstehe nicht, was Ihr klagt! Jetzt hat doch die ewige Sorge und Unsicherheit ein Ende, jetzt gibt es niemanden mehr, der uns eine ständige Bedrohung sein könnte, wie er es war!« – wenn Hagen dieses *machtpolitische* Motiv vorbringt, so lügt

er. Es ist ein denkbarer Gedanke, natürlich, und er wirkt auch bei Gunther sofort, aber es ist nicht die Wahrheit. Das Nibelungenlied ist im Gegensatz zum französischen Rolandslied frei von Politik. Wie im tiefsten Grunde alle Deutschen. Nein, Hagen lügt; noch 24 Stunden vorher gab er als Grund die Ehrenrettung Brunhilds an. Auch das war ein Vorwand. Das Motiv zum Siegfriedmord kommt nicht aus unserem Gehirn, sondern aus unserer Seele. Schon Kain wußte auf die Frage des Herrn keine Antwort. Wir vollends nicht.

*

Und nun möchte ich Ihnen etwas sagen, was bis heute noch nie öffentlich ausgesprochen wurde. Verwechseln Sie dabei aber nicht Wunsch mit Erkenntnis; dies ist eine Erkenntnis, und zwar eine sichere:
Das Bild, das vom »Helden« in der Seele der Deutschen wohnt, beschließt am Ende stets der »Dolchstoß«, der Verrat gerade an jener Eigenschaft, die die deutscheste sein soll, an der Treue. Um ein Mythos zu werden, muß eine Gestalt so enden.
Und so endete auch tatsächlich der letzte hybride Recke der Deutschen: Hitler. Er wird ein Mythos werden, ob wir wollen oder nicht. In wenigen Generationen wird es soweit sein: Er wird aus »Xanten« stammen, er wird den Drachen erschlagen haben, er wird der Sieger der Sachsenkriege gewesen, er wird durch einen Hagen gefällt, und das Reich wird durch die Hunnen zerstört worden sein. Wir mögen ihn hassen und lächerlich machen – es wird korrigiert werden. Wüßte ich einen Rat dagegen, ich würde ihn geben. Aber es gibt keinen.

Bei Nacht und Nebel kehrten die Jäger nach Worms zurück; in ihrer Mitte schleppten die Treiber auf einer Bahre »daz tier daz si sluogen«, die Beute, der die Jagd gegolten hatte.
Noch einige Minuten herrschte ein lautloses Hin und Her; ein Flüstern, Huschen, Türenknarren – dann lag die Burg wieder friedlich da in Dunkelheit und Stille.
Erst ein Schrei, ein Thriller-Schrei im Morgengrauen schreckte sie auf. Ein Toter lag vor Kriemhilds Schlafzimmertür! Der Kämmerer war fast über ihn gestolpert. Ohne noch einen Blick auf die blutüberströmte Gestalt zu werfen, mit schwachen Knien und dem Wachslicht in der zitternden Hand, trat er bei seiner Herrin ein.
Kriemhild, fertig gekleidet für die Frühmesse, war im Begriff, das Zimmer zu verlassen – der Alte sah es mit Entsetzen, breitete die Arme aus, um ihr den Weg zu versperren, und stammelte: »ez lît ein ritter tôt erslagen«.
Tot... erschlagen... Kein Name, kein Wort von Siegfried, es konnten hundert andere sein – dennoch schlug das Wort »tot« wie der Blitz in Kriemhilds Erinnerung: Sie hatte das Geheimnis Siegfrieds verraten. Hagens eisgraue Augen waren wieder da, und jetzt begriff sie auch das Lauern, das böse Lauern in seinem Blick.
Ihr Herzschlag setzte aus, die Sinne schwanden ihr und sie brach ohnmächtig zusammen.
Die Mägde kreischten und gerieten ins Trippeln, hierhin, dorthin, zum Wasserkrug, zum Fenster, hundert kopflose Handgriffe – sie rannten, Hilfe zu holen, prallten vor dem Toten zurück und drängten verstört wieder ins

Zimmer. Da kehrte Kriemhild das Bewußtsein zurück, das Bewußtsein und die schreckliche Vision – »do erschri sie, daz die kemenate erdôz.«
Dieser Schrei, der die Kemenate ertosen ließ – das ist, vor 900 Jahren geschrieben, außerordentlich für den Nibelungendichter, ein Glanzstück seiner Menschenkenntnis und zugleich Abbild seiner eigenen Verfassung. Er, er selbst, ist der Trauernde, der Hinterbliebene, der, der das Liebste seines Herzens verloren hat; dem sein Stern erloschen ist. In diesem ganzen Kapitel fühlt man, daß er mit geschlossenen Augen schreibt und sich seinem Mitleiden überläßt, das ihn jetzt, nachdem er als getreuer Chronist seine Pflicht getan hat, mit solcher Wucht überfällt, als sei das Ganze grausige Wirklichkeit. So hat Giotto die klagenden Engel gemalt, die über dem Leichnam Jesu in der Luft wie schrille Schreie flattern und sich krümmen und winden vor fassungslosem Schmerz. Auch die hämmernde Wiederholung Giottos benutzt er: fünfundfünfzigmal innerhalb weniger Strophen gebraucht er Worte wie »Trauer« und »Weinen«, und immer wieder das Wort »Jammer«. Schließlich, gegen Ende des Kapitels beruhigt er sich, und die lauten Klagen seines Herzens verklingen zu einer resignierten »Pavane für einen toten Prinzen«.

*

Unheimlich, wie die Burg sich zweiteilt. Während der Königstrakt, der Palas, der Ritterbau wie ausgestorben bleiben, kein Laut zu hören ist, keine Tür aufgeht, kein Fenster hell wird, strömen die Xantener und Nibelungenritter wie zu einem Aufruhr zusammen.

So, wie man sie aus dem Schlaf gerissen hatte, waren sie von den Betten gesprungen, hatten die Waffen ergriffen und waren zu ihrer Königin geeilt. Dort erst, sagt der Nibelungendichter, selbst erschrocken, wurden sie sich bewußt, »si solden kleider tragen«! Sie rannten zurück, warfen sich etwas über und scharten sich erneut im Hof und auf den Treppen des Frauenhauses zusammen. Als sie wußten, was geschehen war, fehlte nicht viel, und sie hätten das Königshaus gestürmt. Gezogene Schwerter, blitzende Lanzen, flackernde Fackeln – ein Funke, ein Wort Kriemhilds hätte genügt.
Sie sprach dieses Wort nicht.
Im Gegenteil, sie beschwichtigte, sie beruhigte, sie bat. Und als das nichts nützte, befahl sie. Nicht aus Güte. Aus Klugheit, sie spricht es einmal aus: »Ir sult iz lâzen! Si haben wider einen (von uns) wol drîzec (dreißig) man.« Wie man sieht, arbeitete ihr Gehirn in diesem Moment erstaunlich gut.
So kam es, daß Worms scheinbar in Frieden dalag, als die Sonne aufging und ein neuer Tag begann. Die wildesten Gerüchte liefen um. Gunther und Hagen waren nirgends zu sehen.
Als man aber die Leiche Siegfrieds im Münster aufbahrte, kamen sie an, die beiden. Sie teilten schweigend die Menge, Hagen mit starrem Gesicht wie eine Vorwelt-Echse, Gunther leidgeprüft. Mit Staatsbegräbnis-Miene ging er auf seine Schwester zu, sprach sie guttural mit »vil liebiu« an und drückte ihr sein Beileid aus. Erstaunlich. Das Allererstaunlichste jedoch war Kriemhilds Reaktion. Sie begehrte nicht auf, sie schrie nicht, verlor nicht die Fassung, wich aber ihrem Bruder und dem Attentäter auch nicht aus – alles dies wäre in Einklang zu bringen gewe-

sen mit dem Grisaille-Bild der farblosen Königstochter. Nein.
Was Kriemhild bei der Begegnung mit den Mördern offenbarte, ist zum ersten Mal hintergründig. Mit der Sachlichkeit eines Untersuchungsrichters hörte sie zu, mit der gleichen Sachlichkeit ordnete sie sofort die »Bahrprobe« an, und mit der Sachlichkeit eines Notars nahm sie zu Protokoll, daß die Wunde Siegfrieds wieder zu bluten begann, als Hagen den Leichnam berührte. Das »Gottesurteil« (zur Zeit des Nibelungendichters gerade Mode geworden) war die letzte Gewißheit, die ihr noch gefehlt hatte. Damit war für sie die Akte geschlossen. Sie hätte sagen können: »Das Gericht zieht sich zur Beratung zurück«, so in sich gekehrt erledigte sie die letzten Pflichten. Sie sprach noch einmal mit Gernot und Giselher, die beschämt zu ihr herankrochen; dann mit keinem Burgunder mehr.
Vier Tage nach seinem Tode trug man Siegfried zu Grabe. Wer Beine hatte, war nach Worms gekommen, vor allem Scharen von Pfaffen. Königliche Zeit für die Geistlichkeit! Der Nibelungendichter läßt Kriemhild mehr als dreißigtausend Mark für das Seelenheil des Toten stiften und sagt, daß »die, die arme waren, vil rîche genuoc wurden«.
An der Gruft ließ Kriemhild den Sarg noch einmal öffnen. Sie nahm das Haupt ihres Geliebten in die Hände, streichelte und küßte es. Das war das letzte, dessen sie sich erinnerte, als sie am nächsten Morgen aus der Ohnmacht erwachte.
Der böse Traum blieb wahr.
»Die Bläue meiner Augen ist erloschen in dieser Nacht, das rote Gold meines Herzens«, singt Georg Trakl.

Sinnlos war nun jede Stunde, die die Xantener und Nibelungen in Worms verbrachten, und sie beschlossen, noch vor dem Abend abzureisen. Sie wollten weg aus diesem Ort des Grauens.

Zuerst schien kein Zweifel zu bestehen, daß auch Kriemhild nach Xanten zurückkehren würde, aber dann wurde sie wankend. Giselher lag ihr in den Ohren, er wolle ihr »sein Leben weihen«, um sie die Tat vergessen zu lassen, und was einem sonst so in der Jugend enthusiastisch über die Lippen kommt; Siegfrieds Grab sei hier und dies und das und jenes, und er war überglücklich, als er sie umgestimmt hatte.

Am Nachmittag brachen die Nibelungen auf. Worms blieb, wahrscheinlich auf Gunthers Befehl, wie ausgestorben; niemand ließ sich sehen, auch jene Herren nicht, die jetzt »vil rîche genuoc« waren. Giselher, als einziger, gab dem Zug das Geleit bis an die Grenze.

Auf einem müden Klepper, traurig wie nach verpfuschten Ferien und sich selbst nicht gut, kehrte er nach einigen Tagen unbeachtet zurück. Worms war inzwischen wieder zum Alltagsleben erwacht, als sei nichts gewesen.

*

Neben dem Münster, in der Nähe des Grabes, wies man Kriemhild ein Gebäude an. Dort lebte sie mit ein paar Mägden. Ihren einzigen Schutz bildete Markgraf Eckewart, den sie damals bei der Erbteilung als Lehnsmann erbeten hatte und der ihr getreulich in die Eremitage gefolgt war. Ab und zu kamen Gernot und Giselher und gelegentlich Ute, ihre Mutter. Sonst sah sie niemanden.

Brunhild blieb unsichtbar, nicht nur für sie; von nun an ist sie auch für den Dichter in der Versenkung verschwunden.

Kriemhilds einsame Wege bestanden im Gang zur Kirche und zum Grabe Siegfrieds. Sie hatte sich lebendig begraben. So ging der Sommer vorüber, der Herbst, der Winter, das Jahr. Ein neues Jahr kam und verging, ein drittes, ein viertes.

Wie weit lag nun schon alles zurück...

Dieser Meinung war auch Hagen. Ah, natürlich: Hagen! Wie geht es ihm denn? Es geht ihm gut; inzwischen noch ein Stück näher an des Thrones Stufen, gesund, ohne Zahnschmerz und Rheumatismus, was ja die Voraussetzung für Unternehmungsgeist ist. Zu denken, daß eine Fistel die Nibelungen gerettet hätte! Aber er hatte keine. Er hatte etwas anderes: einen Plan. Eines Tages brach er die stille Übereinkunft, das Thema Siegfried nicht zu berühren. Er war ein wortkarger Mann und hätte bis ans Lebensende schweigen können, aber der Zeitpunkt schien ihm opportun. Ein einfacher Plan; Hagen hielt ihn nicht für besonders skrupellos, er hielt ihn für naheliegend, etwa in dem Sinne, wie es naheliegt, daß ein Ei, wenn es angeschlagen ist, am besten gleich aufgegessen wird. Er hatte auch nicht vergessen, daß vor sechzehn Jahren hier im Hofe unter dem Palas Siegfried gestanden und geglaubt hatte, sich durch einen kleinen Zweikampf Krone und Reich aneignen zu können.

Hagen hatte ein gutes Gedächtnis. Er neigte überdies dazu, das Leben unpersönlich, gewissermaßen verwaltungstechnisch zu sehen, was das Herz ungemein entlastet, wie uns jeder Politiker sagen kann.

Und so gesehen schien ihm jetzt als Aufgabe »anzufallen«, den Aufenthaltsort des Nibelungenschatzes dem Wohnsitz der Erbin »anzugleichen«. Der Gedanke, den ungeheuren Reichtum in den Mauern von Worms gestapelt zu wissen, gefiel ihm jenseits von Recht und Unrecht ganz einfach in seiner einleuchtenden Schlichtheit, so, wie Kinder auf dem Atlas und siegreiche Generäle in der Wirklichkeit von einem Flußlauf oder Höhenzug angenehm angeregt werden, durch eine kleine Schönheitskorrektur etwas abzurunden, ihr Land zum Beispiel.
Hagen sagte also eines Tages zu Gunther – in der richtigen Erkenntnis, daß er einen Staatsmann vor sich hatte –, es sei an der Zeit, die diplomatischen Beziehungen zu Kriemhild aufzunehmen und, wenn das Verhältnis wieder normal sei, sie zu veranlassen, das Nibelungengold aus Norwegen hierher zu holen.
Die Antwort des Königs kam wie aus der Pistole geschossen: »Wir sulnz versuochen.«
Hier, glaube ich, müssen wir nun eine Pause machen, um uns zu fragen, was eigentlich in Gunther gefahren ist.

RONDO

Wenn man das Nibelungenlied noch einmal von Anfang an durchgehen und die Reden und Gespräche herausschreiben würde, die Gunther geführt hat, so könnte man die erstaunliche Feststellung machen, daß sein Ton sich im Laufe der Zeit kaum verändert hat, und daß er am Schluß wie am Anfang fast frei von bösartigen Vokabeln ist. Wirklich häßlich spricht er nie; sogar sein in

Weltuntergangsstimmung zu Siegfried so hingesagtes »Meinetwegen, schlag sie tot, sie ist ein entsetzliches Weib« hat den nicht ernst zu nehmenden Unterton des Komödiantischen. Er ist ehrerbietig gegen seine Mutter und von gleichbleibender Freundlichkeit gegen jeden Ritter; wahrscheinlich gegen jede Magd. Ab und zu grämelt er, aber es ist leicht zu ignorieren. Er ist ein angenehmer Chef; jeder Abteilungsleiter, jede Sekretärin, jeder Angestellte, jede Stenotypistin würde ihn ruhig, ausgeglichen, menschlich nennen. Nie knallt er den Telefonhörer hin, nie diktiert er nach 17 Uhr; jede ernste Bitte findet sein Ohr, jeder Streit ist ihm im tiefsten zuwider, obwohl er einen Stuhl samt daraufsitzendem Besucher einarmig stemmen könnte. Steht der Kirche nahe. Herr von Brentano, der es wissen mußte (nicht der bedeutende, der andere), hätte von ihm in Wir-Form gesprochen: »Wir honorigen Herren...«

Eines Tages tritt eine Gestalt in Gunthers Leben, wie er sie bisher noch nicht kannte: Der Mann mit den spielerischen Gedanken, der Mann, dem alles glückt, Siegfried. Als für die Burgunder die erste schwere Krise heraufzieht, die Kriegserklärung zweier Großmächte, nimmt der Mann, dem alles glückt, die Sache sofort in die Hand und erledigt sie. Zum ersten Mal braucht Gunther nicht selbst in Aktion zu treten wie bisher stets; zum ersten Mal kommt er mit den Dingen, die dazugehören, Anstrengung, Kampf, Leid, nicht direkt in Berührung, zum ersten Mal wird er mit dem Gegner nicht konfrontiert. Vom »Ja« zu dem Unternehmen bis zur Verwirklichung eines angenehmen Resultates, des Sieges nämlich, bedarf es für ihn keinerlei Befassung mit der Sache.

Bald darauf folgt sein Erlebnis in Isenstein und Worms

mit Brunhild. Diesmal hat er einen Entschluß gefaßt, der ihn mit Sicherheit den Kopf kosten müßte; wieder tritt nichts an ihn heran. Es wird »besorgt«, es wird ihm »abgenommen«. Seine Anteilnahme, seine Investitionen stehen in keinem Verhältnis zur Sache. Wäre er es schon gewohnter (wie er es dann bald ist), so hätte er gleich alles vom grünen Tisch per Telefon in Auftrag geben können. Als sich die Befreiung von dem Mann, dem alles glückt, in seinen Gedanken als angenehme Vorstellung kristallisiert, genügt abermals ein Kopfnicken.

Passiert es, daß er mit dem Leid direkt konfrontiert wird, reagiert er wie wir alle: Vor dem sterbenden Siegfried ist er erschüttert, vor Kriemhilds Schmerz tief bewegt, und die besiegten, verwundeten Lüdegast und Lüdeger behandelt er wie Freunde. Wie weggewischt sind alle Wünsche, wenn sie ihm plötzlich einen Leidtragenden vor Augen führen.

Gunther ist sich dieser seltsamen Tatsache bewußt. Es ergeht ihm, wie in dem bekannten bösen, aber psychologisch sehr scharfsinnigen Witz dem reichen Juden, der beim Anblick eines weinenden Schuldners erschüttert den Diener ruft: Werfensn raus, er zerreißt mers Herz.«

Genau das ist Gunthers Verfassung. Er geht dem Handeln selbst nicht aus Feigheit aus dem Wege. Gunther ist nicht feige, wir werden es später bei den Kämpfen am Hofe Etzels sehen. Nein, nicht aus Feigheit, sondern weil er es (groteskes Labyrinth des Herzens) »nicht über sich« brächte.

Gunthers Problem ist das Problem der Deutschen, der Briten, der Skandinavier, vieler, aber durchaus nicht aller Völker; das Problem: mit der Durchführung nicht in Berührung zu kommen, weil die Seele sonst revoltiert.

Ich hätte gern ein Kilo Kalbfleisch – aber töten will ich das Kalb nicht; ich will mir dessen auch nicht bewußt werden. Sie lächeln? Ein kurioser Vergleich? Das ist kein kurioser Vergleich, das ist die mathematische Formel dafür!

Dieser Gunther'sche seelische Unterbau steht in Wahrheit in ständiger Diskrepanz zu dem Leben in der Gesellschaft und ist praktisch unbrauchbar. Es muß dauernd ein begütigender Ausgleich zwischen der Konstruktion unserer Seele und der Konstruktion des Lebens im Alltag gefunden werden, der sich auf unserem Konto als Schuldgefühl niederschlägt, sobald er uns bewußt wird. Wie groß das Schuldgefühl ist, und vor allem wie weit unsere Bereitschaft geht, lieber zu verzichten, das hängt von dem charakterlichen Koeffizienten ab. (Dieser Koeffizient läßt sich in groben Zügen voraussehen: Er ist bei denen, die durch Erbe und Tradition zur Macht kommen, *mitunter* negativ; bei denen, die sich auf freier Wildbahn zur Macht drängen, in jedem Falle.)

Der Charakter Gunthers war zweifellos zu Anfang derselbe wie am Ende: Der Nibelungendichter nennt ihn, obwohl er die Handlungen tadelt, an keiner einzigen Stelle schlecht oder verbrecherisch. Es tritt also noch einmal die Frage auf: Was ist in ihn gefahren?

Die Antwort, die der Nibelungendichter gibt und die stimmt, lautet: nichts. Gunther ist der gleiche geblieben. Nur ist etwas Neues vorübergehend in sein Leben getreten: Siegfried. Siegfried, oder der Zauber des Gelingens, die selbstverständliche Erfüllung, die Verführung zum Wünschen. Die Geschichte lehrt, daß jedes Volk, auf das die seelische Verfassung Gunthers zutrifft, auch den Weg Gunthers beschreitet, sobald ein Siegfried auftritt.

Und jedesmal steht, wie im Nibelungenlied, am Ende die Purgation durch Feuer und Schwert.
Welch ein Schicksal, wenn eine Nation, die in dieser »Gunther-Gefahr« schwebt, sich immer wieder, ahnungslos und gläubig, nach einem Siegfried sehnt!

DIE NIBELUNGEN

Gernot und Giselher wurden vorgeschickt, um die Versöhnung einzuleiten: der eine, weil er so unnachahmlich nach zwei Seiten loyal sein konnte, der andere, weil er so entwaffnend unschuldig war. Es fiel Gunther nicht schwer, die beiden von seinem guten Willen zu überzeugen, er hatte den Zustand ehrlich satt.
Giselher setzte sich, wie immer, Kriemhild zu Füßen und absolvierte sein Pensum im Anbeten der schönen Schwester. Das Sprechen überließ er dem Bruder, der mit dieser Mission sein Meisterwerk lieferte. Junge Diplomaten sollten die Rede als Pflichtlektüre studieren; hier reitet ihnen Gernot die Hohe Schule vor.
In drei Zeilen versetzt er die Klägerin Kriemhild in den Zustand der Angeklagten – nicht böse, im Gegenteil, voller Verständnis. In der ersten Zeile fragt er sie, ob es wohl Siegfried gewollt hätte, daß sie sich lebendig begrabe. In der zweiten Zeile klagt er, daß er nicht begreife, wie sie Gunther für den Mörder halten und ihn mit dieser Anklage als Zentnerlast auf den Schultern herumgehen lassen könne. Und in der dritten Zeile sagt er ihr, alle Welt beginne Gunther für den Täter zu halten, auch

wenn er es abschwöre; es sei schrecklich, daß Kriemhild es dabei belasse.
Kriemhild reagierte, wie wir auch reagiert hätten, sie sah plötzlich die Dimension von Schuld und Schuld neu; zwischen Tat und Duldung schienen ihr jetzt doch einige Klafter zu liegen. Sie antwortete, sie habe ihren Bruder niemals für den Täter gehalten, nie, sie wiederholte es immer wieder. Und dann überwältigte sie die Erinnerung an ihren eigenen Verrat, an ihre Schwäche und Kleingläubigkeit, an ihre Mitschuld, und ihr Herz kapitulierte: »ich wil den künic grüezen«.
Giselher lief mit der glücklichen Nachricht aus dem Hause. Bruder Gunther war bereits auf dem Anmarsch. Ein paar Ritter begleiteten ihn, wohl dieselben, die auch damals dabeigewesen waren und jetzt einen Spritzer Absolvo te abhaben wollten. Nur Hagen fehlte.
Der Nibelungendichter berichtet nicht viel über das Wiedersehen. Doch einen Satz sagt er; er legt ihn Kriemhild nicht in den Mund, aber wohl als Wissen in ihr Herz, und er möchte, daß auch wir es wissen: »Niemen het Sivrit erslagen, het ez Hagene niht getân.«

*

Es schien, als sei der furchtbare Albdruck endlich von ihr genommen. Sie begann wieder die Nestwärme der Familie zu spüren; die Mutter war glücklich, Gunther hoch zufrieden. Aus dieser Stimmung heraus, und weil Gunthers Mund so jovial lächelte, als wolle er ihr seinen pfiffigsten Rat verkaufen, stimmte Kriemhild dem Plan, das Nibelungengold zu sich zu nehmen, unerwartet schnell zu. Es war ja ihre »Morgengabe«, jedenfalls behauptet das der Nibelungendichter. Wir müssen also voraussetzen, daß Siegfried ihr wie ein kompletter Narr in der Hochzeitsnacht neunundneunzig Prozent seines gesamten Hab und Guts zum Geschenk gemacht, sagen wir besser, in den Schoß gelegt hatte. Ganz gewiß neunundneunzig Prozent, denn der Schatz überstieg, wie wir gleich hören werden, alle Vorstellungen.

Gernot und Giselher, die mit einem großen Aufgebot nach Skandinavien zogen und von dem Schatzkanzler Zwerg Alberich mit der Höflichkeit empfangen wurden, die man Gerichtsvollziehern entgegenbringt, konnten das Wunder, das sie sahen, kaum glauben; Zwölf Fuhrwerke mußten vier Tage und Nächte lang dreimal den Weg von der Höhle zu den Schiffen machen, ehe alles verladen war.

In den jüngeren der überlieferten Handschriften folgt jetzt eine Bemerkung, die offensichtlich später hinzugedichtet wurde, die Strophe lautet: »Als Gernot und Giselher die Hand auf den Hort legten, wurden sie auch Herren des Landes, der Burgen und der Mannen.« Es scheint also, daß schon das späte 13. Jahrhundert mit der Sitte seiner Vorfahren, sich als Sieger auch den Volksnamen einzuverleiben, nicht mehr vertraut war, einer atavistischen Sitte, einem Trieb, der dieselbe Befriedigung bereitete, wie den besiegten Fürstinnen ein Kind aufzupfropfen oder, bei Urvölkern, das Herz des Gegners aufzufressen. So fraßen sie den Namen auf, und so wurden zuerst Siegfried und dann die Burgunder Nibelungen. Der älteren Handschrift »B«, die heute im Kloster St. Gallen aufbewahrt wird, war das noch selbstverständlich.

Als Nibelungen also segelten Gernot und Giselher heim. Sie kamen unversehrt an, denn es war damals noch eine Kleinigkeit, zweitausend Kilometer mit einigen hundert Milliarden zu reisen.
Man überreichte die gesamte Kahnladung zwecks Löschung der rechtmäßigen Besitzerin. Kriemhild ließ die fünftausend Säcke – die Vorstellung eines Schatzes von dieser Monotonie wirkt eigentlich schon wieder lächerlich – ließ die fünftausend Säcke in ihr Haus verfrachten, wo man alsbald kaum mehr treten konnte, ohne sich einen Diamanten einzuziehen.
Es dauerte nicht lange, da begann Kriemhild mit Geschenken um sich zu werfen. Jede freundliche Geste, jeden Handgriff, jede Hilfeleistung, vor allem jede Treuebekundung berieselte ein goldener Regen, der dem Wachstum bekanntlich so förderlich ist. Als sich fremde Ritter in Worms als Gäste, bald als Gefolgsmänner Kriemhilds einfanden – nicht zwei, drei, sondern eine ganze Reiterschwadron –, da fiel es schließlich sogar Gunther auf. Aber als Hagen ihm die Gefährlichkeit der Entwicklung auseinandersetzte, winkte er ab: Eine einsame Witwe sammelte pensionierte Majore und junge Gitarristen; keine Schwerter.
Hagen war beleidigt und ging.
Er beschloß, alles Weitere allein zu tun und den König vor vollendete Tatsachen zu stellen. Er hielt die schöne Witwe für giftig.
Es ist immer praktisch, jemanden für giftig zu halten, es erleichtert die Entschlüsse. Hagens Entschluß bestand zunächst einmal darin, sich in den Besitz der Schlüssel zu den Räumen zu setzen, in denen der Schatz gestapelt lag. Wie er das anstellte, verrät der Nibelungendichter leider

nicht, woraus man schließen kann, daß ihm und seiner Zeit noch jegliches Organ für den Reiz des Rififi mangelte.
Er hatte sie also, die Schlüssel. Er hatte sie und apportierte sie sogleich seinem Herrn.
Der König war erschrocken. Er ließ seine Brüder holen und wies auf die corpora delicti. Gernot sprangen fast die Augen aus dem Kopf, als er die kostbaren Hausknochen da liegen sah. Er blickte Gunther entsetzt an. Tja, grämelte Majestät, schöne Situation, was?
Giselher, unglücklicherweise auch dabei, war sofort auf den Barrikaden und schwor, er würde Hagen mit eigener Hand erschlagen, wäre er nicht der treueste der Treuen und ihr Blutsbruder dazu. Der König blinzelte nervös, Gernot stöhnte; er wünschte, man würde das ganze Zeugs in den Rhein werfen, dann wäre endlich Ruhe.
Giselher stürmte aus dem Zimmer.
Er fand seine Schwester bereits in Tränen. Zum ersten Mal schien sie zu kapitulieren, sie war wieder ein Kind. Sie sank vor dem Bruder nieder und wußte in ihrer Verlassenheit keinen anderen Ausweg mehr, als Leben und Gut in seine Hände zu geben. Angstvoll umklammerte sie ihn und sprach die traditionelle Rechtsformel aller Flüchtlinge und Verfolgten: »Du solt mînes lîbes unde guotes voget sîn«. Giselher war erschüttert. Er nahm sie in die Arme und versuchte, sie zu trösten.
Aber was ihr sagen? Sie erwartete, wie alle Verzweifelten, er würde sofort etwas tun, sofort mit Gunther sprechen, sofort zu Hagen gehen, sofort den König das eine Wort sagen lassen, das alles wieder gutmachte. Sie hatte erfahren, daß man morgen zu einer Reise aufbrechen

würde – alles hatte sich gegen sie verschworen, alles ging schief, alles wurde immer hoffnungsloser, es mußte noch in dieser Stunde etwas geschehen, sofort, gleich.
Aber es geschah nichts.
Warum sagte ihr Giselher, er könne erst, wenn sie zurückgekehrt seien, mit Gunther sprechen? Warum ging er nicht zu Hagen und forderte die Schlüssel? Warum weigerte er sich nicht, die Reise (irgendeine dumme Reise, deren Ziel der Nibelungendichter nicht einmal nennt) mitzumachen? Warum ließ er nicht durch seine persönlichen Mannen das Haus besetzen?
Ein Fragezeichen in Giselhers Bild.
Ein sehr geschicktes. Er ist doch ein großer Psychologe, der Dichter. Das Bild des jungen Giselher ist reicher, menschlicher, rührender geworden durch diesen Zug des – ja, was? – des »Kneifens« vor der Macht, der Staatsautorität.
Tatsächlich sattelte Giselher am nächsten Morgen gehorsam sein Pferd: Ausflug ist Ausflug. Gunther ging ihm geflissentlich aus dem Wege, und Gernot ritt schweigend neben ihm her. Er war froh, Hagen nicht zu sehen.
Erst auf dem Rückweg fiel ihm auf, daß der Tronjer überhaupt nicht dabei war. Da begriff er, daß das kein Zufall war, und vor Hilflosigkeit hätte er heulen mögen. Schließlich schlug seine Stimmung um, und die Stille der Resignation zog in sein Herz.
In Worms war inzwischen genau das passiert, was auf dem Programm gestanden hatte: der Handstreich auf den Nibelungenschatz.
Mit ein paar Mann war Hagen in das Haus Kriemhilds eingedrungen, hatte die Wachen überwältigt, die Türen geöffnet, den Hort, Zentner für Zentner, abschleppen

und auf einen Kahn verladen lassen. Mit Einbruch der Dunkelheit war er allein auf den Strom hinausgestoßen, hatte das Schiff bis zu einer geheimen Stelle treiben lassen, dann Anker geworfen und den Nibelungenschatz in den Rhein versenkt. Es ist die berühmte Szene, die die Romantiker des vorigen Jahrhunderts so oft und so fasziniert gemalt haben: Hagen von Tronje, im Schuppenpanzer und den Flügelhelm auf dem düsteren Haupt, steht in dem zum Bersten mit Neunzehntem-Jahrhundert-Broschen und Armbändern beladenen Boot und läßt die kommerzienrätlichen Preziosen ins Wasser gleiten.
Der Nibelungendichter sah es anders. Für ihn hatte die Szene nichts Theatralisches und nichts Heldisches: Ein Verschwörer schaufelte keuchend vor Arbeit und vielleicht nackt bis zum Gürtel, die Last in die Fluten.
Das ist das schönere Bild, das richtigere. *So* sehen Hagens aus.

*

Als die reisefreudige Gesellschaft wieder zu Hause anlangte, stand sie vor einem fait accompli. Giselher scheint sich zu Bett begeben und Oropax genommen zu haben. Von Gernot und Gunther wird uns gesagt, daß sie über Hagen das Urteil fällten: »Er hât übele getân«. Das klingt für unsere heutigen Ohren perfide-zahm, bedeutete aber im Mittelhochdeutschen etwas anderes, es hieß: Er hat verbrecherisch gehandelt.
Wenn es eine Komödie war, so war sie perfekt: Hagen verließ vorsichtshalber Worms und blieb solange verschwunden, bis sich der König wieder versöhnt zeigte.

Und das war er ja wohl bald. Denn nichts ist, so höre ich, honoriger, als unter honorigen Herren, sofern sie Macht haben, alles zu verstehen und alles zu verzeihen.

*

Hier schließt der erste Teil des Nibelungenliedes. Die Siegfried-Dichtung ist zu Ende. »Nâch Sifrides tôde Kriemhilt wonte dâ noch driuzehen jâr.«
Eine lange Fermate liegt über den letzten Zeilen dieser 19. Aventiure; ein Scheinschluß, ein trügerisches Verklingen der Leidenschaften. Eine falsche Pan-Stille ist über dem Land, die nicht stimmen kann, denn die Bilanz ist noch nicht gezogen; vielleicht wäre anderen Völkern, Italienern, Franzosen, Briten schon »Entlastung zu erteilen«, uns nicht.
Der Nibelungendichter holt also noch einmal Atem und setzt zu einem zweiten Teil an. Einen formal-künstlerischen Grund gibt es nicht. Wenn man das Gefühl hätte, ein Stück Weges sei thematisch noch zu gehen, dann müßte er jetzt nach Xanten führen, wo Siegfrieds Sohn nun schon 13 Jahre lang auf seine sich allmählich rätselhaft verhaltende Mutter wartet. Er ist inzwischen ein Mannsbild von 22 Jahren geworden, so alt, wie sein Vater war, als er nach Worms kam. Der Sohn könnte sein Richteramt antreten.
Täte er es, so wären wir um eine ordnungsgemäß abgeschlossene Gerichtsakte reicher; mehr bedeutete es nicht.
Nein, der Nibelungendichter ist ein Mann ganz anderen Formats, seine Dichtung sollte eine Gleichung von shakespearesken Dimensionen werden.

Was ihn als Rohstoff für eine Fortsetzung faszinierte, war die gewaltige, ebenfalls schon alte Sage um den Hunnenkönig Etzel, das sogenannte Atlilied.

Das Atlilied (Atli = Attila = Etzel) muß schon sehr früh unter dem Eindruck zweier geschichtlicher Ereignisse entstanden sein: der historischen Vernichtung der Burgunder durch die Hunnen und des Todes Attilas durch einen Blutsturz in der Hochzeitsnacht mit der ebenfalls historischen Germanin Hildico. Bereits siebzig Jahre nach Attilas Tod ging die Fama um, Hildico habe den Hunnen getötet, um ihren ermordeten Vater zu rächen, und noch etwas später heißt sie schon nicht mehr Hildico, sondern Crimild. Der sie so umtaufte, ist der Verfasser des Atliliedes. Dieser Dichter sah in der Koppelung des Burgunder-Unterganges mit der Hildico-Sage einen Heldenstoff par excellence. Er setzte sich hin und schrieb ihn. Man kann den Moment getrost so präzisieren, von einer langwierigen »Entstehung« kann bei einer so offensichtlich chirurgischen Operation nicht die Rede sein.

Das Atlilied war geboren. Ich muß Ihnen zum besseren Verständnis den Inhalt erzählen; fürchten Sie sich nicht, er ist kurz: Kriemhild, Schwester unermeßlich reicher burgundischer Könige, heiratet Etzel (Atli) und wird von dem blutrünstigen und habsüchtigen Hunnen dazu mißbraucht, ihre Brüder an den Hof des Königs zu locken. Sie kommen mit dem großen Gefolge ihrer vornehmsten Ritter, entdecken zu spät die Tücke Etzels, werden umzingelt und alle bis auf Gunther niedergemacht. Von Gunther hofft Etzel den Schatz zu erpressen. Vergeblich. Da läßt der Hunne ihn in eine Schlangengrube werfen und dort umkommen. Erfüllt von glühenden Rachegefühlen ermordet Kriemhild Etzel und steckt die Burg in Brand. Sie und alle Hunnen finden in den Flammen den Tod.

Gigantisch! Gattenmord – Flammen – Tod: Die Parallele zur Brunhild-Ursage ist in die Augen springend. Wie sie, gehört das Atlilied in seinem seelischen Gehalt noch ganz der archaischen Zeit an.

Es liegt nun nahe, daß schon lange vor dem Nibelungendichter das alte Siegfriedlied (das alte!) und das Atlilied zusammen erzählt und gesungen wurden, obwohl ein innerer Zusammenhang nicht bestand. Es waren und blieben zwei getrennte Sagen, keine motivierte die andere.

Jetzt tritt der Nibelungendichter auf! Er ist es – er, der neue »Deutsche« –, der das Atlilied zerreißt und zur »Nibelungennot« umdichtet; nicht aus künstlerischer Laune, sondern aus seelischem Zwang. Er ist es, der es zur echten Fortsetzung *seines* Siegfriedliedes macht, in der er die noch offenen Rechnungen begleicht. Die Nahtstelle, an der er die beiden Teile zusammenfügt, ist der Punkt, an dem wir stehengeblieben sind.

Ehe sich nun der Vorhang über dem letzten Akt hebt, lassen Sie mich noch eine Bemerkung zu dem Ausdruck »Der Nibelungendichter« machen.

Da das Nibelungenlied nicht eines glücklichen Tages von einem einzelnen aus dem Nichts erfunden wurde, sondern mehrere Sagen-Vorstufen durchmachte und auch *nach* der entscheidenden Gestaltung immer noch weitere Bearbeitungen, Verbesserungen, Erweiterungen durch Dichter erfuhr, ist die Kardinalfrage, die sich der Forschung stellt, nicht: Wie hieß der Nibelungendichter, sondern: Wo, an welcher Stelle in der Entwicklung des Liedes liegt er?

Nicht wahr, es ist klar: Uns interessiert nicht der Verfasser der St. Gallener oder der Münchner oder irgendeiner uns überlieferten Handschrift, wenn er nicht auch der Umwandler des Atliliedes in die Nibelungennot ist. Würde die landläufige philologische Anschauung stimmen, daß der Verfasser unserer Handschriften (oder deren gemeinsamen Originals) sowohl das Siegfriedlied wie die Nibelungennot bereits vorfabriziert vorgefunden hat, dann interessiert er uns nicht, dann ist er im Vergleich zu dem Vorfabrizierer nur ein achtbarer »Tom der Reimer«, im besten Falle der Vergolder einer Statue, die ein anderer vor ihm geschnitzt hat.

Nichts ist schlimmer als falsche Fragestellungen in der Geschichte. Falsche Antworten werden bald korrigiert, falsche Fragestellungen in der Forschung fressen sich fest wie eine Bremse.

Am Nibelungenlied herumgedichtet haben viele, vorher und nachher. Das Wort »Der Nibelungendichter« aber ist der Titel, die Würde nur des einen, der aus dem Atlilied die Nibelungennot machte und sie mit dem Siegfriedteil verband, um das Alte aus der Welt zu schaffen und der Seele des neuen Menschen ein neues Haus zu errichten. Sicher war er der Überzeugung, nichts anderes zu tun, als etwas Fremdgewordenes durch Zeitgemäßes zu ersetzen, ahnungslos, daß er nicht an der Stufe irgendeines Zeitgeistes, sondern am Grabenbruch des Volkes stand.

Und nun wollen wir es genug sein lassen der Exkursion über das bis heute ungelöste Rätsel. Sie fragen mich, warum sie überhaupt notwendig war?

Sie war gar nicht notwendig. Entschuldigen Sie.

Ich gab Ihnen die Gedankengänge eigentlich aus Bosheit zur Hand. Wenn Sie einmal erleben wollen, wie es auf einer Feuerwache bei Großalarm aussieht, dann schneiden Sie das Thema Nibelungendichter vor Germanisten an. –

Nach Siegfrieds Tode lebte Kriemhild noch 13 Jahre am Hofe ihrer Brüder; das letzte Jahrzehnt verstrich ohne Ereignisse. Wie es in ihrem Herzen aussah, wußte niemand.

Eines Tages zog eine stattliche Schar von Rittern in Worms ein, Fremde, an ihrer Spitze ein Mann von sichtlicher Distinktion. Sie wurden von den Wächtern achtungsvoll in den Großen Hof geleitet und parkten unter den Linden am Brunnen.

Hätten die Fremden auf- und in die Gesichter geblickt, die aus den Fenstern des Palas neugierig auf sie hinunterschauten, so hätten sie auf einen Sitz fast alle Honoratioren von Worms gesehen. Die dort oben standen, waren zwar häuslich, aber kostbar gekleidet, und einer von ihnen trug eine goldene Spange mit einem Rubin im leicht angegrauten Haar: Gunther. Neben ihm reckten Gernot und Giselher die Hälse, und am anderen Fenster Ortwein von Metz, immer noch mit Silbersporen an den Schuhen, und die hohe, eisgraue Gestalt seines Onkels, Hagen von Tronje.

Die Reiter im Hofe – wer waren sie? Gunther hatte sie nie gesehen. Er neugierte in die Runde – Hagen?

Der Tronjer zögerte, er schien sich nicht sicher. Aber als der vornehme Fremde ihm plötzlich lebhaft zu winken begann, erkannte er ihn. Das mußte Markgraf Rüdiger von Bechlarn sein! Mein Gott! Wie lange lag das zurück, fast ein Menschenleben, daß er ihn damals am hunnischen Königshof sah und sein Freund wurde, er ein Geisel am Hofe, der andere ein blutjunger Leutnant. Rüdiger – schau, schau, der so gern Salzburger Nockerln aß und so gute Quarten hieb.

»Rüdiger«, sagte er laut und ging, ihn zu begrüßen.

Gunther wurde mit einem Schlage mobil. Der Name war ihm ein Begriff, natürlich, Rüdiger – Bechlarn – Osterrîche! Drei Tagereisen donauaufwärts saß in Passau Onkel Pilgrim, Utes Bruder, als Bischof, quasi Nachbar des Markgrafen.

Aber – Rüdiger war Vasall des Hunnenkönigs, eines unangenehm mächtigen Mannes – was wollte er hier? Mit dieser Schar von Begleitern? Es erging Gunther wie einem, der Briefe sehr gern hat, aber nicht, wenn sie eingeschrieben und vom Hausbesitzer nebenan kommen.

Er warf noch einen Blick in den Hof und sah, daß Hagen und Dankwart den Markgrafen freudig beklopften, ihn dann in die Mitte nahmen und zur Treppe geleiteten. Es beruhigte ihn etwas. Aber los war er das Unbehagen erst, als Rüdiger den Palas betrat und nach der Begrüßung sofort den angebotenen Sessel einnahm. Ein gutes Zeichen.

Der Saal füllte sich, Gernot und Giselher setzten sich neben Gunther; Hagen und Dankwart rückten Stühle zurecht, Markgraf Gere und Volker drängten herein, und Knappen und Edelknaben drückten sich neugierig herum, bis sie auf einen Wink Gernots verschwanden.

Ein kluger, ein liebenswerter Mann, dieser Rüdiger. Nicht mehr so jung, zurückhaltend geduldig.

Sehr geduldig, denn das erste, was Gunther tat, war wieder, ihn auszufragen. Rüdiger lächelte und erzählte (mehr zu Hagen als zum König gewandt) von sich und seiner Frau; daß sie alle, auch Töchterlein Dietlind, gesund und munter seien, daß die Reise zwölf Tage gedau-

ert habe und, abgesehen von den traditionellen Straßenräubern in Bayern, ganz angenehm gewesen sei.
Als Gunther nach König Etzel und dessen Gemahlin Helke fragte, verschwand das Lächeln und man sah Rüdiger an, daß es ihm zu Herzen ging, als er antwortete, Königin Helke sei tot, und das sei auch der Grund seines Kommens: Etzel halte um die Hand Kriemhilds an.
Die Nachricht schlug wie eine Bombe ein. Gunther blieb der Mund offenstehen, er traute seinen Ohren nicht. Der einzige, der anscheinend sofort begriff, war Hagen; jedenfalls wurde er kalkweiß und setzte sich.
Das traute Beisammensein war nach diesem hochoffiziellen Trompetenstoß natürlich beendet. Gunther tat, was sich schickte, er erhob sich, dankte Rüdiger für die Botschaft, versicherte ihn seiner Fürsprache bei Kriemhild und bat ihn um ein paar Tage Geduld. Grüßen rechts, Grüßen links. Hagen geleitete den Jugendfreund in das Gästehaus.
Aber er hielt sich nicht lange auf; ein Aufruhr tobte in seiner Brust, es trieb ihn zurück in den Palas. Wie er erwartet hatte, war das Gernot'sche Palaver bereits in vollem Gange, die Wangen schon gerötet. Er trat ein und brachte fünf Grad Kälte mit.

*

Inzwischen ging Rüdiger spazieren, drei Tage lang. Er hätte sich als Sommerfrischler fühlen können, würde ihm die mögliche Absage nicht einige Kopfschmerzen bereitet haben. Allerdings: Von welcher Seite konnten die Widerstände kommen? Der Nibelungendichter erwähnt

nichts davon, daß Rüdiger die düsteren Umstände von Siegfrieds Tod kannte; die »Sprachregelung« scheint eine uralte Erfindung zu sein und auch in Worms funktioniert zu haben.
Der Markgraf sah keine Schwierigkeiten. In Wahrheit stand seine Mission lange Zeit nahe am Scheitern. Hagen war es, der sich mit Händen und Füßen gegen diese Heirat wehrte: Er kochte, wenn er nur sah, wie die ausgewachsenen Männer bei dem Stichwort Hochzeit zu flattern begannen wie überalterte Fräulein. Er versuchte es im guten und, soweit es sein Respekt erlaubte, im bösen; er versuchte es mit einer politischen Lektion und warnte vor der Gefahr, ein solches Machtinstrument wie die Königinwürde des großen Hunnenreiches in Kriemhilds Hand zu legen.
Schließlich beging er einen Fehler, indem er einen falschen Trumpf ausspielte: Der König möge sich klarmachen, welche Rachegefühle Kriemhild haben mußte; gegen *alle*!
Der Bogen war überspannt, er merkte es zu spät. Giselher, in alter Burschenherrlichkeit, fuhr ihm »mit zorne« über den Mund, nannte ihn allein schuldig an dem unseligen Schicksal der Schwester und drohte, sich von ihm loszusagen, wenn es noch einmal zu einer Treulosigkeit käme.
Schön sah er aus, der jungenhafte Giselher, wie er so vor dem Tronjer stand, berauscht vom eigenen Strohfeuer. Kühn sah er aus. Natürlich hatte er Glück, des Königs Bruder zu sein. Man sah es Hagen an.
Der Alte drehte sich wortlos um und verließ gekränkt den Saal.
Das Parlament wärmte die Gefühle wieder auf und

kam zu dem Entschluß, die Heirat mit Etzel zu genehmigen. Nun stand allerdings Kriemhild als Witwe gar nicht mehr in der Munt ihrer Brüder und konnte selbst entscheiden, aber auch das »Vorzimmergefühl« ist etwas Schönes, und die Herren genossen es. Graf Gere wurde beauftragt, bei Kriemhild einen Empfang Rüdigers zu arrangieren.

Gere, seit der Xantener Reise Spezialist für überraschende Einladungen, trat wehenden Mantels in das Witwengemach und leitete seine Rede mit der scherzhaften Prophezeihung ein, gleich werde er von der verehrten Herrin einen generösen Botenlohn empfangen. Und dann berichtete er von Etzels Werbung. Seine Sätze bestanden, wie das berühmte sienesische Panforte, nur aus Zucker, Mandeln und Rosinen.

Kriemhild hörte sich Geres Gezwitscher, von dem sie einst so entzückt gewesen war, eisig an, verbat sich unpassende Scherze und beendete die Visite. Gere eilte, sozusagen die Tür offenlassend, davon und holte Gernot und Giselher. Kriemhild empfing auch sie, lehnte aber wieder ab. Das Äußerste, wozu sie sich bereit fand, war, Rüdiger zu begrüßen.

Der Markgraf traf sie in einem alten, schon etwas abgeschabten Kleide an, höflich, freudlos, still. Doch durch seine herzliche Aufrichtigkeit verwandelte sich die schwierige Audienz bald in ein Gespräch zwischen Freunden. Es muß dem Markgrafen gelungen sein, ihr das Fenster zur Welt wieder aufzustoßen – oder was war es? Kriemhild verabschiedete ihn mit der Bitte, ihr eine Nacht Bedenkzeit zu geben. Sie sagte es leidenschaftslos, besonnen und undurchsichtig in dem, was sie bewegte. Viele Germanisten sprechen immer von der fehlenden

Entwicklung in Kriemhilds Charakterbild, von der brüsken Ablösung der frühen Kriemhild durch die neue, und bescheinigen dem Nibelungendichter nachsichtig »urwüchsige Sorglosigkeit«. Das ist sehr nett von ihnen, aber ich begreife sie nicht. Auch ich bemerke, daß der Dichter den Charakterwandel nicht mit Sigmund Freud untermauert, bin aber durchaus auf eine große Verwandlung nach dreizehn Jahren Grübelns, nach Mord, Raub und Demütigung vorbereitet. Ich sehe längst nicht mehr die frühere Kriemhild. Ich sehe zwar auch die neue noch nicht, doch vor mir liegt ein Kokon, ebenso unscheinbar wie unheimlich, und wenn er nach der Winterwartezeit aufbricht, werde ich durch nichts überrascht sein.

Es heißt nun weiter, Kriemhild habe noch am selben Abend ihre Mutter und Giselher zu sich gerufen, um sich Rat zu holen (beide rieten ihr zu), und nachts läßt der Nibelungendichter sie schlaflos im Bett liegen: »Mir mac gezemen weinen und niht anderes«. »Wart mîn lîp ié schoene, daz ist er nimmer mêre«. »Sol ich mînen lîp geben einem heiden?« Hundert Gedanken, wie sie einem in einer durchwachten Nacht durch den Kopf gehen. Der letzte, der Gedanke an die Religion, ist wahrscheinlich später von einem pfäffischen Bearbeiter hinzugefügt – er hat ihn vorher auch schon Etzel in den Mund gelegt. Dort natürlich mit umgekehrtem, christlichem Gütezeichen: »Ich bin nur ein heiden, ez müese sîn ein wunder.« Die kümmerliche Mischehen-Sorge war gewiß die allerletzte, die Kriemhild gequält haben wird. Religion und Glaube sind überhaupt für niemand ein Problem. Die Atmosphäre des ganzen Nibelungenliedes ist völlig frei von christlicher Motivierung; außer ein paar Ausrufen nimmt keiner das Wort Gott in den Mund, keine Figur

benimmt sich jemals anders, als es auch ein Nichtchrist
täte, ja, es fehlt schon die *Vorstellung*, wie sich ein Christ
abzeichnen könnte. Das Gute und Böse ist ohne jede Verbindung mit der christlichen Ethik. Wie die Nibelungen
im tiefsten Grunde unpolitisch sind, so sind sie auch zutiefst religionslieblos.

Was immer in dieser Nacht Kriemhild bewegt haben
mag, es wurde, als die Sonne aufging, bedeutungslos vor
einem übermächtigen Gedanken, der aus langer Unterdrückung heraufkroch wie ein Krake, der mit seinen
Fangarmen immer beängstigender ihr Herz umklammerte.

Als Rüdiger an diesem Morgen sich die Antwort holen
kam, hatte sie noch Kraft, nein zu sagen. Eine Stunde
später aber rief sie ihn erneut zu sich, entschlossen, jetzt
die Frage zu stellen, von der alles abhing: »Swert
(schwört) ir mir eide, daz mir büeze, der mir leit getuot?« Die Frage war so entsetzlich verräterisch, hoffentlich durchschaute er sie nicht!

Rüdiger zögerte keine Sekunde, er hob die Hand zum
Schwur: »Wi ir gebietet, – nur daz ich michs nimmer gescham«.

Den zweiten Teil des Satzes (nur darf ich mich dessen
nicht schämen müssen) überhörend, rasten Kriemhilds
Gedanken los wie eine Uhr, die man vom Perpendikel
erlöst hat. Mechanisch gab sie ihr Jawort und geistesabwesend ließ sie mit sich und ihrer Habe geschehen, was
der Markgraf und Giselher für die Abreise anordneten.
Die *Zukunft* beschäftigte sie schon, ihr neuer Lebensinhalt: Rache.

Der Aufbruch, wenige Tage später, war turbulent. Es
zog der Rest ihres Hofstaates, die Mägde und Frauen,

mit; Graf Eckewart blieb ihr treu, hunderte gaben ihr das Geleit bis zur Donau, darunter Gernot und Giselher. Gunther verabschiedete sie am Tor. »Unter vielen Abschiedsküssen« steht in den späteren Handschriften; die alten wissen nichts davon.

Kriemhilds Fahrt ins »Hiunenlant« (das Wort lebt noch in unserem »Hüne«) wurde eine Bilderbuchreise. Auf der alten Straße gen Osterrîche ritt man zuerst an den blühenden Ufern des damals schon prospektreifen Neckars aufwärts, wandte sich dann über die Ausläufer der Schwäbischen Alb Richtung Nördlingen zu dem Flüßchen Wörnitz, gelangte – zwischendurch immer zeltend – ins Donautal und überquerte auf Fähren, die die bayerischen Herzöge in Pförring bei Ingolstadt unterhielten, die Donau. Dort sagten Gernot und Giselher der Schwester Lebewohl.

Als nächstes Postkartenidyll kam Passau. Onkel Pilgrim holte die Nichte vergnügt in seine malerisch gelegene Residenz. Donau, Inn und Ilz umrauschten, wie sie das heute noch tun, von allen Seiten die Fremdenzimmer, in denen die frisch bezogenen Betten schon der lieben Gäste harrten. Jedoch das lavendelduftende Linnen blieb unbenutzt, Rüdiger drängte, es reichte nur zu Kaffee und Kuchen, wobei sogar der Kaffee leider noch nicht eingetroffen war. Aber – wie Onkels sind – der Bischof war reizend und alle seine Herren waren es auch; »man trûte mit ougen sô manige schoene meit«. Mit ougen truiten übersetzt man (es tut mir leid, dies von den bischöflichen Herren sagen zu müssen) am besten »mit den Augen lieben«, denn truiten (im Irischen heute noch druth = unkeusch) ist die sinnliche Form von minnen und war schon im Mittelhochdeutschen nicht ganz salonfähig. Kriem-

hilds Hofdamen, in Ferienstimmung, drückten die Augen zu, also nicht viel, aber wenigstens etwas.
Dann kam Bechlarn, und jetzt wird verständlich, warum es Rüdiger in Passau so pressierte! Er besaß das gemütlichste Zuhause, das sich denken läßt, ferner eine reizende Frau, die im Nibelungenlied ganz entzückend mit Kriemhild spricht, sodann ein Töchterchen, das noch eine Rolle spielen wird, sowie eine ausgezeichnete Küche; denn man befand sich in Osterrîche!
Jausenstationen begegneten ihnen am Wege jetzt oft. Das ganze Land war gespickt mit kleinen Burgen und freundlichen Wirten, die, alle schon durch Boten informiert, ihre neue Königin anstaunten.
Am Ufer der Traisen tauchten zum ersten Mal hunnische Reiter auf. Der Nibelungendichter erzählt leider nicht, wie Kriemhild diese optische Kostprobe aufnahm. Nun – sie war ein gekröntes Haupt, und wer weiß, ob gekrönte Häupter nicht überhaupt eine ganz andere Epidermis haben.
In der Feste Traisenmauer an der Donau, wo heute noch der Ort Traismauer liegt, sollte Kriemhild den Hunnenkönig erwarten. Das tat sie, und zwar vier Tage lang, denn Etzel verspätete sich.
Nicht aus Unhöflichkeit, im Gegenteil, gerade *weil* er das Zeremoniell so wichtig nahm; er, der immer noch ein bißchen frisch gebacken roch, war befangen vor der Tiefblaublütigen, – damals fing man gerade an, auf abgelagerte Familien Wert zu legen. Das Protokoll wuchs ihm über den Kopf. Halb Europa schickte seine Gesandten zur Hochzeitsfeier, sie galoppierten schon heran, aus Böhmen, Thüringen, Sachsen, Dänemark, Polen, Rußland, eine riesige Rallye. Der König durfte nicht vor

ihnen eintreffen, das war's. Man dirigierte daher den Treffpunkt noch einmal um, näher an Wien heran, nach Tulna, dem heutigen Tulln.

Kriemhild empfand das alles als sehr exotisch und spannend. Sie stand auf des Daches Zinne und konnte die Sternfahrt beobachten. Aus allen Himmelsrichtungen und Tag und Nacht staubte es heran; wie »vliegende vogele sâh man si.«

Endlich traf die Vorhut des Königs ein, geführt von seinem Bruder Bloedelin. Und gleich darauf Etzel selbst.

Kriemhild war nervös, erklärlich: Die ganze Atmosphäre, asiatisch heftig, maßlos, der Prunk, wie mit dem Wink einer Hand aus dem Boden gestampft, die märchenhafte Zahl der fürstlichen Vasallen, das Reitervolk, laut, unruhig, eine Brandung, verwirrten sie. Rüdiger mußte ihr Anweisung geben, wie sie sich verhalten sollte. Aber der König, der nun auf sie zukam, war ganz anders, als sie erwartet hatte: Ein nicht mehr junger, ruhiger, sanfter Mann trat vor sie hin, seine Augen blickten milde, seine Stimme klang leise und höflich. Mehr wissen wir allerdings nicht, über sein Aussehen schweigt der Dichter.

Doch wohltuend ist alles, was um ihn geschieht; er spricht wenig – im Nibelungenlied heißt es einmal wörtlich »waz dô redete Etzel, daz ist mir unbekant« –, nie hört man ihn befehlen, nie tritt er hervor. Den Vornehmsten seiner Umgebung, Dietrich von Bern, den Kriemhild bei der Begrüßung protokollgemäß zu küssen hatte, behandelt er mit der Ehrerbietung des Selfmademan gegenüber dem Vongottesgnaden. Er ist rundrum angenehm. Nichts mehr erinnert an den Steppenwolf des Atliliedes, nichts mehr an den historischen Attila, der mitleidlos und

grundlos das Burgunderreich vernichtete. Der Schrecken war verblaßt, der Haß versiegt. Schon *vor* dem Nibelungendichter hatte das Bild des fremden Großherrn (»fremd«, »groß« – wie schön für die Deutschen) begonnen, sich freundlich zu färben. Ohne das Besserwissen der Erinnerung fürchten zu müssen, konnte der Dichter nun seinen Etzel schaffen, den milden, den fast schon ein wenig melancholischen, den »Herrn mit den grauen Schläfen«.
Man verbrachte die Nacht in Tulna. Etzel, der sich nach Art jener »Herren mit grauen Schläfen« en passant in Kriemhilds Zelt mit einschleusen lassen wollte, wurde von Rüdiger (in dessen Eigenschaft als Treuhänder) des Platzes verwiesen. Und er gehorchte.
Die Hochzeit fand, wie könnte es anders sein, in Wien zu »Pfinxtac« statt und dauerte siebzehn Tage. Es gab viel Küßdiehand beim Heurigen, viele Turniere, viele Festessen, kurzum, das gewohnte Bild für Kriemhild. Aber gerade das stellte ihr ein Bein; die Erinnerung an jene andere Hochzeit übermannte sie, die Tränen stiegen ihr hoch und nur mit Mühe verhinderte sie, »daz ez iemen kunde sehen.«
Nun – Etzel sah nichts. Er sah auch später nichts, als es um mehr als nur Tränen ging. Er war arglos.
Im Augenblick war er überdies nichts als glücklich.
Er blieb es dreizehn Jahre.

*

Eine überraschende Zahl!
Sie scheint ein Irrtum, aber der Nibelungendichter nennt sie ausdrücklich. Nachdem er am Schluß dieser Aventiure

noch erzählt hat, wie das unüberschaubare Heer der Hochzeitsgäste Wien verließ, ostwärts bis Misenburg ritt und dann bis Etzelburg donauabwärts segelte (»daz wazzer wart so verdecket, als waere ez erde«, ein Bild, wie es Guardi von den Bucentaurus-Festen auf dem Canale Grande gemalt hat), sagt er, daß Kriemhild noch dreizehn Jahre an Etzels Seite residierte, geliebt, bewundert und in Frieden. Und er sagt noch etwas: daß Kriemhild im siebten Jahre dem König ein Kind gebar, einen Knaben.

Es ist nun an der Zeit, sich einmal mit diesem Zahlen-Tohuwabohu zu beschäftigen.

Als Siegfried nach Worms kam, war Kriemhild ein junges Mädchen. Da der Ruf ihrer Schönheit und die Tatsache ihrer Heiratsfähigkeit schon seit geraumer Zeit durch die Lande ging, muß sie aus dem Backfischalter heraus, sie muß auch älter als Giselher gewesen sein, der ständig als Nesthäkchen gezeichnet ist. Andererseits teilt Giselher, »daz kint«, bereits Rat- und Handschläge aus, redet im Kreise der Brüder mit und hat wohl auch schon die Ritterweihe erhalten, sonst wäre davon später die Rede. Fünfzehn Jahre für ihn, sechzehn für seine Schwester dürfte die äußerste untere Grenze sein. Zwei oder drei Jahre später verheiratet sich Kriemhild (19), zehn Jahre darauf (sie ist 29) stirbt Siegfried. Abermals dreizehn Jahre später (42) heiratet sie Etzel, und im siebenten Jahr ihrer Ehe (49) bekommt sie ein Kind. Weitere sechs Jahre vergehen, bis die Burgunder nach Etzelburg kommen und dort vernichtet werden. Kriemhild hilft mit ihren Händen kräftig mit; sie ist nun fünfundfünfzig Jahre alt. Eine rüstige Dame, das muß der Neid ihr lassen.

Giselher zählt dann mindestens vierundfünfzig Lenze, sein ältester Bruder, Gunther, muß die Sechzig weit überschritten haben.
Hagen, der »in der Jugend einmal« Geisel am Hunnenhof war, was als weit zurückliegend betrachtet wird, kann bei der Ermordung Siegfrieds unmöglich jünger als vierzig gedacht werden; das setzt schon voraus, daß er bei Siegfrieds Ankunft siebenundzwanzig war – ganz unglaubwürdig. Legen wir freiwillig fünf Jahre zu. Dann ist er also, wenn er jetzt zum zweiten und letzten Mal nach Etzelburg kommt, ein Mann von siebzig Jahren. Und da er als Jüngling schon Etzel als König gesehen hat, dürfte Frau Kriemhilds neuer Gemahl langsam auf die achtzig zugehen. Und Frau Ute, immer noch rüstig und gut zu Fuß, müßte in Bälde auf ihr erstes Jahrhundert zurückblicken können.
Ist dem Nibelungendichter dieser Wirrwarr entgangen? Vollständig. Und zwar aus einem einzigen Grunde: Er war ihm gleichgültig.
Genau wie die Griechen unbeirrt die Erde als Scheibe betrachteten, obgleich sie sehr wohl das Heraufsteigen der Schiffe am Horizont beobachteten, mit der gleichen Nichtachtung der Vergänglichkeit sah der Nibelungendichter die Gestalten seines Liedes. Gewiß arbeitet er mit dem Begriff Zeit, aber seine Helden kennen »Zeit« nur so, wie die griechischen oder die germanischen Götter sie kennen: als eine Dimension, in der sie handeln, in der sie jedoch nicht stehen. Will der Nibelungendichter klarmachen, daß sich in Kriemhild etwas entwickelt hat, läßt er dreizehn Jahre vergangen sein; will er sagen, daß sie eine würdige Nachfolgerin der im Volk sehr geliebten Hunnenkönigin Helke ist, versichert er uns, daß sie andere

dreizehn Jahre in Frieden und Schönheit regierte. Was bedeuten schon Zahlen und Worte; Runzeln bekommt man davon nicht.

Als er das Siegfriedlied und den Untergang der Nibelungen zusammenkoppelte, dachte er keine Sekunde daran, Rechenschaft über Jahr und Tag abzugeben. Er wäre entsetzt gewesen, grenzenlos enttäuscht, hätte er Kriemhild, Gunther, Giselher, Hagen alt sehen müssen; er hätte das Empfinden gehabt, die Personen seien ausgewechselt worden. Weiße Haare, Klimakterien, Podagra? Pensionsgedanken und Erinnerungslücken? Das wären ja neue, fremde Menschen gewesen! Völlig andere hätten dann die Schicksale erlitten, die er doch den Gestalten des ersten Teils zugedacht hatte. Nein, er wollte sie wiederhaben, Zug um Zug, unverkennbar, die Augen, den Mund, das Haar, die Hände, den Gang.

Gewiß, es war Zeit vergangen, aber nur so viel, daß alle ein bißchen erinnerungsbeladener, ein bißchen reifer wurden. Kriemhild war kein Mädchen mehr, sie war eine Frau, eine schöne, begehrte, erfahrene Frau. Giselher ein junger Mann, in der Blüte der Jahre. Die Mutter war die Mutter, zeitlos. Gunther und Gernot die gleichen wie früher – ältere Brüder, ritterliche Gestalten, Männer von dreißig, vierzig Jahren, sie waren, als sie die Schwester schließlich wiedersehen sollten, ebensowenig wie Kriemhild überrascht, daß sie alle noch so aussahen, wie auf dem letzten Familienfoto. Was war denn schon die »Zeit«? Eine Kiste, in der die Ereignisse lagen, weiter nichts.

*

Eine Frau also von großer Schönheit und immer noch jung, die genau so schon an der Seite Siegfrieds gesessen hatte, lebte nun an der Seite Etzels, den sie glücklich machte, wie sie Siegfried glücklich gemacht hatte. Der König beteuerte es oft; sie, umgekehrt, nie.
Dafür aber vergaß sie niemals, daß er ihr Macht, Ansehen und Würde zurückgegeben hatte. Sie erwiderte seine stets gleichbleibende Höflichkeit und Achtung mit ebenso großer Achtung und Bescheidenheit.
Nur in einem Punkte war Kriemhild unbescheiden: im Verpulvern von Geschenken. Mit ihrem schönsten Lächeln warf sie Gold und Silber, Edelsteine und Kleider hinaus, an jedermann, wobei sie Militärs bevorzugte.
Etzel fand das großartig. Er beobachtete diese Leidenschaft von ihr wie ein Konzernherr das unermüdliche Hütekaufen seiner Frau. Er freute sich zu sehen, wie dankbar alle Welt ihr war; und die Gewißheit, daß man für die Königin durchs Feuer gehen würde, erfüllte ihn mit Stolz. Er war wirklich rührend arglos.
Die Sache mit dem Durchsfeuergehen war auch Kriemhild klargeworden, sie fand die Bühne nun genug vorbereitet, um den letzten Akt der Tragödie ihres Lebens abrollen zu lassen. Sie öffnete die so lange verschlossene, so beharrlich versteckte Falltür ihres Herzens, die zu den höllischen Erinnerungen hinunter führte. In solchen Augenblicken, allein in ihrer Kemenate, sah sie aus wie eine an den Gitterstäben auf und ab wandernde schöne Tigerin. Das Schlimme, das Quälende war nur, daß sie die Schwesterliebe noch immer nicht hatte erwürgen können: nachts träumte sie oft, Giselher sei bei ihr, sie gingen Hand in Hand durch den Garten, ganz nahe beieinander. Und sie »kuste în vil ofte in sanftem slâfe«.

Die rührende Vision von der träumenden Kriemhild, die ihren Lieblingsbruder noch einmal herzt und küßt, ist die letzte Erinnerung des Nibelungendichters an jene Kriemhild, die er vorfand, an die Kriemhild der archaischen Zeit.

Diese Kriemhild der Überlieferung hatte er im ganzen ersten Teil des Nibelungenliedes stehenlassen, nicht angerührt, nicht verändert, weil sie ihn noch nicht interessierte. Sie war mehr Objekt als Faktor. Hatte die Handlung sie nötig, wie etwa beim Streit der Königinnen, so war ihr die auslösende Rolle zugeteilt worden und nicht mehr. Die Gestalt genügte ihm im Augenblick noch so, wie er sie übernommen hatte: ein junges, behütetes Königsschwesterchen, ganz im germanischen Sippengehorsam erzogen, zart, süß, von sinnlichem Reiz, aber sich dessen kaum deutlicher bewußt als eines hübschen Schmuckstückes; von Unruhe nicht geplagt, von Problemen nicht behelligt, geduldig wartend, spät reif, dem Germanenmädchen noch ganz nahestehend, himmelweit entfernt von der Isolde, himmelweit vom Gretchen. Sie würde die eine unehrenhaft genannt haben und die andere jämmerlich.

Nach der Hochzeit erscheint sie selbständiger, was ganz natürlich ist, bekommt aber, sobald sie Ärger heraufbeschwört, von ihrem Gemahl schlicht und einfach wie zu Zeiten des Arminius den Podex voll. Immer noch wirkt sie recht unprofiliert und ohne Tiefe. Sie ist nicht etwa falsch gezeichnet. Sie ist durchaus so gemeint gewesen und befriedigte die Welt *vor* dem Nibelungendichter

vollkommen. Sie genügte einstweilen auch ihm; er hat kaum einen nennenswerten Strich zu dieser Zeichnung hinzugetan.
Aber nach dem Tode Siegfrieds kommt der erste Fanfarenstoß, mit dem der Dichter seine neue Fackelträgerin ankündigt: Sie läßt ihren Sohn im Stich!
Eine Ungeheuerlichkeit für die germanische Kriemhild!
Und dann folgt ein Schlag auf den anderen: Sie sagt sich von der Autorität ihres königlichen Bruders los, sie durchschneidet alle Familienbande, sie faßt den Entschluß, Hagen zu töten und ist, als sie an den Tronjer allein nicht herankommt, bereit, zugleich mit dem Mörder auch ihre Brüder zu vernichten.
Die neue Kriemhild ist da!
Jetzt erhebt sich die Frage: Worin steckt das Evidente?
Er hat eine neue Gestalt geschaffen, jawohl: Aus der Kriemhild, die im Atlilied bis in den Tod zu ihren Brüdern steht und ihren Mann tötet, ist die Kriemhild geworden, die um ihres Mannes willen ihre Brüder tötet.
Welches ist die Fackel, die die neue Kriemhild trägt?
Warum merzte der Nibelungendichter das Alte, den Atlistoff, der dramatisch völlig äquivalent war, aus und schuf das Neue? Was ist es, was er hier stürzen will, und was soll dagegen neu aufstrahlen? Was will er verkünden?
Seine Zeitgenossen hätten die Antwort sofort gewußt, sie lautet: die neue seelische Ordnung, daß Gattenliebe über Sippenbindung geht! Diese Worte, die so einfach klingen, sind eine Marseillaise!
Selten ist die Absicht des Nibelungendichters so deutlich wie an dieser Stelle, und alle Germanisten sind sich einig: Er tilgte die alte Kriemhild – so schön die Gestalt

auch gewesen war –, da sie eine Ethik verherrlichte, die man nicht mehr verstand und nicht mehr liebte, und schuf die andere Kriemhild, die das neue Gesetz, unter dem die Deutschen antraten, mit den Farben der Morgenröte in den Himmel schrieb: das Primat des Gefühls über die Bindungen des Blutes, den Vorrang der individuellen Liebe vor allen Instinkten!

In viel revolutionärerem Maße, als wir es nachfühlen können, ist damals ein Grundpfeiler unserer seelischen Ordnung ausgetauscht worden. Wer die europäischen Völker kennt, weiß, daß heute noch unverändert diese Kluft zwischen ihnen hindurchgeht. In einem italienischen Personalausweis trägt die verheiratete Frau nicht den Familiennamen des Ehemannes, sondern den des Vaters. In der Sippe haften auch wirklich ihre seelischen Bindungen, und dort liegen ihre entscheidenden seelischen Erlebnisse. *Wir* aber –

ach, wir haben, als die Deutschen »die Deutschen« wurden, einen Traum geboren, der uns Vater, Mutter und Bruder ersetzt, der eine ungeheure Kraft unserer Seele geworden ist: den deutschen Begriff der »großen Liebe«. Das ist kein Komparativ oder Superlativ, wie eine italienische Frau glauben würde, das ist nicht die heftige Liebe, nicht die romantische, nicht die wilde, nicht die zarte und nicht die sinnliche, es ist eine Liebe außerhalb der Kategorien. Die »große Liebe« ist das unentrinnbare Schicksal, noch in einem zweiten Ich zu leben und in ihm tödlich verwundbar zu sein.

Wie schön, wie anbetungswürdig, wie irrsinnig, wie deutsch!

So ist die Kriemhild des Nibelungendichters für uns zur stella nova der Nemesis-Liebe, zur stella nova ersten

Grades geworden. (Es gibt zwei alte Handschriften, die statt »Nibelunge nôt« sogar den Titel »Kriemhilt« tragen). Mochte sie Recht oder Unrecht tun, alles wurzelte in der »tödlichen« Liebe zu Siegfried, alles ist kontrapunktiert von der Erinnerung an ihn; alles Spätere, der Haß, die Rache begründet mit dem Einssein mit Siegfried. Der Nibelungendichter vergißt es nie, auch wenn die Figur ihm charakterlich längst entglitten ist. Die letzten Worte, die er ihr in den Mund legt, erinnern noch einmal ausdrücklich daran; sie sind von unvergleichlicher Schönheit, ein Hymnus auf den deutschen Traum von der großen Liebe: Kriemhild packt den Balmung, um dem gefesselten Hagen den Kopf abzuschlagen, stockt eine Sekunde beim Anblick des Schwertes und flüstert: »Das trug mein holder Liebster, als ich zuletzt ihn sah.«

DIE NIBELUNGEN

In einer geeigneten Stunde (im Bett) trug Kriemhild dem König den Wunsch vor, ihre Brüder wiederzusehen. Ihre Brüder, das bedeutete natürlich mit großem Gefolge; sie äußerte den Wunsch also in aller Bescheidenheit.
Etzel war nicht nur sofort einverstanden, er fühlte sich fast schuldbewußt, nicht selbst einmal in dreizehn Jahren an eine Einladung gedacht zu haben. Dann drehten sich beide, doppelt befriedigt, aufs Ohr und schliefen.
Tags darauf wurde die Sache sofort in Angriff genommen. Vierundzwanzig Ritter unter Führung zweier Herren namens Schwemmel und Wärbel sollten nach Worms reisen.

Wenn ich Schwemmel und Wärbel höre – man möge mir verzeihen, ich bin sowohl ehrfürchtig wie musikliebend –, dann sehe ich immer den Franzl Schubert vor mir, ich kann nichts dafür. Wie wenig ich dafürkann, beweist die Tatsache, daß die beiden Herren wirklich Musikanten waren, schlichte »Fiedler«. Mir dieses gemütliche Bild zu zerstören, wäre barbarisch; aber die Philologen versuchen es, indem sie behaupten, hier käme im Nibelungentext eine Spielmannsverfälschung durch, denn eine Einladung von König zu König sei eine Rittermission auf höchster Ebene. Aber geh! Doch nicht in Österreich-Ungarn! Unsinn, den Schwammerl haben s' hingeschickt, das ist ganz klar, und »An der schönen blauen Donau« hat er gesungen, als er in Worms beim Niersteiner saß. Schwemmel und Wärbel, in neuen Maßanzügen, kamen mit ihrem feudalen Kometenschweif ungerupft durch das schöne Bayernland – der Dichter betont es ausdrücklich; die Bayern müssen einen Ruf wie Donnerhall gehabt haben – und erreichten nach zwölf Tagen die burgundische Residenz.

In Worms erregten sie einiges Staunen, was uns einleuchtet. Abermals standen die Königsbrüder am Fenster, und abermals fragten sie Hagen, ob er die Fremden kenne. Das ist nicht Einfaltslosigkeit des Nibelungendichters, sondern soll uns zu dem Gedanken hinführen (auf dem auch Kriemhild ihren Plan aufbaute), daß Hagen der einzige ist, der je am hunnischen Hofe war und den Weg nach Etzelburg kannte.

Der Empfang war herzlich, allein schon, weil jedermann auf Nachricht von Kriemhild gespannt war, die einen in der Hoffnung, daß es ihr gut, der andere in der Hoffnung, daß es ihr miserabel ginge.

Wärbel und Schwemmel sangen das Hohelied ihrer Herrin und überbrachten dann in artigen Worten die Einladung, für »Mann und Maus« sozusagen. Gunther bezähmte in königlicher Zurückhaltung seine schamlose Neugier auf Etzel und Kriemhild, bat sich ein paar Tage Zeit aus, um festzustellen, ob es die Staatsgeschäfte erlaubten, und verabschiedete die Herren mit dem Wunsche, sie möchten sich wohl fühlen in Worms.
Kaum waren die Gesandten gegangen (zu Ute, um ihr die Grüße der Tochter zu überbringen), da brach im Palas der Tumult los. Alles schwatzte durcheinander und versuchte, entzückt von der Einladung, auf Gunther einzureden. Der einzige, der die Nachricht ganz anders aufnahm, war Hagen. Angesichts der naiven Freude der martialischen Männer verfinsterte sich sein Gesicht immer mehr, und als er fürchten mußte, Gunther könnte sich übereilt entscheiden, schob er alle, bis auf Gernot und Giselher, aus dem Saale und schloß die Tür.
Gunther blinzelte dem Tronjer unbehaglich entgegen, als er ihn, wie Kassandra persönlich, auf sich zukommen sah. Schade, dachte er, ein so erstklassiger Held und treuer Freund, aber er hat immer so unangenehme Einfälle.
Hagen kannte die Miene seines Herrn, sie beeindruckte ihn nicht im geringsten; wollte dieser Mann denn niemals mit seinem zufriedenen Schnurren aufhören und die Welt richtig sehen? Hier wurde von Kriemhild doch etwas Kreuzgefährliches eingefädelt, merkte er das nicht?
Gunther schüttelte den Kopf. Er schaute den Tronjer mißmutig an, diese ewige Unke, die nicht wissen wollte, daß die Welt schön und der Mensch gut ist. Nein, sagte er, Unsinn, sie hat uns längst verziehen; es sei denn – bedeutsame Pause – Eure persönliche Rechnung stünde

noch offen. Das saß, oder?
Es saß gar nicht. Erstens war es nicht neu für Hagen und zweitens war er nicht gewillt, Gunther die Rosinen von der eigenen Unschuld im Kopf zu lassen. »Lât iuch niht betriegen«, antwortete er lächelnd.
Die Atmosphäre war nun so verdorben, daß Gernot es für geraten hielt, sich einzuschalten. Vier Zeilen konnte er ungehindert anbringen, dann explodierte Giselher, beschimpfte Hagen, Hagen fauchte zurück, Gunther hielt sich die Ohren zu und schritt zur Tür; die Sitzung war geplatzt.
Als sie sie wieder aufnahmen, hatte irgendeiner von ihnen Rumold und Ortwein mitgebracht. Das ganze Für und Wider begann von neuem. Ortwein, Hagens Neffe, schlug sich sofort auf die Seite des Onkels, was kein Wunder war, Gehirn scheint in dieser Familie weitverbreitet gewesen zu sein. Überraschend aber sprach auch Rumold gegen die Reise. Rumold war »kuchenmeister«, weder Koch noch Bäcker natürlich, sondern eine Art Chef des Haushalts, offenbar ein ritterbürtiger Mann, denn Gunther berief ihn für die Zeit der Hunnenfahrt zum Stellvertreter. Der ganze Rumold wäre dennoch nicht erwähnenswert, wenn er nicht eine so herrliche Rede geschwungen hätte.
Herr König, hub der (sicherlich dicke) Mann an,

»Ihr habt doch nach Belieben und wie Ihr wollt genug
von Freunden und von Fremden in Eurem Haus Besuch!
Bleibt hier, ich rat es ehrlich, seht mir ins Herz hinein!
Laßt Kriemhild ruhig Kriemhild und Etzel Etzel sein!

Wo lebt sich's so vergnüglich wie hier in Eurem Land?
Wo ist man so geborgen, ist Euch das nicht bekannt?
Denkt an die schönen Kleider, denkt an den guten Wein,
und laßt die schönsten Frauen des Landes um Euch sein!

Und nicht zuletzt: das Essen! Ist es nicht wunderbar?
Wir haben so viel Vorrat, ein Wink – man bringt's Euch dar.
In Öl gebratne Schnitzel – na, lassen wir es sein.
Ich will nur eines sagen: Ihr Herren, bleibt am Rhein.«

Jetzt wissen wir, woher das Lied »Drum ist es am Rhein so schön« kommt.
Nun – Gunther fand das nicht komisch. Nicht, weil er ahnte, daß es eine Reise ohne Wiederkehr werden sollte, sondern weil er sich seine Vorfreude nicht verderben lassen wollte. Er sprach so ungern ein offenes Machtwort. Er sah also Hagen mit einem Blick an, der ein einziger Vorwurf war. Er wollte reisen, Herrgottnochmal, es war doch entschieden!
Hagen gehorchte. Er entschuldigte sich für seine Heftigkeit, stimmte der Fahrt zu und riet nur, ein sehr starkes Gefolge mitzunehmen. Man merkte ihm an, was ihn die Worte kosteten; er war sicher, sein Todesurteil unterschrieben zu haben. Von nun an handelte er darnach. Alles, was er von diesem Augenblick an tat, war das Tun eines Mannes, der seine Haut so teuer wie möglich zu Markte tragen würde.

*

Sehr sorgfältig wählte er mehrere hundert Ritter und Knappen aus; achtzig ließ er allein aus Tronje kommen. Er befahl schwere Ausrüstung, alle Waffen. Die hunnischen Gesandten wurden hingehalten, bis die Vorbereitungen beendet waren. Die Absicht abzureisen mochte so deutlich sein, wie sie wollte, sie erhielten keinen Bescheid. Sie sollten erst unmittelbar vor den Burgundern aufbrechen, um Kriemhild keine Zeit zum Aufstellen einer Falle zu lassen.

Wärbels und Schwemmels Geduld war ebenso wie ihr Liedervorrat erschöpft. Sie waren sauer, als Gunther ihnen endlich seine Botschaft an Etzel auftrug, und wollten seine Geschenke ablehnen, was den König verständlicherweise nahe an einen Herzinfarkt brachte, denn wo kommen wir hin, wenn Intellektuelle die milden Gaben des Staates ablehnen; sie nahmen sie also doch, dankten, schwangen sich aufs Pferd und brausten davon.

Wo sie vorüberkamen, in Passau, in Bechlarn, in Wien, warfen sie die neueste Nachricht im Galopp in den Briefkasten; zwei Wochen später kamen sie in Etzelburg an. Schade, daß diese Pferderasse ausgestorben ist.

Spät kommt Ihr, doch Ihr kommt, rief ihnen Etzel erleichtert zu und ließ sich berichten. Wärbel und Schwemmel taten das Vernünftigste, was sie tun konnten, sie multiplizierten alles mit zwei, priesen die Gastfreundschaft Gunthers und vor allem seine Hochachtung und Verehrung für Etzel. Der König »wart vor freuden rôt«. Dann marschierten Wärbel und Schwemmel zur Königin, in deren Natur es nicht mehr lag, rot zu werden. Während sie nur eine Sorge und eine Frage hatte, palaverten die beiden Spielleute ihre Litanei noch einmal herunter. Als sie erzählten, daß Hagen gegen die Reise gesprochen

habe, flackerten ihre Augen und sie saß wie auf Kohlen.
Endlich zählte Wärbel auf, wer Gunther begleiten würde, und Hagen war darunter. Hagen und Dankwart und Volker, und –
Ach, Volker, sagte Kriemhild lächelnd, Volker könnte sie entbehren, aber auf Hagen freue sie sich.
Und wenig später, zu Etzel, wiederholte sie die tödliche Ironie: »Wie gefällt Euch diese Nachricht, viel lieber Herre mein? Was ich so sehr begehrte, das soll vollbracht nun sein.«
Das große Gericht, wie es Gryphius besungen hat, konnte beginnen.

»Auf, Toten! Auf! Die Welt verkracht im letzten Brande,
der Sterne Heer vergeht, der Mond ist dunkelrot!
Die Sonne ohne Schein... Ihr, die ihr lebt, kommt an!«

*

Sie kamen.
Frau Ute hatte in der Nacht vor der Abreise noch einen bösen Traum, aber sie konnte ihn nicht an den Mann bringen. Ihr Ruf als Pythia war wohl nicht groß.
Man war vergnügt. Vor allem Gernot ging büttenredend umher und tötete Hagen den Nerv. Auf dem Tronjer und seinem Bruder Dankwart als Reisemarschall lag die ganze Last der Arbeit. Mehrere hundert Ritter, Knappen, Knechte, Pferde – es wollte organisiert sein.
Das Übersetzen über den Rhein, das Ein- und Ausladen nahm fast einen Tag in Anspruch. Man brachte das noch am Abend hinter sich, um am nächsten Morgen gleich losreiten zu können.

Man scheint in anderer Richtung aufgebrochen zu sein als Rüdiger mit Kriemhild, nämlich zum Main und dann südwärts zur Donau. Die in späteren Jahrhunderten übliche Route war das nicht, und es gibt viele fleißige Streitschriften zu diesem Thema. Sie sind müßig, denn wären die historischen Burgunder jemals nach Ungarn gezogen, so hätten sie das am besten noch zu ihren Lebzeiten getan, also im 5. Jahrhundert. Und wie da die Wege liefen, weiß kein Mensch. Es ist dieselbe müßige Debatte wie um »Gran«: Der Nibelungendichter sagt einmal, daß die Etzelburg bei »Gran« lag. Gran gibt es heute noch, es liegt an der Mündung der Gran in die Donau, fünfzig Kilometer vor Budapest, und heißt auf ungarisch Esztergom. Die Germanisten aber sagen, es sei durchaus zweifelhaft, ob der Dichter wirklich Gran und nicht eher Budapest gemeint habe. Sogar Meyers Lexikon setzt Gran gleich Budapest (Ofen). Fragen Sie mich nicht, warum; es ist mystisch. Der historische Etzel residierte, wie man heute annimmt, am Theiss; wenn also Budapest genau so ungeschichtlich ist wie Gran – warum unterstellt man dann dem Dichter, daß er Ofen meinte, wenn er Gran sagte? Er meinte ganz gewiß Gran, denn zu *seiner* Zeit, im 11. Jahrhundert, war Gran der Sitz der Arpaden, des ungarischen Königshauses.

Sehen wir also getrost im Geiste den langen Zug der Burgunder, (die der Dichter hier zum ersten Mal »Nibelungen« nennt), mainaufwärts ziehen, Tag um Tag, reiten, kampieren, reiten, kampieren, reiten. Endlich, zu der Zeit, als Wärbel und Schwemmel bereits bei Etzel waren, gelangte die Schar an die Donau.

Schöne Bescherung, sie führte Hochwasser! Das Ufer war überschwemmt, der Fluß eine kochende Masse, das

Fährschiff, das hier liegen mußte, versteckt, vom Fergen (dem Fährmann) weit und breit nichts zu sehen.
Das fängt gut an, dachte Hagen. Aber Gunther war besten Mutes, hobbelte seinen Mustang an, ließ die Picknickkörbe öffnen und sich selbst häuslich nieder.
Allein und zu Fuß machte sich also der Tronjer auf, um stromaufwärts und stromabwärts nach dem Donaudampfschiffahrtsgesellschaftskapitän zu suchen.
Er fand zwar nicht den Fergen, dafür aber zwei Personen weiblichen Geschlechtes, die nackend teils auf dem Wasser schwebten, teils in demselben badeten. Es handelte sich, wie der alte Heide sofort erkannte, um zwei echte Nixen, die in einer nahen Quelle ihr Domizil hatten. Der Nibelungendichter kennt sogar ihre Namen: Die eine hieß Hadburg und war die Muhme der anderen, die sich Sieglind nannte. Hagen, der das Alte Testament offenbar so wenig kannte wie das Neue, zeigte sich in der Mythologie seiner Väter desto besser beschlagen; gleich fiel ihm ein, daß Nixen in die Zukunft sehen können, und er beschloß, sie sich gefügig zu machen: Er stahl ihnen die Kleider.
Wenn *wir* überrascht sind, daß die Nixen Kleider hatten, so waren *sie* überrascht, daß sie jetzt keine mehr hatten. Muhme Hadburg wagte sich also vor (es ist immer der falsche Jahrgang, der kühn ist) und bot dem Tronjer im Austauschverfahren einen Blick in die Zukunft an. Aber die Alte belog ihn mit angenehmen Aspekten, bis sie ihre Dessous wiederhatte, um ihm dann erst durch die kleine Sieglind die nackte Wahrheit zu sagen: Niemand von den Nibelungen, ausgenommen der Priester, würde lebend in die Heimat zurückkehren.

Den Nymphen war es bitter ernst, und dem Nibelungendichter auch.
Hagen stand in Gedanken da, Hand am Kinn, wie er so oft gemalt worden ist.
Es ist auch für den größten Helden nicht angenehm, seinen Tod verkündet zu bekommen. Aber er dachte jetzt nicht an sich, er dachte an Gunther. Sagen oder nicht sagen, umkehren oder nicht umkehren, das war hier die Frage. Und der rätselhafte Mann entschied sich für den Tod. Er hätte es nicht so genannt, natürlich nicht; er hätte vielleicht mit dem prometheischen Beethoven-Wort geantwortet: Ich will dem Schicksal in den Rachen greifen...
Es sind Augenblicke von erhabener Größe, strahlende Leuchtfeuer, wenn wir Deutsche dem Schicksal in den Rachen greifen. Jedoch, daß die Hand drin bleibt, ist fast immer sicher.
Der Gedankenleserin Sieglind war Hagens Entschluß nicht verborgen geblieben; daher sagte sie ihm als Draufgabe für die Kleider gleich noch, wo er den Fergen finden und wie er ihn, falls der Mensch sich weigern sollte, herüberlocken könne.
Er fand die Stelle, von der man das Haus des Lotsen sehen konnte, und rief. Niemand antwortete. Darauf gab er sich, wie ihm die Nixe geraten, als »Amelrich« aus; er hatte keine Ahnung, wer Amelrich war, aber er erfuhr es sogleich. Der Ferge kam tatsächlich mit seinem großen Boot herüber, schäumte vor Wut, als er einen Fremden statt seines Bruders vorfand, und machte stehenden Fußes kehrt. Hagen bot ihm Gold. Der Bayer sagte nein. Der Tronjer hielt ihm die goldene Spange seines Mantels hin. Der andere sagte nein; und in Ermangelung eines

Bierseidels hieb er dem Saupreußen präventiv das Ruder über den Kopf.
Das kann man mit einem Manne, der gerade eine Entscheidung wie Hagen gefällt hat, nicht machen. Der Tronjer, der bereits in anderen Dimensionen rechnete, zog blitzschnell das Schwert und schlug dem Fergen das Haupt ab.
So ist das; das Leben spielt manchmal Poker. Wenn man immer wüßte, wie hoch der andere gehen würde, nähme man gern das erste Angebot an.
Inzwischen schickte das Boot sich an, sich selbständig zu machen. Hagen sprang im letzten Moment hinein und arbeitete wie ein Verzweifelter, um wieder das Ufer zu gewinnen. Er muß ein sehr guter Ruderer gewesen sein, wie ja auch seine nächtliche Fahrt mit dem Nibelungenschatz beweist. Er bekam die Fähre tatsächlich an Land, vertäute sie und machte sich auf den Rückmarsch.
Gunther war nicht erstaunt, daß alles geklappt hatte; er wunderte sich allerdings ein bißchen, daß der dazugehörige Ferge fehlte. Hagen bestätigte ihm das; es sei ihm auch schon aufgefallen.
Endlich also konnte man übersetzen. Die Pferde wurden ins Wasser getrieben und mußten sehen, wie sie das andere Ufer erreichten. Die Mannschaft pendelte mit Hagen hin und her. Die ganze Prozedur ging ohne Verluste ab, ein wahres Wunder bei dem vollgepfropften Kahn und der endlosen Kette der aneinandergekoppelten Rösser, die dicht an dicht im aufgeregten Wasser quirlten und sich drehten und weit weggerissen wurden.
Mit der letzten Last ging auch der Pfaffe, der den Zug begleitete, an Bord. Seine Siebensachen zu Füßen hockte er im Boot und ließ sich fromm bedienen.

Wie Hagen ihn da sitzen sah, fiel ihm die Prophezeiung der Nixe wieder ein. Er betrachtete das Priesterlein, das der einzige Überlebende sein sollte, lang und nachdenklich. Eine schöne Gelegenheit, dachte er, das Kismet Lügen zu strafen.
Und dann nahm er ihn und warf ihn in die Donau.
Der Pfaffe schrie, Giselher schrie, Gernot schrie; die am anderen Ufer schrien ebenfalls, aus dem Boot reckten sich viele Hände dem armen Gottesmann entgegen, der nicht gewohnt war, sich selbst über Wasser zu halten und schon gar nicht, gegen den Strom der Zeit zu schwimmen. Die Fluten schossen mit ihm davon, Wirbel erfaßten ihn, warfen ihn aus der Mitte und katapultierten ihn, ehe er sich's versah, an das Ufer. Er griff zu und hielt fest, was er in der Hand hatte. Einen Strauch.
Er war gerettet.
Hagen sah ihn nach einigen sehr unchristlichen Worten in Richtung Worms verschwinden.
Das Schicksal hatte gewinkt. Und der Tronjer winkte zurück, indem er innerlich hochachtungsvoll den Helm abnahm und äußerlich sich eine Axt reichen ließ.
Mit ihr zerschlug er, wie in der Äneis einst die Trojanerinnen, das Schiff.

*

Die Dinge hatten sich so zugespitzt, daß Hagen nicht länger schweigen konnte. Er mußte wohl oder übel von seiner Begegnung mit den Nixen und vom Tod des Fergen berichten. Einige Herren wurden blaß, der König aber und seine Brüder schienen wenig beeindruckt.

Hm. Mir wird immer ganz plümerant zumute, wenn ich diese Art von Furchtlosigkeit erlebe.

Mit der Furcht ist das so eine Sache; viele finden sie verächtlich, zum Beispiel Generäle; ich persönlich halte sie für eine sympathische Äußerung, allerdings war ich auch nie General, sondern immer ziemlich weit vorn. Wer überhaupt keine Furcht hat, ist ganz gewiß entweder ein Lügner oder ein Stumpfbock ersten Ranges. Denn Furcht setzt natürlich voraus, daß man die Bedrohung erkennt. Man kann die Furcht dann überwinden, durch Disziplin zum Beispiel (wie es die Tapferen tun), oder durch die Erfahrung, daß man in gleichen Situationen bisher immer der Stärkere war (wie es die Fernfahrer tun); aber man kann sie sich nicht ein für allemal abgewöhnen. So ungeheuer furchtlos werden Gunther und Gernot also nicht gewesen sein, und das versöhnt mich. Ich glaube, sie ließen sich durch die Gemütlichkeit der Reise ablenken, so, wie man auch in den Eisenbahnzügen an die Front hoch und niedrig furchtlos einen Null ouvert spielen sah.

Nun gibt es noch eine ganz besondere Abart Mensch: Das sind die (sehr wenigen allerdings), die zwar Furcht verspüren, sie aber wie eine Delikatesse zu genießen verstehen. Ja, sie haben geradezu Appetit auf Furcht, wie die Glasesser auf einen exquisiten Weißweinkelch. Es gehört freilich eine gewisse freundliche Verblödung dazu, Furcht lediglich als Nervenkitzel zu nehmen. Irgendwas stimmt da nicht.

Solch ein Geselle spielt sich im Nibelungenlied hier zum ersten Mal nach vorn, ein Ritter, der den Typ des vom Tode bestenfalls amüsierten Fähnrichs vertritt, der Bellman'sche Lieder singt und fiedelt; der auf nächtlichen

Doppelposten Wirtinnenverse oder »Am Brunnen vor dem Tore« spielen würde, aber niemals – entgegen den tiefsinnigen Erlebnissen unserer heutigen Dichter – in einem zerschossenen Dorf die Orgel. Er hieß Volker, war Herr der Güter von Alzey (zwischen Worms und Kreuznach) und Gunthers Vasall, ein junger, blonder, lebhafter Mann, den es mit äußerster Heiterkeit erfüllte, daß die so friedlich begonnene Fahrt ein Hexentanz zu werden versprach.

Als Hagen sagte, er rechne damit, daß Gelpfrat, der Herr von Bayern, vom Tode seines Fergen gehört haben und schon hinter ihnen her sein werde, löste das bei Volker sogleich lebhafte Fröhlichkeit aus. Er setzte den Helm auf und band ein rotes Fähnchen an seine Lanze, damit sie ja recht weit zu sehen sei. Leider teilte Hagen ihn – vielleicht um seine Jugend zu schonen – dazu ein, den Troß als Spitze zu führen. Der Tronjer selbst wollte mit seinen Rittern die Nachhut bilden und den Bayern auffangen.

Herr Gelpfrat ließ nicht lange auf sich warten. Die Sonne war unter-, der Mond aufgegangen, Wolkenballen schoben sich vom Horizont herauf, es drohte stockdunkel zu werden. Da hörten die Tronjer das Pferdegetrappel hinter sich. Hagen – neben ihm sein Bruder – hielt und ließ den Bayern herankommen. Tatsächlich, Gelpfrat war es selbst, gedeckt durch eine breite Wand von Reitern.

Noch ging es sehr manierlich zu, man rief hin, man rief her, wer da, wer dort, Gelpfrat beschuldigte, Hagen erklärte, der Bayer forderte seine Auslieferung. Das war zu viel: Dankwart zeigte ihm einen Vogel, legte die Lanze ein und gab seinem Pferd die Sporen. Der Kampf war da.

Ein Nachtgefecht!
Wie kühn! Gelpfrat muß überhaupt ein kühner Mann gewesen sein; die Bayern sind's heute noch. Er muß auch ein glänzender Fechter gewesen sein, er warf Hagen mit einem Lanzenstich aus dem Sattel, sprang ab, ging mit dem Schwert auf ihn los und schlug ihm den Schild mit einem Hieb in zwei Teile. Zum ersten Mal im Leben rief der Tronjer um Hilfe. Der Mond war wieder hervorgekommen, Dankwart, der soeben Gelpfrats Bruder schwer verwundet hatte, erkannte, woher die Rufe kamen, sprang hinzu und rettete Hagen.
Gelpfrat fiel. Die Bayern, die nicht gern ohne Führer sind, machten kehrt und flohen.
Gunther hörte erst am Morgen von dem nächtlichen Kampf. Der Nibelungendichter sagt, der König sei ärgerlich gewesen, daß man ihn nicht gerufen habe. In der Tat, nichts ist ärgerlicher, als nicht dabeigewesen zu sein, wenn eine Schlacht glücklich gewonnen ist.
Die letzten zwei Tagereisen durch Bayern verliefen ohne Zwischenfälle; dann überschritt man die Isar, stieß bei Vilshofen wieder auf die Donau und war noch am gleichen Abend in Passau. Wie in einen friedlichen Hafen lief man in Onkel Pilgrims gemütliche Residenz ein.
Nach anderthalb Tagen Ruhe, ausgeschlafen, herausgefüttert und gebadet, setzten die Nibelungen ihren Weg fort.
An der Grenze der Mark Bechlarn hatten sie ein kleines, überraschendes Abenteuer. Hagen, der diesmal die Vorhut führte, fand etwas im Straßengraben, was man dort eigentlich nicht finden dürfte, nämlich einen Ritter, der offenbar auf Posten eingeschlafen war. Der Herr schlief so fest, daß der Tronjer ihm in aller Gemütlichkeit die

Waffen wegnehmen konnte. Sein Erwachen war peinlich, doppelt peinlich, weil er sich als guter Bekannter herausstellte: Graf Eckewart, Kriemhilds persönlicher Adjutant seit den Tagen der Erbteilung; ihr Begleiter auch an den Hunnenhof.

Wachvergehen eines Offiziers – ein schlimmer Fall, und der verdatterte Vergatterte sah sich in den Augen des Königs deklassiert. Aber Hagen fühlte dem ehemaligen Kriegskameraden gegenüber Korpsgeist, gab ihm die Waffen zurück und reichte ihm mit ausgesuchtem höfischem Takt zum Zeichen seiner Freundschaft ein Geschenk. Eckewart, ihn nur zu gut kennend, war über diese Geste so perplex, daß ihm als Dank nichts anderes einfiel, als verwirrt von einer Gefahr zu stottern, die den Nibelungen in Etzelburg drohe.

Wenn er annahm, Hagen damit zu erschrecken oder zu einer erstaunten Frage zu veranlassen, so täuschte er sich. Der Alte klopfte ihm auf die Schulter und sagte: »Dise degene hânt niht mêre sorge, wan umb die herberge«, was etwa heißt: »Offen gestanden haben diese Herren hier im Augenblick nur eine Sorge: Wo können wir unterziehen?«

Nachdem man hier ein bißchen gelächelt hat, könnte man weiter im Text gehen, und das wäre dem Nibelungendichter sehr lieb, denn auch er hat soeben bemerkt, daß er vollständigen Unsinn erzählt hat.

Was soll dieser heimliche einzelne Späher gegen die geladenen Gäste? Wie kommt Eckewart zu seiner Warnung? Woher weiß er etwas von Kriemhilds geheimsten Plänen? Und welcher Teufel reitet ihn, seine Königin, der er zu allen Zeiten gegen Hagen und dessen Untaten beigestanden hat, zu verraten? Wozu ist er bis an die

Grenze von Passau vorgeschickt, wenn die Nibelungen in Bechlarn noch Station machen werden? Und wieso **allein**, in diesen Zeiten? Daß dem Nibelungendichter als Dramatiker die Szene gefallen hat, kann man ihm lebhaft nachfühlen. Aber sie ist unlogisch, warum hat er sie erfunden?
Er hat sie gar nicht erfunden! Die Eckewart-Szene ist ein Rudiment aus dem Atlilied. Dort sitzt sie brillant! Erinnern Sie sich, Atli hat die Burgunder eingeladen, um in den Besitz ihres Schatzes zu kommen. Kriemhild weiß von dem Plan, sie ist machtlos, ihn zu verhindern, aber sie versucht im letzten Augenblick, die Brüder zu warnen. Sie vertraut sich einem Getreuen an, der unter einem Vorwand die Burg verläßt und in höchster Eile den Burgundern entgegenreitet. Es gelingt. Hagen findet den übermüdeten Eckewart; die Burgunder schlagen die Warnung jedoch in den Wind.
Von der ersten bis zur letzten Zeile schön. Auch der Nibelungendichter verliebte sich in die Episode, übernahm sie – und geriet sofort in die größten Schwierigkeiten. Er mußte Eckewarts Beschämung aufbauschen, um dem Schuldbewußten als »Gegengabe« die Warnung zu entlocken – eine Operation, nach der der Patient jetzt auf Krücken geht. Die Gestalt des treuen Grafen Eckewart ist nun so unglaubwürdig, daß einige Germanisten den Grafen zu retten versucht haben, indem sie zwei Eckewarts annahmen. Das ist nett, aber auch drei Eckewarts würden nichts ändern.
Ich halte es mit dem Nibelungendichter, der nach dem Genuß der Begegnung mit einem »Nun rettet mal schön« sich mit den Burgundern weiter auf den Weg nach Bechlarn machte.

In die vier glücklichen Bechlarner Tage fällt ein frühlingshaftes Ereignis. Die letzte Idylle vor dem Ende.
Der Empfang bei Rüdiger war so herzlich, wie es dem Charakter dieses netten Mannes entsprach. Manchmal passiert es einem: Man tritt durch die Tür, und es ist Sonntag. Schon Kriemhild hatte es so empfunden, aber es ist doch etwas anderes, wenn die Jugend mitkommt. Königstitel und Ritterruhm sind gut und schön und reichen einige Minuten zu Knicksen und Verbeugungen, dann wärmt man das Herz an anderen Öfen. Wo Giselher steht, ist es plötzlich am fröhlichsten; wo ein junges Mädchen lacht, wandern alle Augen hin; wo ein schönes Fohlen vorbeistreicht, klingen die Glöckchen der Erinnerung. Und Rüdigers Tochter Dietlind war ein entzückendes Fohlen.
Gunther geleitete die Markgräfin zur Tafel, Giselher führte Dietlind an der Longe ihrer braunen Augen, und Rüdiger folgte mit Gernot, der auf seinem pausenlosen Geplapper wie auf Rollschuhen dahinsurrte. Der Markgraf hatte eine ganze Koppel von hübschen Mädchen nach Bechlarn geladen und sie den Rittern als Tischdamen in die Hände gelegt. Sie füllten nun den Festsaal mit Jugend, mit Augenspiel und Wunschträumen, daß die Kerzen knisterten.
Als nach dem Essen alles durcheinanderquirlte, sang und spielte Volker ein paar Lieder, von Liebe und schönen Frauen natürlich, war sehr umschwärmt, machte Komplimente rechts und links und zu dem Markgrafen eine Bemerkung, die nur eine Liebenswürdigkeit sein sollte, aber eine unerwartete Kettenreaktion auslöste. Er sagte, ungeniert und mit der Treuherzigkeit der Jugend: »Wäre ich ein Fürst, so würde ich um die Hand Eurer Tochter

anhalten.« Rüdiger wollte die Schmeichelei, die ja auch nicht gerade aus dem Munde des Kompetentesten kam, mit leichter Selbstironie über seine bescheidene Vasallenstellung abtun, da griff Gernot die Melodie auf.
Rüdiger war verlegen, um so mehr, als hier nun wirklich ein Fürst und überdies ein unverheirateter sprach. Als jetzt auch noch Hagen Luft holte und zu einer Sentenz anhub, erstarrte der Markgraf. Seine Tochter versank in den Boden – um aber bei den ersten Worten gleich wieder wie ein kartesianisches Teufelchen an die Oberfläche zu steigen, denn der düstere Tronjer sagte mit dem Lächeln eines Weihnachtsmannes, der seinen großen Sack aufmacht: »Sol herre Giselher si nemen«.
War es ein Traum? Alle Ritter hatten die Worte gehört, sprangen auf, umringten Giselher – und dann, ja, was geschah dann? Für das Mädchen schien es ein Märchen. Sie hörte den König sprechen, Gernot (natürlich), alle durcheinander, dann ihren Vater, man führte sie zu Giselher, man fragte sie und sie hörte sich ja sagen –

> Mai ist kommen.
> Auf der lichten Heide weit
> hat er uns ausgestreut
> viel schöne Blumen.
> Kam auch in den grünen Wald,
> da hört man die Nachtigall
> auf dem blütenvollen Reis.
> Freut euch, ihr Jungen,
> Knospen sind sprungen!

– ihre Hand lag in Giselhers Hand, die Ritter schlossen den Kreis, den »Umstand«, das Verlöbnis war besiegelt.

Ein Traum. Auch Rüdiger war ungläubig-glücklich verstummt. Je mehr das Reden, Lachen, Lärmen anschwoll, desto größere Stille zog in sein Herz. Als Gunther sich zu ihm setzte, sagte er: »Ich habe keine Krone und kein Land, ich habe nichts als mein Leben und meine Treue. Sie gehören Euch.«
Ironie einer glücklichen Stunde. Wenige Tage später forderte der König von ihm dieses Leben.

RONDO

Lassen wir die Väter.
Ist es Ihnen recht, wenn wir hier Abschied nehmen von Giselher, dem jungen, reinen, unschuldigen; dem Liebling des Nibelungendichters, dem nicht einmal er als Schöpfer mehr als eine kurze Maienzeit des Lebens zugestehen konnte, beim besten Willen nicht mehr?
Wir wollen es jetzt, an dieser Stelle erledigen, später ist keine Zeit mehr zum Adieusagen, denn gleich, meine Freunde, werden wir die Blüte der Nation verheizen.
Wie hat der Nibelungendichter ihn geliebt! Giselher war für ihn die ewige Jugend, die staunend, glücklich, lächelnd durch ihren Frühling geht. Bis zum Schluß nennt er ihn »daz kint«. Da steckt nicht ein Datum drin; darin steckt die Melancholie über das verlorene Paradies, über die eigene, lang zurückliegende Jugend.
Er liebte das Jungsein in ihm anders als andere Völker, ohne die Affenliebe der Eitelkeit, ohne die Ich-Bezogenheit der slawischen Mütter, ohne die Sentimentalität der

Romanen, ohne den Lendenstolz des Orients. Er liebte ihn anders: wie einen Baldur. Als das reine Morgenlicht. Er ließ ihn ohne Schuld sein, er hielt ihn vom Sachsenfeldzug fern, er bewahrte ihn vor dem Wissen um die Vorgänge vor dem Münster, er hütete ihn vor der Verantwortung an der Verschwörung, an Mord und Raub. Er ließ ihn keine Tat von irgendwelcher Tragweite bewußt begehen, keine Ideen vertreten und an dem Augurenleben der zum Handeln und zur Entscheidung gezwungenen Älteren nicht teilnehmen. Er tat das, nicht weil er ihn schützend auf den Armen schaukeln wollte, nicht weil er ihn länger im Schoß der sorgenden Familie halten zu können glaubte, nicht weil er wünschte, er möge ewig so klein bleiben, daß er weiter unter dem Herzen getragen werden könnte (lauter Instinkte anderer Rassen) – nein, er tat es, weil er ihn – und jetzt kommt ein fundamentaler deutscher Zug – über die Welt belügen wollte.
So ist es, und es ist unser gärtnerisches Gesetz.
Giselher weiß vom Gang der Welt nichts. Mit Mühe und Not bequemt sich der Dichter, ihn gerade noch die Rücksichtslosigkeit Hagens erkennen zu lassen. Vom Blutdruck derer, die er liebt und bewundert, ahnt er nichts, und was er vermutet, ist falsch. Von seiner Schwester hat er Vorstellungen, die ihn noch bis zum bitteren Ende an ihre Güte glauben lassen.
Belügen – ja, wir belügen unsere Giselhers: aus Schamhaftigkeit. Aus Scham über die Unzulänglichkeiten des Lebens, über den Modder der Welt und über uns selbst. Was glauben denn die, die in anderen Breiten und mit anderem Blute leben, die uns nicht verstehen und uns die Stecklinge aus den keuschen Frühbeeten nehmen und in

den Mist stecken möchten? Daß wir aus uns selbst Heilige machen und die Amöben verleugnen wollen, die auch in *unserem* Dickdarm hausen? Nach jedem Sturm, nach jedem Kriege kommen sie und preisen die »Erfahrung«! Ich preise die Gnade des Nichtwissens, diese Schutzmantelmadonna der Knospen.
Es ist in Ordnung so, freut euch, ihr Jungen! Die Knospen, die springen, kommen aus solchen Wurzeln. Immer, wenn wir und ihr dieses Gesetz unserer Seele einhalten, leben wir in Einklang mit dem Befehl der Nornen; erhebt ihr euch aber und verweigert ihr unser Ambrosia und Nektar und freßt ihr auf eigene Faust vom Baum der Erkenntnis, dann werden wir Zeiten erleben, wo ihr verkommt. Mißgeburten werdet ihr werden, infantile Ungeheuer an unseren Herzen. Denn ihr könnt nicht, was die Jugend anderer Völker kann: den Apfel essen ohne Diarrhöe.

*

Nun bleibt – Sie wissen es, meine Freunde – für den an unserer Statt handelnden Nibelungendichter nur noch eines mit Giselher zu tun, und er schreitet jetzt auch prompt zu dem gemäßen Ende: Er führt ihn auf das Schlachtfeld. Auch Giselher fällt bei Langemarck.
Adieu, Giselher –
Adieu, ihr Jungen, alle.

>»Schlage die Trommel und fürchte dich nicht,
>und küsse die Marketenderin!
>Das ist die ganze Wissenschaft – «
>   (Heine)

Vier Tage nach dem nächtlichen Fest küßte Giselher seine Braut zum letzten Mal, und alle drückten allen, Abschied nehmend, die Hände. Rüdiger bat um die Erlaubnis, Gunther ein Geschenk geben zu dürfen, einen kostbaren Waffenrock, und der König machte das Maß seiner Höflichkeit voll, indem er sich vor dem Markgrafen verneigte.
Lauter schöne, höfische Bilder.
Gernot empfing ein altes, ruhmumwobenes Schwert. Auch er nahm es mit Dank. Frau Markgräfin Gotelind hatte ebenfalls noch etwas angebracht, nein, nicht für Giselher, der ja schon das Kostbarste, was sie besaß, bekommen hatte. Vielmehr gedachte sie als Mutter dankbar des Mannes, der den Bund ihrer Tochter gestiftet hatte. Und das war – es läßt sich nicht leugnen, obwohl es wie ein Scherz anmutet – Hagen.
Was ihn bewogen hat, es kam sicher nicht aus der Sympathie für Gotelinds Tochter, auch gewiß nicht aus der Vorsorge für den jüngsten der Königsbrüder; es war etwas, was damals noch keiner der Beteiligten sah und was auch die Germanisten, soweit ich ihre Tausendfüßlernoten gelesen habe, unbeachtet lassen: die rücksichtslose Diplomatie eines Mannes, der mit diesem Schachzug einen der angesehensten und mächtigsten Gefolgsmänner des Hunnenkönigs in ein Freundschaftsverhältnis zu den Burgundern zwang. Tatsächlich beschwor Hagen damit einen der menschlich erschütterndsten Konflikte des Nibelungenliedes herauf.
Was Gotelind dem Tronjer zugedacht hatte, sagt der

Dichter gar nicht erst, denn Hagen winkte sogleich freundlich ab und deutete statt dessen, bescheiden wie immer, auf einen Schild, der an der Wand hing. Es war nicht mißzuverstehen: *Den* wollte er haben.
Ehe Gunther sich von seinem Schreck erholen konnte, ging die Markgräfin schon hin, um das Prunkstück vom Nagel zu nehmen, ohne Zögern und tapfer, obwohl der Gedanke an den Schild, den einst ihr Bruder im letzten Kampf getragen hatte, alte Wunden aufriß. Sie weinte ein bißchen, als sie ihn Hagen reichte. Er ließ daher – immer praktisch – den Gegenstand trauriger Erinnerungen sogleich aus ihrem Blickfeld verschwinden und zu seinem Gepäck bringen.
Dann brachen sie auf. Rüdiger führte sie.
Es ging nun ohne Aufenthalt nach Gran. Sie wollten vor der Sonnwendfeier bei Etzel sein, und der Weg war noch weit. Auch in Wien, wo die besten Schneider Mitteleuropas saßen und mit ihren Kreationen winkten (auch Etzel ließ dort arbeiten), machten sie nicht mehr Station.
Der Empfang in Gran gestaltete sich seltsam, nämlich höchst protokollwidrig. Normal wäre gewesen, daß ein Angehöriger der königlichen Familie mit Gefolge den Burgundern entgegenritt; der König selbst hätte dann die Gäste in der Burg begrüßen sollen. Beides geschah nicht.
Als ersten bekamen die Nibelungen einen Mann zu Gesicht, der sie mit einem ziemlich dürftigen Reitertrüppchen erwartete. Der Mann selbst allerdings besaß einen großen Namen; es war Dietrich von Bern.
Ah – werden Sie jetzt sagen und sich seines Bildes in den Heldensagen erinnern, ganz weiß in weiß gemalt; wie schön! Aber »weiß in weiß«, meine Freunde, ist keine

Farbe; ist Ihnen das noch nicht aufgefallen? Deshalb muß ich Ihnen zu diesem Dietrich von Bern ein paar Worte sagen. Im Nibelungenlied ist er nicht Vasall, sondern Gast Etzels, ein durch eine unglückliche Fehde mit seinem Onkel vertriebener König aus Verona (= Bern), der am Hunnenhofe zusammen mit seinen getreuen Rittern Zuflucht gefunden hat. Das Mittelalter hat in ihm den historischen Ostgotenkönig Theoderich gesehen. Theoderich der Große war jedoch nie am hunnischen Hofe, er wurde auch nicht vertrieben, und Etzel war, als Theoderich geboren wurde, schon ein Jahr tot. Er residierte auch nicht in Verona, das gerade erst von Etzel verwüstet worden war, sondern in Ravenna. Bei Verona schlug er lediglich seine entscheidende Schlacht gegen Odoaker. Dagegen hatte ein anderer Theoderich, der Westgotenkönig, mit den Hunnen zu tun: Er besiegte sie 451 zusammen mit Aetius (!) auf den Katalaunischen Feldern an der Marne. Die Zeit des Nibelungendichters, voller vager Erinnerungen an gigantische Ereignisse und gigantische Gestalten, verwirrt vom Kreuzundquer der Zusammenhänge, fasziniert von Köpfen, die aus dem Dunkel der Geschichte herausblicken, hat daraus Dietrich geschaffen. Diese Zeit war wahrhaftig ein dampfender Sagen-Kochtopf.

Im Nibelungenlied ist Dietrich von Bern ein Fürst von geradezu lehrbuchhafter Nobilität, seine auffallendsten Eigenschaften sind die leidenschaftslose Gerechtigkeit und die exakte Fehlerlosigkeit seines Handelns. Die Figur des Berners ist sicher nicht allein das Werk des Dichters; sie ist vorgeformt gewesen und in den späteren Handschriften dann noch vergoldet worden.

Dietrich nimmt in unserem Lied rein handlungsmäßig

eine Stellung besonderer Art ein, nämlich den Platz, den im alten Atlilied Etzel als letzter Akteur, letzter Vollstrecker innehatte. Im Atlilied war es also ein Bösewicht. Wer im Nibelungenlied nun an den Burgundern das Urteil vollziehen sollte, mußte das Gegenteil sein, eine Gestalt, die jenseits von Schuld, ohne Engagement, schon außerhalb des Liedes zu stehen hatte, die eigentlich schon *hinter* dem Ende des Liedes gedacht war und deren Arm lediglich noch in das Geschehen um die Burgunder hineinragte. Eine abstrakte Kraft fast. Eine gedachte.
Das ist er. Ich gestehe, daß mir Dietrich von Bern daher nicht viel abgibt. Auch dem Nibelungendichter ist er in Wahrheit ein Fremdling vom anderen Stern geblieben. Ich weiß, er ist eine edle Gestalt, und ich weiß, er ist meisterhaft hingesetzt; ich bewundere, mit welcher Sauberkeit und achtunggebietender Hoheit er aus dem Konflikt hervorgeht – dennoch sträubt sich alles in mir. Warum? Ja, warum? Es gibt nichts Tödlicheres als Vollkommenheit und nichts menschlich Unergiebigeres als Heilige. Und das *hier*, in dem brodelnden, vom Genesungsfieber geschüttelten Nibelungendrama! Nein – vielleicht ein andermal.

*

Die hehre Erscheinung, die ihnen Hagen als Dietrich von Bern ankündigte, beeindruckte die Nibelungen tief. Der Exkönig nahte mit seiner Schar, unter der sich zu Gunthers Verwunderung kein Hunne befand, und sagte auf das höflichste sein Sprüchlein des Willkommens auf. Es war nicht zu überhören, daß das Wort Etzel darin nicht vorkam. Das Ganze klärte sich aber harmlos, wenn auch

nicht angenehm auf: Dietrich war den Gästen aus eigenem Antrieb entgegengeritten, um sie noch unter vier Augen zu sprechen.
Das klang nicht gut. Gunther wurde unruhig: wieder irgend so eine Ungemütlichkeit, die ihm die Vorfreude verdarb, irgendwas Dummes mit Etzel?
Aber es drehte sich nicht um Etzel, sondern um Kriemhild. Vorsichtig erkundigte sich Dietrich, warum die Burgunder die Einladung überhaupt angenommen hätten. Gunther war fast gekränkt; er mußte doch sehr bitten! Darauf wurde Dietrich deutlicher: Kriemhild habe den Tod Siegfrieds nicht verwunden, und wenn sie sich vergesse, könne man aus ihren Worten Haß heraushören.
Gunther atmete auf. Auch Gernot fiel ein Stein vom Herzen; ein braver Mann, dieser Dietrich von Bern, aber er hörte das Gras wachsen. Beinahe hätte Gunther ihm auf die Schulter geklopft. Man dankte dem Fürsten, kletterte wieder in die Sättel und ritt weiter. Nach Ansicht Dietrichs in falscher Richtung. Hagen schwieg.
Es klappte partout nicht mit dem Protokoll. In der Etzelburg empfing sie zwar viel Volk, das sich – wie der Nibelungendichter ausdrücklich erwähnt – die Augen ausschaute nach dem sagenumwobenen Hagen, aber kein Etzel. Der König hatte offensichtlich einen falschen Fahrplan erwischt.
Plötzlich stand Kriemhild vor ihnen.
Gunther hob die Arme zum Gruß, und Gernot holte tief Atem, aber beiden verschlug es alles Weitere, als sie das steinerne Gesicht ihrer Schwester bemerkten.
Das also ist Kriemhild, dachten sie, Kriemhild, die einst Glückliche, die weiße Taube, der Schwan, die Schönste, die Liebste, das Schwesterchen –

Ohne Bewegung zu zeigen (obwohl sie sie fühlte), neigte
die Königin der Hunnen wie vor Fremden den Kopf
zum Gruß. War schon diese Geste niederschmetternd, so
war die nächste noch deutlicher: Kriemhild ging auf Giselher, »daz kint« zu, umarmte ihn, küßte ihn wie so oft
im Traum und nahm ihn bei der Hand, um ihn wegzuführen.
Gunther und Gernot blickten sich ratlos nach Hagen um.
Und jetzt kommt eine wunderbare Antwort des Tronjers: Er griff zum Kinnriemen und band sich den Helm
fester.
Tausend Jahre lang, bis heute, hat sich dieses Bild in
unserer Sprache erhalten.
Kriemhild sah es, Gunther, Gernot, Dietrich, alle sahen
es. Im Nibelungenlied ist es ein Moment höchster Spannung. Löst sie sich noch einmal, oder entlädt sie sich?
Kriemhild ließ die Hand Giselhers los und kam zurück.
Sie stellte sich Auge in Auge mit dem Tronjer.

Hagen: »Nâch su getânem gruoze ist, glaube ich, Ihr Herren alles klar.«

Kriemhild: »Sollte ich Euch begrüßen? Wie einen, der mir lieb und teuer ist, ja? Habt Ihr mir denn auch was Schönes mitgebracht aus Worms?«

Hagen: »Mitgebracht? Das tut mir wirklich leid: Hätte ich nur geahnt, daß die Königin von dem Lehnsmann ein Geschenk erwartet – dazu hätte es bei mir natürlich immer noch gereicht (ich waere wol sô rîche, het ich mich daz verdâht).«

Kriemhild:	»Dann wollen wir deutlicher werden, Hagen: Wo ist der Nibelungenschatz? Er ist mein Eigentum, habt Ihr ihn mitgebracht?«
Hagen:	»Der Nibelungenschatz – ach, ja. Ich erinnere mich. Ich habe ihn seinerzeit auf Geheiß Eurer Brüder in den Rhein versenkt, wo er wohl bis zum Jüngsten Tage liegen wird (dâ muoz er waerliche an daz jungeste sîn). Was für alte Geschichten, Frau Kriemhild (des is vil manec tac)!«
Kriemhild:	»Ihr werdet ihn mir also nicht wiederbringen?«
Hagen:	»Den Deibel werde ich! (Jâ, den tiuwel bringe ich iu) Ich hatte offen gestanden genug zu tragen an meinem Helm, Schild, Harnisch, Schwert – (er schlägt auf das Schwert: es ist Siegfrieds Balmung) – nicht, daß Ihr etwa glaubt, erhabene Frau, ich würde Euch dies Schwert bringen!«
Kriemhild:	»Ich hâns gedâht! Ich möchte Euch jetzt daran erinnern, daß es ungehörig ist, in vollen Waffen vor einen König zu treten. Gebt sie her!«
Hagen:	»Aber, aber! Um keinen Preis würde ich dulden, daß Eure königliche Hoheit mir Lehnsmann Schild und Schwert abnimmt und zur Kammer

	schleppt! Was für ein Einfall! Daz enlerte mich mîn vater niht. Soviel Kinderstube habe ich schon!«
Kriemhild:	»Auch Du nicht, mein Bruder? Gut. Vielleicht seid Ihr gewarnt. Ich wünschte, ich wüßte, wer der Verräter war. Ich würde es ihn mit dem Leben büßen lassen.«
Dietrich von Bern:	»Ihr könnt sogleich damit beginnen. *Ich* war der Warner.«

Kriemhild schloß die Augen. Wieder, wie in Worms, durchlebte sie alle Qualen der Ohnmacht. Eine Mauer von Feinden! Mit der ganzen Inbrunst ihres Herzens beschwor sie die Bilder der Erinnerung, den Mord, den jämmerlichen Tod des Geliebten, den Raub, die Schande. Dachte niemand mehr daran? Wußte keiner etwas von Liebe? Kannte keiner Treue, die ewige, unauslöschliche Treue? Dietrich also, der hehre Dietrich von Bern, war der Warner. Jenseits meiner Macht, dachte sie; ohnmächtig, ohnmächtig.
Sie wandte sich schweigend um und ging fort.
Hagen ergriff Dietrichs Hände. Der Berner entzog sie ihm nicht, aber ihm war nicht gut zu Mute. Ein schlechter Entschluß, sagte er ernst, hierher zu kommen.
Hagen lächelte: »Es wirt alles rât.«
Das Händeschütteln sah Etzel, als er just in diesem Augenblick an das Palas-Fenster trat. Wie, sie sind schon da? Er freute sich über den herzlichen Empfang seiner Gäste. Den Fremden studierte er länger, ihm schien, er müßte ihn kennen.
Er fragte seinen Adjutanten (einen »Kriemhilde man«),

und als er die bissige Antwort hörte, lachte er laut. »Grimmec? wie sol ich daz erkennen, daz er sô grimmec ist?« Er dachte an die Jugendzeit, den jungen Geisel Hagen; die Vorstellung der Grimmigkeit amüsierte ihn. Und in fröhlicher Stimmung ging er, die Herren zu begrüßen.
Jedoch, es scheint wieder etwas dazwischengekommen zu sein, denn die Nibelungen standen noch eine geschlagene halbe Stunde im Hof und schauten in die Luft. Was der untadelige Dietrich von Bern sich dabei vorstellte, ist unklar.

*

Dagegen ist klar, was Hagen sich dachte. Er war überzeugt, daß Kriemhild die Meldung ihrer Ankunft hintertrieben oder verzögert hatte, und wollte die Ungezogenheit mit einer Geste gleicher Wurstigkeit beantworten.
Anders ist nicht zu erklären, daß er jetzt Volker zu sich heranwinkte und mit ihm davonspazierte.
Die beiden schlenderten unbehelligt zu dem kleinen Platz vor den Gemächern der Königin und ließen sich, Beine von sich gestreckt, im angenehmen Schatten auf einer Bank nieder. Natürlich wurden sie von oben sofort bemerkt, »als wilden tier wurden die helde gekapfet an (angestarrt)«, die Mägde riefen Kriemhild herbei, sie trat ans Fenster und sah nun zum zweiten Mal innerhalb von Minuten den ihr Verhaßten in seiner arroganten Pose vor sich.
Sie verlor die Nerven.
Wie das aussah, kann ich Ihnen leider nicht sagen. Das

ist schade; wir würden Kriemhild in solchem Augenblick viel deutlicher sehen. Der Nibelungendichter hat nicht viele Worte dafür zur Verfügung; meistens benutzt er »weinen«. Ich habe mich an geeignetem Orte erkundigt, wie das ist, wenn einer Frau die Nerven durchgehen. Die betreffenden Herren meinten, es gehöre vor allem Schreien dazu, auch Mit-den-Fäusten-Trommeln und Aufund-abwandern. Alle diese Ausdrücke hat der Dichter zweifellos gehabt. Wir müssen also annehmen, daß eine Frau damals passiver in Schmerz und Empörung, daß ihr erster Instinkt der Hilferuf (der Tränen) und nicht das Schreckenverbreiten (des Geschirrwerfens) war.

Die Ritter ihres Gefolges (zu deren späterer Entschuldigung gesagt werden muß, daß es keine Nibelungen, sondern Hunnen waren) stürzten sich beim Anblick der völlig gebrochenen Königin auch sogleich in die größten Unkosten, was Kriemhild wohltat, so daß alles aus ihr hervorbrach, was sie seit Jahr und Tag als Zentnerlast auf dem Herzen getragen hatte. Darauf zogen die Herren k. u. k. Rittmeister sofort blank.

Doch Kriemhild behielt Besonnenheit – ja, war es Besonnenheit oder die verzweifelte Hoffnung, es könnte sich damals beim Tode Siegfrieds doch alles ganz anders zugetragen haben? Sie wollte dem Tronjer die Schuldfrage direkt stellen, dann erst sollte das Schicksal seinen Lauf nehmen.

Volker sah sie kommen; hinter ihr eine Schar verwegen blickender Gestalten. Alle hatten sich noch Zeit genommen, den Panzer unterzuschnallen, man sah, wie sich der Rock bauschte. Das Merkwürdigste an dem Aufzug schien Volker der Anblick Kriemhilds selbst: Sie hatte sich die Krone aufgesetzt!

Verdattert und in Ehrfurcht zog es ihn vom Sitz hoch.
Aber Hagen legte ihm die Hand auf den Arm und
drückte ihn wieder auf die Bank. Dann nahm er den
Balmung und bettete ihn sich umständlich auf die Knie.
Jetzt ging dem Jungen ein Licht auf über die grandiose
Kühnheit der Szene, und sein Gesicht verklärte sich in
Erwartung der Komplikationen, die sich ergeben würden. Er griff nun auch nach seinem »starken videlbogen«
und legte ihn neben sich. (Der Nibelungendichter wird
selbst angesteckt; das Wortspiel mit dem »Fiedelbogen«
macht ihm offenbar Spaß, er wiederholt es noch ein paarmal).
Kriemhild, Krone auf dem Kopf, bleich vor Erregung,
stellte sich vor Hagen hin, so dicht, daß sie ihm fast auf
die Zehen trat. Alles, was sie im ersten Moment herausbrachte, war die Frage, wie er es wagen könne, nach
Etzelburg zu kommen.
Hagen, ehrlich verwundert, was der kreißende Vulkan
geboren hatte, antwortete, es sei eine liebe Gewohnheit
von ihm, seine Herren zu begleiten. Volker lachte; Kriemhilds Stoßtrupp rückte etwas näher auf.
Ach, was hatte sie nur wieder gesagt! Sie mußte nun ihren
Mut zusammennehmen! Sie durfte sich nicht mehr fürchten vor der Gewißheit, vor der Antwort, die sie doch
längst kannte.
»Saget mir« würgte sie endlich heraus, »sluoget ir Sifriden, mînen lieben man?«
Hagens Antwort: »Waz sol des? Der rede ist nu genuoc.
Ich binz, der Sifriden sluoc.«
Da war es, das Bekenntnis! Das Signal zur heiligen Rache!
Kriemhild fuhr triumphierend zu ihren Mannen herum,

in ihrem Blick das Todesurteil für den Mörder, und verließ den Hof, um nicht mit ansehen zu müssen, was nun folgen würde.
Der Nibelungendichter ist der Meinung, daß auch dann das Lied nicht zu Ende wäre, wenn sich ereignet hätte, was Kriemhild erwartete. Er traut den beiden Burgundern zu, daß sie mit der Meute fertig geworden wären. Es ist seine Erfahrung aus der Wirklichkeit; auch unter Konrad und Otto dem Großen wichen die Reitervölker aus dem Osten jedem Einzelkampf aus.
Aber schön ist es, wie der Nibelungendichter die ersten zögernden Stimmen unter den Kriemhild-Mannen sich wie ein Lüftchen erheben läßt. Zuerst ist es ein scheeler Blick auf den Nebenmann, dann ein empörtes Sich-in-die-Brust-Werfen, dann kommt ein stolzes Betonen des gesunden Menschenverstandes, dann eine Erinnerung an Hagens Jugend am Hunnenhof – und dann gehen alle nach Hause.
(Was sagte ich gerade? Reitervolk? Ich sehe, das Volk der Dichter und Denker ist inzwischen auch ein Volk der Reiter geworden.)
Sie zogen ab, und das Lachen Volkers kullerte ihnen hinterher.
Dann erhoben sich die beiden und spazierten gemächlich zurück in den Palas-Hof, bis ihnen einfiel, es könnte sich dort vielleicht inzwischen zugespitzt haben. Sie nahmen ihre Beine in die Hand.
Aber es war alles in Ordnung. In bester Ordnung, denn anscheinend hatte Dietrich von Bern den Auftrag bekommen, die Gäste in den Königssaal zu führen. Gerade formierte sich der Zug, Dietrich führte Gunther, der thüringische Landgraf Irnfried (Lehnsmann Etzels) schritt

an Gernots Seite, Rüdiger trat neben Giselher. Dänische Emigrantengrafen erboten sich, Hagen und Volker zu flankieren, aber da die beiden gerade so schön beisammen waren, lehnten sie dankend ab und schwenkten gemeinsam in den Kotillon ein, der sich nun gemessenen Schrittes und als sei nicht das Geringste vorgefallen, zum Palas in Bewegung setzte.
Ein freundlicher, liebenswürdiger, erfreuter, ahnungsloser Etzel begrüßte sie. Er zeigte keinerlei Verlegenheit, so spät in Erscheinung getreten zu sein. Andere Völker, dachte Gunther, andere Sitten.
Es war Sonnenwend-Abend. An der schönen blauen Donau. Ungarn. Königsbesuch. Lichterglanz. Komm, Czigan, spiel mir was vor. Ein herrliches Fest, allerdings ohne Gräfin Mariza, ohne Frauen.
Als es um Mitternacht endete, setzte Hagen sein schönstes Lächeln auf, entblößte seine Rafferzähne und sagte zu Etzel: »Waere ich durch mîne herren niht her komen, ich waere iu zen êren (Euch zu Ehren) geriten in daz lant.«

*

Die erste Nacht in Etzelburg.
Als Ruhelager hatte man den burgundischen Herren den riesigen Rittersaal hergerichtet, der ein ganzes Gebäude bis zum Dachfirst einnahm. Er war auf das beste möbliert worden: Teppiche auf dem Boden, schwere Stoffe an den Fenstern, schöne geschnitzte Spitzschränke neben jedem Bett, das mit Leinen bezogen, mit kostbaren Seiden (»von Arras«), mit Hermelin- und schwarzen Zobelfellen bedeckt war.

Sie sollten gut schlafen. De luxe und sorglos.

»Da sprach Giselher, daz kint: Owê mîner friunde, ich fürchte, daz wir müezen von mîn swester schulden ligen tôt...«

Eine rührende Stelle. Da stand der Junge im Dämmer des von ein paar Lichtern diesig erhellten Saales, und mit der Nacht überfiel ihn die Bangigkeit. Er dachte an die Schwester, die er liebte und die er nicht wiedererkannte, und ihn beschlich die Furcht vor der Fremde, die Furcht vor dem Schlaf und die Furcht vor morgen.

»Schlage die Trommel und...«

Ach, sei still, Heinrich Heine!

Sogar Hagen gingen Giselhers Worte ans Herz. Und da er wußte, daß nichts zu ändern war, wünschte er sich, der Tanz möge endlich beginnen. Er sagte ein paar sanfte Worte zu seinem jungen Herrn, gürtete sich den Balmung um, setzte den Helm auf, ergriff den Schild und begab sich aus dem Saal auf Wache.

Er setzte sich auf die steinerne Türschwelle.

Der Vorplatz lag im Dunkel, die blaße Mondsichel, die gerade über den Giebeln heraufkam, gab kein Licht; nur ein Turm und eine Baumkrone hoben sich gegen den Himmel ab. Aus der Tür in seinem Rücken hörte er das Durcheinander der Stimmen und das Rumoren. Nach einer Weile kam Volker, ebenfalls in Waffen, und bat, die Nachtwache mit ihm teilen zu dürfen. (»Versmähet ez niht!«)

Er hatte seine Fiedel mitgebracht, der seltsame Kauz, hockte sich in die andere Ecke, legte das Schwert weg, nahm den Bogen und strich die Saiten an.

Er begann zu spielen. Laut und heiter, es hallte weit durch die Burg. Vielleicht war ihm wirklich so zumute,

wie es klang. Er fiedelte alle fröhlichen Melodien herunter, deren er sich entsann. Ab und an rief ihm jemand aus dem Saal ein Lied zu oder sang ein Stück mit.
Schließlich erloschen die Lichter. Volkers Melodien wurden »suezer unde sanfter«; zart und leise spielte er den letzten »sorgenden man« in den Schlaf. Auch ihm wollten die Augen zufallen, doch das Beispiel des Alten an seiner Seite hielt ihn wach.
Mit unbewegter Miene saß Hagen da, starrte ins Dunkel und horchte auf die Geräusche der Nacht. Die Burg war nicht still. Eine Tür knarrte, Grillen zirpten, ein Käuzchen schrie von Zeit zu Zeit; Blätter raschelten, denn die Katzen waren unterwegs, man sah ihre Augen aufleuchten; und von weit her klang das Bellen von Hunden.
Um diese Zeit schickte Kriemhild ihre Wachen los. Hagen – das war ihr gemeldet – hatte vor dem Saal Posten bezogen. Sie wünschte, daß nun Schluß gemacht würde mit ihm.
Aber statt des einen saßen zwei vor der Tür: Kein Zweifel, es waren zwei und beide in Waffen!
Die Häscher, geduckt im Dunkel des Gebüsches, berieten. Wie lautete der Befehl? Nur Hagen, kein anderes Unrecht, kein Blutvergießen.
Wer einmal einen Stoßtrupp mitgemacht hat, weiß, wie dumm die Situation ist; man kann sie eigentlich nur lösen, indem man das Verbot des Blutvergießens auch auf das eigene bezieht.
Sie machten kehrt. Dabei warf ein Helm einen schwachen Widerschein des Mondlichtes in Richtung Volker, und er entdeckte sie. Blitzschnell war er auf den Beinen, und neben ihm schoß Hagen hoch. Sie sahen jetzt deutlich die huschenden Schatten, die sich entfernten. Volker zitterte

wie ein Terrier an der Leine, doch Hagen packte ihn am Arm und hielt ihn fest. Es sei klüger so, sagte er, und zog ihn wieder in seine Ecke herunter.
Volker wollte den Hunnen wenigstens ein paar Sachen hinterherbellen, und da der Tronjer sah, daß der Junge sonst geplatzt wäre, erlaubte er den Unfug.
Niemand antwortete ihm. Die Grillen zirpten, und das Käuzchen schrie; die Mondsichel begann, sich zu senken, und die Morgenkühle kam. In ein, zwei Stunden mußte es tagen. Die Nacht war überstanden.

*

Das jetzt folgende Kapitel, die 31. Aventiure, die in den auf uns überkommenen Handschriften die Überschrift »Wie si ze kirchen giengen« trägt, gibt der Forschung einige Rätsel auf. Das Veranstaltungsprogramm, so sagen die Handschriften, sah für den nächsten Morgen den gemeinsamen Besuch der Messe vor, aller, auch der Hunnen. »Sie sangen ungleich, die Heiden und die Christen«, heißt es gleich in den ersten Zeilen – ein hastiges Vorbeugen gegen unsere Zweifel. Nachdem das betont ist, stehen im Text die Helden aber überhaupt erst mal auf, waschen sich und ziehen sich an. Der wortkarge Hagen, der noch am Abend zuvor die Gefahr beruhigend bagatellisierte, führt jetzt angeblich große Reden, empfiehlt, sich in Eisen statt in Seide zu kleiden und in die Hand das Schwert zu nehmen statt Rosen. »Nu traget für die rôsen wafen an der hant.«
Rosen? Seltsam. Mit »rôsen« scheint der Rosenkranz gemeint zu sein, denn Blumen werden im Lied sonst nicht

einmal für die Damen erwähnt, geschweige daß der Dichter sie jemals einem Ritter in die Schmiedehämmer drückt. Nun ist aber der Rosenkranz als Gebetsinstrument allerfrühestens unmittelbar vor den ersten Dominikanern oder durch sie selbst erfunden worden, also anfangs des 13. Jahrhunderts. Hier könnte man »Ah«! sagen, denn auch unsere Liedhandschriften stammen aus dieser Epoche. Das deutet darauf hin, daß der ganze Kirchgang eine späte Einfügung ist, denn eine Funktion hat er nicht. Er soll offenbar, abgesehen von dem gehorsamen Tribut an das Christentum, eine Erinnerung an den Kirchgang Brunhilds und Kriemhilds sein; er ist genau so aufgebaut. Auch hier in Etzelburg verhindern die einen (die Nibelungen) den großen Auf- und Eintritt der anderen (Kriemhilds), den Etzel schließlich, wie damals Gunther, schiedsrichtert.

Die Szene hat ein paar hübsche Stellen, zum Beispiel das Erstaunen Etzels über die volle Bewaffnung der Nibelungen und die Antwort Hagens, dies sei ein alter Wormser Brauch für die ersten drei Besuchstage – eine Antwort, die Kriemhild zu ihrer stillen Wut nicht Lügen strafen kann, ohne ihrem Mann den wahren Grund, den nächtlichen Anschlag, zu verraten. Das ist sehr reizvoll, aber sicherlich kopiert aus der darauffolgenden Szene, wo sich bei Tisch alles noch einmal wiederholt. Was es eigentlich nicht mehr dürfte.

Nun – wie immer auch die Herren die frühen Morgenstunden zugebracht haben mögen, die Handlung des Nibelungenliedes setzt erst darnach wieder ein, und zwar gemäß dem Liedcharakter mit dem obligatorischen, allmählich auf die Nerven gehenden Vormittagsturnier. Diesmal geht es jedoch nicht so belanglos aus wie seine vielen Vorgänger in Worms; es ist unheilschwanger und dynamitgeladen. Logisch. Dietrich von Bern und Rüdiger zum Beispiel verwünschten überhaupt die Idee, sich in Waffen zu werfen und verboten (psychologisch schön!) ihren Rittern die Teilnahme. Die Hunnen aber, mit wenigen Ausnahmen ahnungslos, und ihre thüringischen und dänischen Gäste traten zu dem Spiel an, dessen Gefahren ihnen so selbstverständlich waren wie heute den Skispringern das Über-die-Schanze-Gehen. Die königlichen Herren natürlich machten nicht mit, sie sahen vom Altan aus zu.

Alles ging zunächst gut; das heißt, das Turnier war so langweilig, daß den Pferden fast die Füße einschliefen. Gegen Ende kam noch ein hunnischer Stutzer in die Bahn geritten, ein aufgeputzter Geck, der für die Augen seiner Angebeteten radschlug und sich aufreizend nach einem Opfer umsah. Volker erwachte sofort aus der Lethargie und bestieg seine Rosinante. Ehe man ihm in die Zügel fallen konnte, hatte er schon die Lanze eingelegt und dem Pferd die Sporen gegeben. Im nächsten Augenblick war das Malheur da: Der Hunne hatte ein Loch in der Brust, die Lanze kam hinten gleich wieder heraus.

Von allen Seiten stürzten sie herbei, die einen als Erinnyen, die anderen zu Volkers Schutz. Hagen preschte mit sechzig Reitern dazwischen und wurde, zum Entzücken Kriemhilds, eingekeilt; es sah alles ganz wunderbar aus, denn jetzt lief auch noch ein Verwandter des Toten mit blankem Dolch Amok.

Aber es ging, wie so oft im Leben, mit dem Teufel zu: der Friede hielt sich und hielt sich. Gunther und Etzel kamen die Treppe heruntergestürzt und warfen sich in die kochenden Fluten. Etzel, der sonst so sanfte, schlug dem

Amokläufer die Waffe aus der Hand. Er war ganz außer sich: Hände weg von dem unschuldigen Volker!
Man ging noch einmal besänftigt auseinander.
Leider nicht weit genug. Es wäre die letzte Möglichkeit gewesen, sich mit Anstand zu verabschieden. Aber Gunther blieb, und der Gastgeber fuhr daher geduldig in seinen Hausherrnpflichten fort.
Inzwischen war es Mittag geworden: König Etzel und Königin Kriemhild gaben sich die Ehre, König Gunther und seine königlichen Brüder mit Gefolge zu Tisch zu bitten. Das klingt gut, denn an der Tafel, sollte man meinen, wird wohl niemand mit Speeren werfen. (Der Troß und alle nicht ritterlichen Angehörigen des Gefolges aßen unter Dankwarts Aufsicht in einem anderen Gebäude).
Die Nibelungen sahen mit Vergnügen das Büffet. Es gab – ja, was gab es? Ungarwein, Met (eine Gärung von Honig, Gewürzen und Wasser, etwa siebzehnprozentig alkoholisch) und Moras (Maulbeeren, Honig, Wasser, eine etwa zehnprozentige Gärung). Aber was aß man, außer Braten? War das Urgulasch schon da? Ohne Paprika? Grieben-Pogatscherl? Ferkelpörkölt? Debrecener? Aprolek? Bei Königen war man vielleicht so fein, daß man schon wieder Fisch essen durfte? Donauhecht? Schwarzmeer-Kaviar? Zu ärgerlich, daß wir nicht vor uns sehen, was Gunther und Etzel sahen, als sie im Saal umhergingen und sich wie vor Theaterbeginn ein bißchen die Beine vertraten. Sie mußten es, denn es fehlte immer noch Kriemhild.
Frau Kriemhild gedachte zuvor noch eine Kleinigkeit zu erledigen, eine große Kleinigkeit allerdings. Auf dem Wege zum Königssaal fing sie Dietrich von Bern mit

seinem berühmten Waffenmeister Hildebrand ab. Die Zeit drängte, Ausflüchte schienen der Königin nach allem, was inzwischen geschehen war, sinnlos, und so stürzte sie sich förmlich auf ihn – flehend erhobene Hände, tränenerstickte Stimme. Sie hatte kaum das Wort »Hagen« ausgesprochen, als der alte Hildebrand ihr auch schon in die Parade fuhr und empört davonstampfte. Der Berner blieb stehen. Er hatte Mitleid mit dieser Frau, er glaubte ihr Schicksal zu kennen (vielleicht kannte er es), er glaubte vor allem ihr Leid zu kennen (er kannte es überhaupt nicht). Seine Möglichkeiten, Kriemhild zu begreifen, waren nicht größer, als auf bakterienfreier Erde Rosen erblühen zu lassen.
Er hatte Mitgefühl. Was aber ihre Bitte anlangte, er fühlte sich – wie sagt man – nicht kompetent. »Mir habent sie der leide niht getân.« Damit ging auch er, korrekt und höflich.
Der Mörder in der Höhle des Löwen unangetastet! Gab es keinen Richter mehr? War Siegfrieds Mörder kein Mörder, war er ein heiliger Gast? Nahm die Ohnmacht nie ein Ende? Konnte jeder sie demütigen, wie er wollte? Konnte jeder den toten Geliebten noch über das Grab hinaus verhöhnen? Sie beide waren doch eins, warum half er ihr nicht, warum rächte er nicht sein verlorenes Leben und ihr verlorenes Leben?
Kriemhild machte einen letzten Versuch, denn jetzt bog Etzels Bruder Bloedelin um die Ecke. Er war aus anderem Holz geschnitzt als Dietrich; sie wechselte die Taktik. Im Vertrauen auf *sein* »Lindenblatt«, die Habsucht, redete sie ihn ohne Umschweife an und versprach ihm für Hagens Leben die ganze Westmark des hunnischen Reiches als Eigentum. Das war wahrlich keine Kleinigkeit,

was sie da aus einem Säckel, der ihr nicht gehörte, verschenkte. Daß Bloedelin nicht zögerte, diesen ungedeckten Scheck anzunehmen, zeigt, daß er ihre Macht über Etzel kannte. Sie deutete dem Schwager an, ihm noch eine Dame draufzugeben, die Bloedelin aus eigenen Mitteln offenbar nicht erringen konnte. Kurzum, sie war auf dem Nullpunkt ihres Schamgefühls.
Bloedelin auch. Er schlug ein.
Erlöst, fast fröhlich, schwebte Kriemhild in den Saal. Man konnte zu Tische gehen.
Es versprach ein friedliches Mahl zu werden, Etzel war glücklich. Als nach den Hauptgängen Wärbel und Schwemmel, die der König so gern spielen hörte, zu musizieren begannen, gab er Befehl, seinen Sohn zu holen. Die Kämmerer liefen und brachten ihn. Das kleine Kerlchen, Spätling und einziger Erbe, Stolz seines Vaters, kostbarer Pfandbrief der Mutter, war ein reizender, zarter Junge, der an der Hand seines Erziehers artig von Tisch zu Tisch trippelte und seine Verbeugungen vor den hohen Herren machte. Als Gunther dem Kleinen durch das Haar fuhr und ihm die Wange tätschelte, lief Etzel das Herz über, und er faßte einen spontanen Entschluß: Er wollte Gunther das Kind mitgeben! Es sollte nach Worms gehen und dort erzogen werden; Worms – das war uradliges Gewächshaus für Helden.
Gunthers Gesicht glänzte bei diesem Zeichen höchsten Wohlwollens, aber er kombinierte schnell, und sein Blick ging unsicher zu Kriemhild, die jedoch dasaß, als wüßte sie etwas, was jede Antwort überflüssig machte.
Er verbeugte sich vor Etzel und suchte nach ein paar diplomatischen Worten, da sagte Hagen – laut und deutlich –, indem er Etzel mit seinen kalten Augen ausdrucks-

los und gleichgültig ansah, er fürchte, der Kleine sei zu
mickrig, um überhaupt das Mannesalter zu erreichen.
Totenstille –
Aller Augen wandten sich dem König zu. Ein Wort von
ihm und...
Jeder hörte sein Blut im Kopfe rauschen, so lautlos war
der Saal.
»Der künec blikte Hagene an. Es waz îm leit und ez betruobete îm sîn herze.«
Er schämte sich.
Was für verblüffend einfache Lösungen es in der Welt
gibt, nicht wahr? Und so preiswert der bewahrte Friede.
Ein bißchen Herzschmerzen und ein bißchen Beschämung. Bei der Gegenseite natürlich.

*

Sorglos löffelten unterdessen die Knappen und Knechte,
deren Mensa Dankwart präsidierte. Der Raum, in dem
sie aßen, muß weitab vom Königssaal gelegen haben,
denn die einen hörten von den anderen nichts, ein Umstand, der sich noch verhängnisvoll auswirken sollte. Der
gute Geist, Etzel, war fern, als bei Dankwart der Sturm
losbrach.
Mitten im Gänseklein wurde die Tür aufgerissen und
Bloedelin stand furios wie sein eigenes Kriegerdenkmal
auf der Schwelle.
Dankwart verwechselte den Eindruck zunächst, er unterstellte, es handele sich um den »Schreckputz« des etwas
eitlen Herrn Prinzen. Er erhob sich also und begrüßte
ihn über die Tische hinweg mit höflichen Worten. Sie
wurden mit finsterer Miene über den Tisch zurückgejagt.

Der Hunne machte es kurz: er sei gekommen, zunächst den Bruder des Mörders nebst Gesinde zum Teufel zu schicken; die weitere Reihenfolge würde sich finden. Zugleich gab er die Tür frei, durch die nun Scharen von Schwerbewaffneten drangen. Den Knechten fiel vor Schreck der Löffel aus der Hand.
Nicht so Dankwart. Dann hat, dachte er, der Mann doch Recht gehabt, der mich vorhin im Vorübergehen warnte. Es ist blutiger Ernst. Gut, er soll ihn haben. Mit einem Satz war er an der Tür, das Schwert zischte durch die Luft, und der Kopf Bloedelins lag, während der Rumpf noch bester Hoffnung aufrecht stand, zu seinen Füßen.
Jetzt brach die Hölle los. Hundert blanke Schneiden sausten auf die wehrlosen Knechte und Pagen nieder, die in ihrer Not die Schemel packten, den Tischen die Beine ausrissen und damit um sich schlugen. Dankwart wütete wie ein Berserker, und tatsächlich sah es nach einigen Minuten aus, als seien sie gerettet. Sie waren von nichts als Toten umgeben, eigenen und gegnerischen, sie verschnauften und wischten sich Schweiß und Blut vom Gesicht. Gerade wollte Dankwart zur Tür hinaus, da rannte die zweite Welle an. Die Hunnen hatten Verstärkung geholt; sie quollen wieder in den Saal.
Nun sah es schlimm aus. Rufen nützte nichts; der Lärm allein war groß genug, niemand im Königssaal schien ihn zu hören. Unter den Streichen der Hunnen sank einer nach dem anderen der wehrlosen Burgunder hin. Dankwart, der an der Tür kämpfte, um sich den Ausgang freizuschlagen, merkte erst an der plötzlich eintretenden Stille, daß er der letzte war. »Alters eine« mutterseelenallein.
Ein Augenblick der Unaufmerksamkeit der Hunnen,

die Tür war frei, er sprang hinaus: mitten hinein in
eine Schar von Feinden. Denen da drinnen hatte er
Furcht und Schrecken beigebracht, die hier draußen fielen
unbeschwert und frisch wieder über ihn her. Als sie
merkten, was für einen Fechter sie vor sich hatten, griffen sie zu der alten Taktik, seinen Schild so mit Speeren
zu spicken, daß er ihn nicht mehr halten konnte. Sein
Arm erlahmte, er warf das nutzlose, zentnerschwere
Ding weg, nahm das Schwert in beide Hände und mähte
sich den Weg frei. Und dann lief er »vor den vîenden
alz ein eberswîn ze walde tuot vor hunden: wie möht
er küener gesîn?« Er rannte wie ein Eber im Walde vor
der Meute der Hunde; Kühnheit nützte hier nichts mehr.
Er erreichte den Haupthof, stürzte die Stufen zum Königssaal hinauf, schlug die Diener und Mundschenken
zur Seite und stand keuchend, mit der blanken Waffe in
der Hand und bluttriefend, in der Tür.
Wie vom Donner gerührt, starrten ihn Hunnen und Nibelungen an.
Es war just der Augenblick, nachdem Hagen die Bemerkung über den kleinen Prinzen gemacht und Etzel,
schmerzlich beschämt, das Kind an sich gezogen hatte.

*

Er stand in der Tür, die Gesichter im Saal verschwammen
ihm vor den Augen; er brüllte nach Hagen. Zwei Könige
waren da, aber er dachte an keinen von beiden, er schrie
nach seinem Bruder, und der schrie zurück, was geschehen sei, was das Blut bedeute –
In Hagens Kopf drehte es sich wie ein Mühlrad. Er hatte
die Katastrophe erwartet, doch nicht so! Doch nicht an

den wehrlosen Knappen! Er sah in die Runde – waren sie alle gelähmt? Begriffen sie nicht?
Plötzlich schnappten Haß und Wut in ihm über. Er hob den Becher mit Wein Kriemhild entgegen und rief, er trinke zum Gedächtnis der Toten – sein Blick fiel auf das Kind, und er lachte – den ersten Schluck für den Prinzen!
Die einzige, die im gleichen Moment den schrecklichen Sinn erfaßte, war die Königin: In Hagens Augen war ihr Sohn schon tot! Ehe sie aufspringen konnte, packte der Tronjer den Knaben an der Schulter und schlug ihm den Kopf ab, daß er ihr wie ein Ball in den Schoß flog.
Der Wahnsinn brach aus. Die nächste Handlung Hagens war reiner Kurzschluß, er sprang auf den Prinzen-Erzieher zu und enthauptete ihn; dann ein neuer Tigersprung, und die Hand Wärbels kollerte klimpernd über die Saiten zur Erde. Die Ekstase griff auf Volker über, auch er stürzte sich nun auf die Hunnen und begann, die Köpfe zu mähen. In der Stille des Entsetzens hörte man sekundenlang nichts als das Plumpsen der Körper.
Endlich erwachten Gunther, Gernot und Giselher aus der Hypnose, sie schrien auf die beiden Rasenden ein, nutzlos, der Blutrausch ging weiter. Auch die hunnischen Ritter kamen jetzt zu sich, zogen die Dolche oder griffen, wie es die burgundischen Knechte getan, nach den Stühlen und gingen auf Gunther los, der ihr wertvollster Geisel werden konnte.
Richtig, aber folgenschwer. Gunther zog das Schwert, Gernot zog das Schwert, Giselher zog es; ein Hunne griff nach dem König, Gunther schlug zu –
Dietrich von Bern und Rüdiger hatten Etzel und Kriemhild an die Wand gedrängt und sich schützend vor sie ge-

stellt. Alle waren waffenlos. Etzel verhielt sich gefaßt, er schien auf sein Ende zu warten. Aber Kriemhild flog vor Entsetzen am ganzen Leibe. Angstvoll flehte sie den Berner um Hilfe an.

Hilfe? In diesem Hexenkessel, mein Gott, was stellte sie sich vor? Er gab für sein eigenes Leben keinen Pfennig mehr. Das Schlimmste war, man konnte sich nicht mehr bemerkbar machen; in dem höllischen Lärm hörte einen niemand.

Er sprang mitten auf die Tafel, schüttelte die erhobenen Fäuste und schrie, so laut er konnte. Einige drehten sich nach ihm um; sie glaubten, er feuere sie an. Endlich wurde Gunther auf ihn aufmerksam. Er ließ das Schwert sinken, als käme er in die Wirklichkeit zurück. Dann rief er seinen Brüdern und Hagen etwas zu. Sie hielten ein, einer nach dem anderen, man sah, was es sie kostete (»daz was gewalt vil grôzer, daz da niemen sluoc«), der Kampf flaute ab; schließlich trat Ruhe ein.

Der Nibelungendichter ist immer wieder fasziniert von der Vision, wie nach dem Tosen des Kampfes plötzlich völlige Lautlosigkeit herrscht. Es *ist* auch ein schönes Bild, daß der Lärm wie eine Wolkenwand abzieht und die tickende Stille zurückläßt.

Jetzt konnte Dietrich sprechen. Er bat für Etzel, für sich und seine Ritter um freien Abzug.

Gunther stimmte zu, schnell und hastig, ehe sich ein anderer einmischen konnte. Der Berner dankte ihm, stieg herab, legte die Arme um Kriemhild und Etzel und führte sie, gefolgt von seinen Rittern, hinaus.

Nicht gedacht hatte der Untadelige an Rüdiger. Es muß für den Markgrafen ein sehr häßliches Gefühl gewesen sein.

Was sollte er tun? Sich aus Versehen abschlachten lassen? Oder den Finger heben und bitten, auch austreten zu dürfen? Pfui, was hatten sie hier mit ihm gemacht.
Aus Selbstachtung entschloß er sich zur Selbsterniedrigung: Er hob den Finger.
Ein gütiger Zufall ließ es Giselher und nicht einen anderen sehen. Seine Jugend und sein knabenhaftes Herz gaben ihm Worte ein, die wohltaten. Er nahm Rüdiger die Bitte ab, *er* bat ihn zu gehen.
So verließ also auch der Markgraf mit den paar Rittern seiner Begleitung den Saal.
Dankwart und Volker schlossen hinter ihm die Tür. Die Falle war zu.
Rüdiger horchte ... die dicken Bohlen dämpften den Lärm. Er konnte es nicht ertragen. Langsam, ein müder gebrochener Mann, verließ er den Hof.

*

Was für eine makabre Szenerie: Zwei Säle lagen voll von Toten.
Aus dem einen hatte man die Knappen und Knechte bereits hinausgeschaufelt, aus dem anderen warf man gerade, um überhaupt treten zu können, die toten Hunnen hinaus. Man schleppte sie vor die Tür und ließ sie von der Estrade in den Hof fallen. Volker hielt diese Methode auch bei den noch Lebenden für die praktischste. Zugleich aber gefiel er sich in der Rolle des Empörten und schrie den Hunnen unten auf dem Platze zu, sie sollten sich gefälligst um die Verwundeten kümmern. Das hatte einen feinen Sinn: Sobald sich einer näherte und sich bückte, erstach er ihn mit einem präzisen Speerwurf.

Da stand er oben, der ritterliche Spielmann, der blonde Volker, der unbekümmerte, Tod und Teufel anlachende, der fröhliche, der ewig hilfreiche, der liebenswerte, der hirnlose, gedankenlose, verantwortungslose Landsknecht aller Zeiten und Völker. Und die Moral von der Geschicht? Das Wüten ist das Schlimmste nicht!

>   Doch wer beim Töten lacht,
>   den mache ruhig nieder.
>   Auch wenn er sonst schön singt –
>   verzicht auf seine Lieder!

Man hätte liebend gern. Denn wenn es bei den Hunnen noch einen Funken Verständnis für Hagen, für Gunther, für alle Nibelungen gab – Volker erregte Haß.
Auch Etzel begann ihn zu hassen; nicht, weil Volker nun sogar ihn vor allem Volk verhöhnte, das war es nicht. Es war die Würdelosigkeit, die er so abscheulich fand.
Etzel mag kein Held gewesen sein, (»von so rîchem fürsten selten daz geschiehet«, weiß schon der Nibelungendichter), doch das Gegenteil auch nicht. Er war drauf und dran, auf Volker loszugehen. Wenn man ihn mit Gewalt zurückhielt, dann aus Vernunft und Staatsraison. Könige führen eine Schlacht, aber sie boxen sich nicht mit Volkers.
Dazu gab es andere. Kriemhild blickte in die Runde. Da standen noch die Berner, Bechlarner, Thüringer, Dänen und der Rest des Königsgefolges, soweit es nicht am Mahl teilgenommen hatte. Das Hunnenreich hätte noch Tausende von Rittern aufgebracht, aber sie waren nicht da.
Es mußte etwas geschehen. Kriemhild versprach goldene

Berge für Hagens Kopf. Denn immer noch ging es ihr um Hagen allein.
Während sie den Schwarzen Mann an die Wand malte, erschien er oben an der Tür. Freiwillige vor!
Graf Iring, Däne, berühmter Kämpfer, griff zum Schwert, und aller Augen leuchteten hoffnungsvoll auf. Allerdings, so schnell ging es nicht. Er trat erst noch sehr förmlich vor Etzel und ließ sich – Gardeoffizier alter Schule und zugleich rührendes Urbild unausrottbarer Demut – die Erlaubnis zum Zweikampf geben. Hagen hörte es und lachte. Er lehnte sich auf den Speer und lachte, daß es ihn schüttelte.
Iring, tief gekränkt, befand sich in Weißglut. Er stürzte die Treppe hinauf.
Und jetzt tritt der Kriegsberichter im Nibelungendichter auf den Plan! Die Beschreibung des Kampfes mit seiner verblüffenden taktischen Führung ist perfekt!
Hagen, in der Schanzenposition, eröffnet den Angriff, während Iring noch auf halber Höhe mitten in der Anstrengung des Laufs ist; er wirft den Speer, Iring ist auf der Hut, fängt ihn ab, bezahlt es aber mit einem zerbrochenen Schild. Gleichzeitig schleudert er selbst die Lanze, sie trifft und zerschmettert Hagens Schild. Im nächsten Augenblick hat Iring die letzten Stufen genommen und geht mit beidhändig gepacktem Schwert zum Nahkampf auf den Tronjer los. Die Schläge krachen, daß der Hof widerhallt und der Feldherrnhügel die Hand an die Augen legt, um genauer sehen zu können. Funken fliegen, Hagen weicht keinen Meter, der Angriff beißt sich fest. Ein festgefahrener Angriff ist ein verlorener Angriff. Iring erkennt es, er macht einen Schritt zurück und eine Wendung um fünfundvierzig Grad.

Dort steht (als interessierter Zuschauer) Volker, auf den er jetzt plötzlich zuspringt. Der Spielmann kann gerade noch in Deckung gehen, reißt das Schwert hoch und eröffnet ein Schnellfeuer von Schlägen. Iring kommt nicht durch. Da ändert er zum zweiten Mal die Stoßrichtung, er springt in den Saal. Mit zwei, drei Schritten ist er bei Gunther. Damit bindet er zugleich Hagen die Hände, denn der König steht zwischen ihnen. Er versucht, ihn mit schweren Schlägen hinauszudrängen. Gunther ist so überrascht, daß er sich mit Mühe halten kann. Es zeigt sich, daß er ein guter Fechter ist. Auch ein kluger Fechter; er probiert, die Front zu ändern, denn wenn der Däne den Einfall haben sollte, die Tür zuzuschlagen und sich zu opfern, dann sind draußen Hagen, Volker und er selbst verloren. Iring durchschaut das Manöver, das ihn in den Saal hinein abdrängen würde; er weicht zur Seite, so daß plötzlich Gernot zwischen sie gerät. Er versucht, nun *ihn* niederzuschlagen, es gelingt nicht, Gernot hält sich. Er kommt sogar auf. Iring merkt, daß er sich lösen muß; gleich wird er es nicht mehr in der Hand haben. Er hofft auf eine Möglichkeit, die Nibelungen abzulenken, erwischt einen Moment des Nachlassens bei Gernot, springt weg und überraschend auf eine Gruppe von Rittern zu; in Sekundenschnelle rasiert er vieren die Köpfe ab.

Das heillose Durcheinander, das daraus entsteht, will Iring benutzen, sich aus dem Saal zu retten, sieht nun aber zu seinem Schrecken, daß er durch Giselher abgeschnitten ist. Der Junge hat plötzlich die entscheidende Position! Iring will die Mauer als Rückendeckung gewinnen – in diesem Augenblick saust ein Schlag Giselhers auf ihn herunter und wirft ihn besinnungslos nieder.

Es dauert einige Zeit, ehe er wieder zu sich kommt: Die Nibelungen haben ihn für tot gehalten. Ist er verwundet? Nein, er spürt, daß er unverletzt ist. Er bleibt zunächst reglos, beobachtet, sammelt Kräfte; dann springt er hoch, gelangt zur Tür, ist im Freien, sieht den verblüfften Hagen dicht neben sich, versäumt nicht, ihm schnell die Klinge über den Helm zu ziehen, und erreicht die ersten Stufen; er wendet sich um 180 Grad, rechtzeitig, der Tronjer ist schon über ihm und holt gerade aus – Iring taucht, der Schlag geht drüber weg. Hagen will dem Dänen folgen, muß aber seine Beine aus der Reichweite des anderen halten. Er blickt sich nach Unterstützung zu Volker um, Volker jedoch kann nichts machen, Hagen steht in Schußlinie. Jetzt ist Iring noch drei, vier Stufen vom Erdboden entfernt; er visiert, um Volker stets durch den Tronjer verdeckt zu haben, und nimmt den Rest der Treppe im Sprung. Aus der Menge wird ihm Feuerschutz gegeben; Hagen und Volker haben zu tun, die Speere abzuwehren ... Eine Ritterkreuzleistung.
»Do stuont Irinc gegen dem winde, er kuolte sich.«
Iring nahm erschöpft den Helm ab und atmete auf, als ihm der Wind die Stirn kühlte.
Als er vor die Königin trat, nahm sie ihm eigenhändig »vor liebe den schilt von der hant«; so tief war sie beeindruckt. Auch der Nibelungendichter war derart fasziniert, daß er vergaß, was er uns ein paar Seiten vorher berichtet hatte: daß Iring schon längst keinen Schild mehr besaß.
In deutschen Liedern und Balladen kommt, glaube ich, häufig die *Wiederholung* eines heldenhaften Ganges vor zwecks Demonstration der Überbeanspruchung des Schicksals. Oder irre ich mich? Im Moment denke ich an

Schillers Taucher: »Wer wagt es, Rittersmann oder Knapp...«, ich erinnere mich aber besser noch an die Wirklichkeit im zweiten Weltkrieg. Auf das Ritterkreuz mit Eichenlaub folgte, wenn nicht ein äußeres Ereignis die Fortführung der Zerreißprobe unterbrach, immer der Tod. Andererseits darf man nicht vergessen, daß das Heldentum, wenn es nicht ein Glücksfall bleiben will, überhaupt erst durch die Wiederholung aufgebaut wird. Heldentum dieser Art ist zum Schluß identisch mit dem Nichtzutreffen der Wahrscheinlichkeitsrechnung.

Tapferkeit hingegen ist eine Sache, die die Wahrscheinlichkeit nicht überfordert. Daß die Tapferkeit mit dem Schicksal nicht auf Biegen oder Brechen steht, verdankt sie der Einsicht. Einsicht ist ihr Ingrediens. Die Schwierigkeit für die Tapferen besteht in aller Welt darin, von ihren Vorgesetzten die Erlaubnis zur Einsicht zu erhalten. Iring hätte sie von Etzel haben können, denn Etzel war ein vernünftiger Mann.

Iring aber wollte nicht nur tapfer sein, sondern ein Dauerheld. Er rüstete sich zum zweiten Mal, holte tief Atem und stürzte sich erneut »in den Schlund«.

Hagen hatte die Vorbereitungen beobachtet und war Schritt für Schritt abwärts gestiegen, vorsichtig, ohne Aufmerksamkeit zu erregen – jetzt nahm er noch ein paar Stufen und fing den überrumpelten Dänen fast am Fuß der Treppe ab. Schon der erste Schlag zerfetzte Irings Schild, der zweite traf ihn, daß er taumelte. Zugleich fühlte er sich so leicht, so unbeschwert, als sei jetzt das Schlimmste vorbei (»des schaden Irinc dûhte der volle«), da stieß ihm der Tronjer den Speer durch den Hals.

Während Hagen die Treppe aufwärts lief, kollerte Iring die Stufen hinab und fiel vor den Füßen seiner Ritter zusammen. Für die Dänen bedeutete Irings Tod die Kriegserklärung. Das hatte jetzt nichts mehr mit Etzel und Kriemhild zu tun und nichts mehr mit ihrer verdammten Lage als Emigranten.

Die Thüringer schlossen sich an. Die beiden Fürsten Hawart und Irnfried machten sich fertig zum Stoßtruppunternehmen; sie brauchten nicht erst »urloup« zu nehmen, Kriemhild schob sie beinahe zur Treppe.

Hawart gab Befehl, zunächst das Planquadrat der Treppe unter Fernbeschuß zu legen. Hagen und Volker wichen vor dem Hagel der Speere in die Tür zurück, um, sobald das Feuer eingestellt wurde, wieder da zu sein.

Irnfried, als erster oben, stürzte sich auf Volker. Hawart rannte gegen Hagen an. Im Hof stand die Menge, den Kopf in den Nacken gelegt wie bei einem Luftkampf, und verfolgte die Duelle mit Hangen und Bangen. Doch den beiden Rächern fehlte zu viel zu einem Iring; in wenigen Sekunden schon war das Schauspiel vorüber.

Die Schnelligkeit, mit der es sich abspielte, vereitelte den Plan, Hawart und Irnfried Entsatz zu bringen. Ehe die Dänen und Thüringer auf der Plattform anlangten, waren Hagen und Volker im Saal verschwunden.

Die Tür stand auf – die Verfolger stürmten hindurch – die Tür schlug zu.

»Darnach wart ein stille, daz bluot allenthalben durch diu löcher zen rigelsteinen vloz« ...

Einmal noch öffnete sich das Portal, und jemand trat heraus. Kein Däne, kein Thüringer. Volker. Er wollte nur sehen, ob noch einer etwas wünschte.

*

»Nun bindet ab die Helme«, beginnt die 36. Aventiure. Der Dichter begibt sich, nachdem er die Ereignisse vom Hof aus gesehen hat, jetzt in den Saal. Wieder ist er ganz hingerissen von dem Wechsel des Kampflärms zur Stille der Erschöpfung, er wird nicht müde, es zu beschreiben.

Die Nibelungen, dem Umfallen nah, nahmen die Helme ab, hauten die Schwerter griffbereit in die Bohlen und hockten sich auf die Toten, denn Tische und Stühle hatten sich in Kleinholz verwandelt.

Die Luft war zum Schneiden dick von Schweiß und Blut. Niemand sprach; es gab nichts zu sprechen. Alle wälzten die gleichen zentnerschweren Gedanken.

Auch Gunther. Er blinzelte nicht mehr. Sein Gesicht sah anders aus als früher, wachsam und hart. Bei allen kam der Eisenkern zum Vorschein.

Es wurde Abend. Draußen flammten Lagerfeuer auf; der Schein fiel als einziges Licht durch die Tür, an der Hagen Wache hielt.

Keine Hoffnung mehr. Gunther beriet sich flüsternd mit den Brüdern. Er wollte einen letzten Versöhnungsversuch unternehmen. Gernot und Giselher stimmten zu.

Sie ließen Etzel rufen. Als die Nibelungen es hörten, lebten sie noch einmal auf.

Etzel erschien; Kriemhild zur Seite. Ein schlechtes Zeichen.

Es bestätigte sich sogleich. Noch ehe Gunther etwas sagen konnte, rief Etzel, er sei bereit zu hören, nur eine Bitte sei vergeblich: die nach Frieden.

Jetzt ruhig Blut, es ist noch nichts verloren, nichts entschieden, nur nicht das Gespräch abreißen lassen; es ist noch alles drin, nur Zeit gewinnen, er muß hierbleiben,

er darf nicht gehen, er muß sich erinnern, wie es zu Schuld und Sühne und wieder Schuld gekommen ist.
Gunther gab seiner Stimme soviel krampfhafte Ruhe wie möglich: ob der König sich entsinne, wie Dankwart in das Freundschaftsmahl hineingestürzt sei mit der Nachricht von der Ermordung der Knechte und wehrlosen Knappen?
Ja, antwortete Etzel, er wisse es, aber »mîn und iuwer leit sint vil unglîche.«
Gunther zermarterte sich den Kopf nach einer Antwort – es gab darauf keine. Der Schatten des Kindes stand zwischen ihnen.
Ein langes Schweigen entstand.
Plötzlich trat Gernot vor – ein Gernot, der die Schwelle zum Tode innerlich bereits überschritten hatte – und bat Etzel, ein schnelles Ende herbeizuführen, die Nibelungen in den Hof zu lassen und sie dort mit der Übermacht niederzumachen.
Die Bitte kam dem Hunnen nicht überraschend und erschreckte ihn nicht. Wären die Seiten vertauscht gewesen, Etzel hätte das gleiche gewünscht. Der Tod – was war das schon? Die große Reise. In den Himmel, wie die Priester der Christen behaupteten. Wahrscheinlich aber nach Walhall. Qualen jedoch, Leiden beschämten und entwürdigten.
Der König war nahe daran, Gernots Bitte zu erfüllen, da griff Kriemhild ein. Sie kannte ihre Brüder, sie kannte vor allem Hagen. Niemals würde er die Hoffnung aufgeben! Wozu er ja sagte, mußte – blind, unbesehen – verhindert werden.
Sie verhinderte es.
Giselher (der Dichter sieht ihn, wie wir uns erinnern

müssen, sehr jung) wurde in den Knien weich; einen Augenblick lang vergaß er die Schicksalsgemeinschaft, die Gefolgschaft, die »Treue«, und wurde wieder »daz kint«, das an sich denkt: »Vil schoeniu swester mîn, wie hân ich verdienet den tôt?« Und dann sprach er zum ersten und einzigen Mal das ominöse, das verächtliche, das unwürdige, das fast unverzeihliche Wort: »Gnade!« Kriemhild schloß die Augen. Keine Gnade. Niemals.
Aber während sie es laut sagte, sah sie sich wieder, wie so oft in den Träumen, mit Giselher Hand in Hand durch den Garten gehen und ihn küssend »vil ofte in sanftem slâfe«. »Daz kint« bettelte um sein Leben.
Wäre er in diesem Augenblick die Treppe heruntergekommen, er wäre gerettet gewesen. Ganz sicher wußte er es. Dennoch war der Schritt zu viel für ihn. Weg *gehen* ist schwerer, als sich weg *denken*.
Nun kommt ein großer Augenblick im Nibelungenlied, die letzte, entscheidende Wendung, das letzte Angebot des Schicksals: Kriemhild vergißt Etzel, vergißt ihr ermordetes Kind, die toten Hunnen, Iring, alles, sie reduziert das Konto bis zum Äußersten und präsentiert nur die Rechnung für Siegfrieds Tod: Sie fordert die Auslieferung Hagens.
Was geschieht?
Sie hatte noch nicht zu Ende gesprochen, da flogen die Schwerter aus der Scheide, die Tronje-Ritter scharten sich um ihren Herrn, Giselher wich entsetzt vor seiner Schwester zurück und Gernot donnerte Kriemhild an, sie würden alle lieber untergehen, als dem Treuesten die Treue brechen.

Am 29. März 1909 sprach der damalige Reichskanzler Fürst Bülow in seiner Rede zum deutsch-österreichischen Bündnis vor dem Reichstag das Wort »Nibelungentreue« aus. Es traf – offenbar – die Deutschen mitten ins Herz, denn es wurde ein geflügeltes Wort und unser Konfirmationsspruch. Wir erkannten uns plötzlich in unserem tiefsten Wesenszug, und als 1914 Kaiser Wilhelm II. das Wort aufgriff, als die vier Jahre lange Saalschlacht begann und wir dann als letzter Rocher de bronze untergingen, da wußten wir es: Hagen – das sind wir. Wie im Nibelungenlied: der letzte, der aufrecht stehend fällt. (Wir sind inzwischen noch einmal aufrecht stehend gefallen, was die Sache erhärtete).
Ein kolossales Massiv, dieser Hagen. Urweltgestein. Er ist nach dem Tode der Lichtgestalt Siegfried der wahre Mittelpunkt des Nibelungenliedes. Natürlich kann er nicht permanent im Vordergrund stehen, dazu kennt der Dichter die künstlerischen Regeln zu gut, aber unsichtbar erhebt sich sein Schatten hinter allem, was geschieht. Längst hat er das Gesetz des Handelns seinem König von den schwachen Schultern genommen; er ist es, der den Mord an Siegfried auf sich nimmt; er ist es, der die machtpolitische Gefahr des Nibelungenschatzes in den Händen Kriemhilds beseitigt; er erkennt die Auspizien der Einladung an den Hunnenhof, er rät ab, folgt jedoch, da Gunther auf der Reise besteht, seinem Herrn ohne zu zögern. Er erkennt in Bechlarn die Möglichkeit, Rüdiger durch die Verlobung fest an die Burgunder zu ketten. Er begegnet Etzel mit ausgesuchter Höflichkeit und wirft

das Steuer erst herum, als er nach der Begegnung mit der haßerfüllten Kriemhild sieht, daß nichts mehr zu ändern ist. Dann allerdings ist seine Mobilmachung eine totale. Er ist es, der wacht, während die anderen schlafen. Er ist es, der immer wieder Hoffnung gibt. In der größten Härte des Kampfgeschehens bewahrt er sich ein Herz, das einer neuen Freundschaft fürs Leben fähig ist – mit Volker. Er ist es, der weiter wacht und wacht; der alle Angriffe, noch ehe sie die königlichen Brüder erreichen, abfängt; der Iring besiegt, Hawart besiegt, noch viele besiegen wird. Vor *ihm*, nur vor ihm warnen sich die Hunnen gegenseitig und weichen zurück. Als letzter sterbend nimmt er das Geheimnis des Nibelungenhortes mit ins Grab. Er endet besiegt, aber unbezwungen. Ja, sogar den Todesstreich erhält er nicht »an der Front«, nicht im Kampf, nicht als Soldat.

Das ist das Bild, wie es Bülow und dem Kaiser vorschwebte und wie es bis zum heutigen Tage in den Köpfen lebt. Aber das Bild ist falsch. Es ist ein Irrtum. Diesen Hagen gibt es nicht, und der, den es gibt, lehrt etwas ganz anderes! Auch der Nibelungendichter kennt den Hagen Bülows nicht, hat ihn nie so zeichnen wollen, nie so gesehen!

Bevor Siegfried in Worms erscheint, ist Hagen die beherrschende militärische Figur am Hofe der Burgunder. Er ist weit herumgekommen in der Welt, er hat Erfahrungen gesammelt wie kein anderer. Er ist der Ratgeber des Königs, mächtiger als Gernot und Giselher. Er ist auch der Fechtmeister des jungen Königsbruders, es gibt keinen besseren. Die Natur hat ihn mit Geschenken überschüttet, er ist groß, gesund, stark, furchtlos, kritisch; er steht hoch über Ortwein, Dankwart, Volker, Eckewart.

Mit dem Auftreten Siegfrieds änderte sich alles. Der Einzigartige, der Strahlende, der deutsche Traum ging wie eine Sonne über dem kalten Mond auf. Von jenem, und das heißt, vom ersten Augenblick an haßte Hagen diesen Mann; was ihn nicht hinderte, mit der klassisch gewordenen offenen Hand dazustehen und am Ordenssegen teilzunehmen.
Die Zeit kam, wo seine Pläne reiften. Als die Königinnen sich verfeindeten, war es zunächst die »Ehre« Brunhilds, dann, als der Streit geschlichtet wurde, war es die »politische Gefahr« Siegfried, die der Tronjer seinem König einredete, bis Gunther schließlich mürbe war. Hagen ermordete Siegfried, den törichten, ahnungslosen, wie ein Räuber.
Sein Ziel war erreicht, der Mond schien wieder als hellstes Licht. Das Wappen der Burgunder war befleckt, aber die Zeit läßt vieles vergessen; von keiner Seite, weder von Ortwein, noch von Gernot oder irgendeinem anderen, auch nicht vom kleinsten Ritter ist darnach ein Wort gefallen, das nicht in der bei den Deutschen automatischen Sprachregelung vorgesehen war. Alle haben versagt. In Wahrheit auch Giselher, die Jugend.
Nachdem Hagen die Bündnis- und Freundestreue an Siegfried, dem Retter des Burgunderreiches, verraten hatte, verriet er jetzt die Treue zu seiner einstigen Herrin Kriemhild. Die Situation, daß Kriemhild die unerschöpflichen finanziellen Mittel des Nibelungenhorts in der Hand hielt, was Hagen als Gefahr bezeichnete, ist von ihm selbst herbeigeführt worden. Der Schatz lag in weiter Ferne, unerreichbar für die fast gefangen gehaltene Witwe, ehe der Tronjer ihn holen ließ. Nachdem das geglückt war, raubte er ihn durch einen regulären

Einbruch und versenkte ihn im Strom an einer Stelle, die er Gunther und Gernot genau mitteilte. Der Hort war nicht beseitigt, er lag jetzt griffbereit.
Hagen war es, der ohne Wissen seines Königs die Donaufähre vernichtete, um jeden Gedanken an einen Rückzug im Keime zu ersticken. Ein Durchhalte-General.
Er war es, der Kriemhild in Etzelburg zuerst ansprach, nicht der König.
Er war es, der sich ohne Gunthers Erlaubnis nach der Ankunft entfernte, die Königin suchte und dann vor ihr nicht aufstand.
Er war es, der bei der Meldung Dankwarts von der Niedermetzelung der Knechte nicht seinem König die Entscheidung überließ, sondern über den Kopf seines Souveräns hinweg handelte; das gilt in aller Welt als offene Rebellion. Und was er tat, war unausdenkbar abscheulich: Er ermordete den Sohn seines über alles Unheil ahnungslosen Gastgebers, ein Kind.
Die letzte, die große Feuerprobe aber kam, als Kriemhild den Burgundern die Freiheit gegen das Leben des Tronjers anbot!
Es gab zwei, die hier allein hätten antworten dürfen: Gunther und Hagen. Würden sie geantwortet haben, so hätte Gunthers Antwort nur »nein« lauten können, Hagens Antwort nur »ja«. Der eine hatte als Schutzherr und zugleich Mitschuldiger nur die Möglichkeit, mit einem Nein für seine Mitwisserschaft geradezustehen, der andere für die Rettung seines Königs nur mit einem Ja.
Beide schwiegen.
Welch ein Schauspiel!
Dies, meine Freunde, dies ist die Nibelungentreue!

Wer war treu, sagen Sie es mir! Ungefragte waren treu, und die sind es in aller Welt.

*

Dennoch: Es muß irgendeine Erklärung geben für die schauerlich-imposante Geradlinigkeit Hagens, eine Erklärung, die nicht weit weg von unserem Begriff Treue liegen kann.
Es ist wahr, aus allen Versen über den Tronjer weht uns die Kälte an, und aus allen seinen Handlungen der Schrecken über das Fehlen jeglicher Andacht vor der Existenz, das Fehlen aller Tuchfühlung mit dem warmen Leben und dem schönen Augenblick, das heißt: das Verschieben jeden Genusses in die Zukunft.
Aber ebenso wahr ist, daß man angesichts dieser düster erhabenen Gestalt von dem Gedanken an etwas wenigstens entfernt Ähnliches wie »Treue« nicht loskommt. Die Merkwürdigkeit liegt darin, daß die Gestalt Hagens trotz Zwang, Willkür und Opfer ohne Ende entgegen unserem besseren Wissen ein Gefühl der Sicherheit verbreitet, besser: des Sichanvertrauens an die Idee, noch besser: ein Gefühl des Sich-ducken-Könnens unter einen Sinn.
Damit ist das Wort gefallen, das der Nibelungendichter noch nicht artikulieren konnte, das Wort, das den Tronjer in seiner der »Treue« so ähnlichen Geradlinigkeit urplötzlich begreiflich macht: die Idee. Hagen *ist* die Idee. Er ist das Prinzip selbst. Er lebt in der reinen, der tödlich leeren Idee. In der Idee als Ersatz für die Frau, die er nicht hat, für das Kind, das er nicht wünscht, für die

Liebe, die er nicht braucht, für das Lachen, das er nicht kennt, für das Genießen der Gegenwart, die für ihn eine Zeitvergeudung für die Zukunft ist. Die Kälte, die Hagen verbreitet, ist die Kälte eines Lebens im luftleeren Raum der Idee. Die Existenz anderer, die in seinen Augen alle nicht wissen, was nötig ist, bedeutet ihm nicht so viel wie das Schwarze unter seinem Nagel. »Deutschland muß leben und wenn wir sterben müssen« – das ist das Dynamit, das Hagen mit sich herumträgt, das ist das Circulus-vitiosus-Bekenntnis, das von *ihm* stammen könnte.

Keiner kann der Idee so treu sein wie der Deutsche. Wo die Idee fehlt, schafft er sie. Wo das nicht möglich ist, ist er nicht treu.

DIE NIBELUNGEN

Die Fronten waren festgefahren; ein Ausbruch unmöglich, eine Erstürmung zu kostspielig. Kriemhild beschloß, (der Nibelungendichter sagt ausdrücklich, daß der Befehl von ihr und nicht vom König ausging), den Saal in Brand zu stecken.

Es war Nacht, bedeckter Himmel, leichter Wind. Ehe die Nibelungen richtig begriffen hatten, stand der ganze Königsbau in Flammen. Ein infernalisches Sonnwendfeuer. Die zyklopischen Mauern hielten stand, aber das Dachgebälk und die Decke bildeten im Nu eine lodernde Fackel und prasselten dann mit Feuerfahnen auf die Eingeschlossenen nieder. Hagen gab den Befehl, sich an die Wände zu drücken, den Schild über den Kopf zu halten

und die brennenden Balken in die Blutlachen zu stoßen, wo sie qualmend und stinkend verzichten.
Die Luft glühte, der Durst war unerträglich. Trinkt das Blut! Schließt die Augen und trinkt! Wenn es der Tronjer sagte, sollte man es tun, von wem konnte noch Rettung kommen? Er gab alle Anweisungen mit kalter Präzision. Nur eine Stimme, Hagens, war zu hören, das Sprechen fiel schwer, die Kehlen waren ausgedörrt.
Gegen Morgen ging das Feuer aus. Ein »kueler wint« kündigte den Tag an. Man erwartete den Angriff.
Er kam. Alles verlief schauerlich exakt wie in einem Taktik-Lehrgang.
Aber da drinnen befehligte ein Hagen. Die Hunnen wurden getäuscht, in die Ruine gelockt und niedergemacht. Ströme von Blut, die zwischen den rauchgeschwärzten Steinen an den Mauern hinunterrannen, begrüßten den neuen Morgen. »Got im himele«, stöhnte Giselher, »lâz uns noch geleben!«

*

Die Kämpfe hatten jetzt auf beiden Seiten ein Stadium erreicht, wo der Tod mit dem Abzählvers herumgeht und niemanden mehr abseits stehen läßt.
Das große Entweder-Oder des totalen Krieges riß jeden, den das Schicksal auch nur von weitem erspähte, hinein. Bei den Nibelungen war die Frage Leben oder Nichtleben einfach, nämlich nur noch eine Frage der Reihenfolge; bei den Hunnen kam es darauf an, auf wen der Blick Kriemhilds fiel.
Er fiel auf Rüdiger. Unglücklicherweise war es der Markgraf selbst, der die Aufmerksamkeit auf sich lenkte. Er

stand neben Dietrich, und vielleicht schüttete er dem Berner sein Herz aus. Jedenfalls ging Dietrich zu Etzel und bat für Rüdiger um die Erlaubnis, mit den Nibelungen verhandeln zu dürfen. Etzel sagte nein. Es ist das erste endgültige Wort, das wir aus seinem Munde hören. Auch Rüdiger hörte es, und die Tränen traten ihm in die Augen.

Kein schöner Anblick, wenn ein Mann aus Verzweiflung weint. Und nicht leicht zu begreifen für ausgesprochene Militärs, deren Innenleben in der Verdauung besteht.

Ein hunnischer Ritter machte auch prompt eine schneidige Bemerkung. Als daraus kein Brumaire entstand, kam er ihnen deutlicher, er tippte mit dem Finger auf den Markgrafen und sagte, so sähen die Helden aus, die der König mit Ehren und Gütern überschütte.

Der Mensch mußte von Gott verlassen sein. Rüdiger sah ihn eine Weile an (»traurig«, sagt der Nibelungendichter und meint wohl die Gethsemane-Traurigkeit); und nachdem er ihn derart um Verzeihung gebeten hatte, ging er hin und schlug ihn mit der Faust tot.

Aber das ist ein armseliges Geschäft und trocknet auch keine Tränen. Im Gegenteil, es brachte Ärger. Etzel spritzte schnell wie nie heran und machte Rüdiger Vorwürfe. Er interessierte sich gar nicht für die Ursache, er empfand es einfach als ein Selbsttor. Auch Kriemhild war wütend, hörte ebensowenig hin, und der ganze Auftritt verrät ein bißchen das Ziel, den Markgrafen schuldbewußt zu machen.

Der tote Hunne bedrückte Rüdiger ganz gewiß nicht; sein Herz war aus anderen Gründen zerrissen. Aber wem konnte er es sagen?

Als die Königin ihn jetzt, wie zu erwarten, an seinen

Lehnseid mahnte, und er ihr entgegnete, daß das Gesetz der Ritterehre ihm, dem »Geleite« der Burgunder, die Hände binde, da hatte er kaum noch Hoffnung, daß der Kelch an ihm vorübergehen würde. Ihm war, als hörte er einen Fremden sprechen; was hatte er angeführt, einen juristischen Grund? Während er an Giselher dachte und an seine Tochter, hatte er von Sitte und Gesetz geredet? Ihm war elend zumute.
Gleich würde sie ihm einen weiteren Schuldschein unterbreiten, den Schwur, den er ihr einst in Worms geleistet hatte. Ja, jetzt kamen sie auf ihn zu, die Kinder seiner Güte und Gläubigkeit, um ihn zu erwürgen.
»Ich schwor«, antwortete er bitter, »für Euch Ehre und Leben hinzugeben, aber ich schwor Euch nicht, meine Seele zu verlieren.«
Eine wunderschöne Stelle des Nibelungenliedes; eine der schönsten. Worte von großer Innigkeit. Seele? Nicht Ehre, sondern Seele?
Rüdigers Antwort traf Etzel tief. Er schien nicht mehr der König, der vor seinem Mann stand, sondern ein Verzweifelter vor dem anderen Verzweifelten; er tat etwas Unerhörtes, etwas, was die mittelalterlichen Menschen eigentlich nur mit einem Aufschrei hingenommen haben können: Er ließ sich vor Rüdiger auf die Knie nieder, und Kriemhild folgte ihm.
Der fast allmächtige Hunnenkönig im Staube! Darf ich Sie an dieser Stelle auf den untadeligen Dietrich von Bern und das, was er tat, aufmerksam machen, nämlich nichts?
Daß die anderen alle, die diesen Kniefall mit ansahen, wie vom Donner gerührt reglos und stumm blieben, ist verständlich. Am schlimmsten traf es Rüdiger selbst. Er

war unfähig, den König aufzuheben, sah aber auch nicht, wie es anders ausgehen sollte.

Er ergriff Etzels Hände und flehte ihn an, den Eid zurückzunehmen, alle Ehren, alle Titel, alle Würden, alles Land, alle Burgen, »und ich wil uf mînen füezen in daz éllende gân!« – der letze, der höchste Einsatz, den er außer seinem Leben noch geben konnte!

Etzel, in seiner Not, entgegnete mit dem höchsten Einsatz, den *er* zu bieten hatte: »Du solt ein künec neben Etzelen sîn!«

Vabanque. Eine Szene von alttestamentarischer Fürchterlichkeit, ein Abgrund, das Lachen einer wahnsinnigen Nemesis. Sinnlos für den König, was Rüdiger opfern wollte; sinnlos für Rüdiger, was Etzel vom Himmel herunterholte. Er hatte dem König geschworen, und er hatte Gunther geschworen. Zu viele Schwüre, zu viel Treue für diese erbärmliche Welt. Er hätte gern sein Leben gegeben, den Harnisch geöffnet und den Stoß erwartet, doch niemand wollte sein Leben, alle waren seine Freunde.

Endlich faßte er einen Entschluß. Es gab keinen Ausweg aus der Unausweichlichkeit, und so wählte er unter den zwei Eidbrüchen den, der ihm erlauben würde, mit dem Leben zu bezahlen: Er wollte kämpfen. Nicht um zu siegen – um zu sterben.

Für Gotelind und mein Kind bitten, dachte er noch. Er beugte sich zu Etzel herab und empfahl sie der Gnade des Königs – er konnte nicht weitersprechen, Etzel schnellte hoch, als sei ihm das Leben neu geschenkt, und Kriemhild weinte vor Freude. Rüdiger sah es mit dem Staunen des Moriturus te salutat.

Er ging zu seinen Mannen und hieß sie sich fertig machen.

Volker wußte, was es geschlagen hatte. Aber Giselher jauchzte vor Freude auf, als er Rüdiger kommen sah. Gunther, Gernot – alle blickten hypnotisiert auf die Fata Morgana.
Der Markgraf band den Sturmriemen fest, nahm den Schild hoch und trat ein.
Es sah die gläubigen Mienen, das Hoffnungslächeln Giselhers – und die Wut des Verdammten, des Verlorenen packte ihn; er schrie sie an, daß er als Feind komme.
Totenstille...
Er wartete. Schlug niemand los? Hagen? Volker? Glaubten sie es denn immer noch nicht? Wie lange dauerte seine Schande noch?
Gunther kam auf ihn zu, er hatte nicht einmal das Schwert in der Hand; er begann von Schwüren und Freundschaft zu sprechen, von Bechlarn, von Giselher, von der Verlobung, von Ehre und Vertrauen...
Worte, Worte, Worte, dachte Rüdiger, ich kenne sie alle. Er gab seinen Rittern das Zeichen. Vorwärts. Ein Ende machen.
Da geschah etwas Unerwartetes: Hagen trat dazwischen. Mit einer Handbewegung hielt er die in den Saal Drängenden zurück, wandte sich an Rüdiger und sagte: »Ich steh' in großen Sorgen; der Schild, den Eure edle Frau mir schenkte, ist mir zerhauen.«
Sein Gesicht war unbewegt, nichts verriet seine Gedanken. So standen sie sich Auge in Auge gegenüber.
Rüdiger blickte um sich. Da lagen hunderte von Schilden bei den Verwundeten und Toten. Träumte er? Was wollte der Tronjer?
Ja, was wollte er? Dieser besessene, dieser zum Fürchten besessene Mann, der Recht und Leben mit Füßen trat,

wollte dem anderen helfen, seine Treue und Ehre zu retten. Er gab ihm Gelegenheit, seinen Schwur doch noch zu erfüllen, er wollte von ihm die »Waffenhilfe« – anders zwar, als sie es sich alle einst gedacht hatten. Dann war der Eid abgedient.
Rüdiger begriff. Er reichte dem Tronjer seinen Schild. »Dô wart«, sagt der Nibelungendichter, »manec ritter ougen von trähen rôt.«
(Was dachten Sie eben? Daß die Welt der Männer eigentlich schrecklich ist? Ja, das ist wahr. Ich habe es auch oft gedacht. Sie ist schrecklich. Aber ich fürchte, meine Freundinnen, sie hält den ganzen Kram hier auf Erden überhaupt erst zusammen. Ich fürchte es nicht nur, ich weiß es. Rüdiger und – erschrecken Sie nicht – Kriemhild sind die einzigen, vor denen auch mir »die ougen rôt« werden.)
Hagen nahm den Schild und dankte dem Freunde, dem Helfer in der Not, »daz iuwer tugent immer lebe«. Er gelobte, nie eine Hand gegen ihn zu erheben – »nie eine Hand gegen ihn zu erheben«, echote es gehorsam von der Tür her, wo Volker, Hagens verbilligte Volksausgabe, stand. Beide zogen sich sogleich weit von Rüdiger zurück. Wie ein Träumender, wie ein Schlafwandler, folgte ihnen Giselher.
Jetzt war reiner Tisch. Zum letzten Mal: vorwärts!
Die ausgeruhten österreichischen Ritter, das Entweder-Oder vor Augen, wüteten unter den Nibelungen derart, daß man die Überlebenden bald an zwei Händen abzählen konnte. Der Fels in der Schlacht war der Markgraf selbst. Gernot sah schließlich keine andere Möglichkeit, ihm Einhalt zu tun, als ihn im Zweikampf zu stellen.
Das Schicksal wollte es (und der Dichter), daß die Waffe,

die sich gegen Rüdiger erhob, seine eigene war: Gernot trug das Schwert, das er ihm in Bechlarn geschenkt hatte. Der Kreis schloß sich.
Rüdiger kämpfte gigantisch. Er kämpfte wie einer, der leben möchte. Der Wahn hatte ihn gepackt. Lebensmüde, die vom Turm springen wollen, kann man genau so die Stufen hinaufstürmen sehen, keuchend, als gelte es, sich zu retten, vorbei am Fenster des fünften Stocks, vorbei am sechsten, weiter. Auch wenn die Beine fast versagen, weiter, an den offenen Fenstern vorüber, er muß es schaffen, er muß...
Bald würde auch Rüdiger die »Plattform«, von der er abspringen konnte, erreicht haben.
Und wie unter dem Turm auf der Straße die Passanten, standen ringsum im Saal die Kämpfer, hatten die Schwerter gesenkt und warteten auf das Gottesurteil.
Es wurde ein gerechtes Urteil; ich glaube, so nennt man das: Beide fielen. Gernot, tödlich getroffen, schlug mit der letzten Kraft noch Rüdiger nieder.
Die Burgunder begannen zu rasen, und mit der gleichen Erbitterung schlugen »die Rüedegeres helde« zurück, Rächer gegen Rächer.
Im Hof, inmitten der letzten Getreuen, standen Etzel und Kriemhild und horchten auf die Schreie im Saal. Plötzlich wurde es still.
»So lange wert' diu stille, daz Etzeln verdrôz.« Auch Kriemhild erschrak, sie hatte denselben Gedanken wie der König: Rüdiger verhandelt mit den Feinden. Es konnte nicht anders sein. Ihre Phantasie und ihre Worte begannen davonzugaloppieren, sie sah das Händereichen, sie sah den Jubel der Nibelungen, sie sah Volker aus dem verrauchten Portal heraustreten –

In diesem Augenblick trat Volker tatsächlich aus dem Saal. Er konnte noch ihre Worte hören und schrie hinunter, ihr Held sei tot, und als sie es nicht glaubte, schleppte er den Toten heraus und zeigte ihn ihr.
Da, so sagt der Nibelungendichter, brüllte Etzel vor Schmerz auf wie »die stimme eines lewen«.

*

Dem Schrei des Königs folgte ein indianisches Wutgeheul der Hunnen, das durch die weite Burg hallte.
Für Dietrich, der sich mit seinen Mannen in das Ritterhaus zurückgezogen hatte, um in klinisch reiner Neutralität die Entwicklung abzuwarten, hörte es sich an, als sei Etzel selbst tot. Er schickte einen besonnenen Mann los, um sich zu erkundigen. Als sich die schlimmste Befürchtung nicht bestätigte, fiel ihm zwar der Stein vom Herzen, aber nur um wie ein Zentner im Magen zu landen. Er wollte Rüdigers Tod nicht wahrhaben und sandte einen zweiten Boten aus, den zuverlässigsten, den er hatte, seinen Waffenmeister Hildebrand.
Der Alte gedachte so, wie er stand, ohne Rüstung, ohne Waffen, loszuziehen, ahnungslos über die Frontlage. Mit Mühe bewegte man den Starrkopf, Schwert und Schild zu nehmen. Ja, die Meldungen klangen den anderen so bedrohlich, daß sie beschlossen, Hildebrand nicht allein gehen zu lassen. Der Alte fand, das kompliziere die Sache, und das Waffengerassel mache einen schlechten Eindruck; doch da Dietrich gedankenverloren in der Fensternische saß und schwieg, fügte er sich und zog, die Gepanzerten hinter sich, über den Hof zur Treppe.
Im Schweigemarsch gingen sie an den Hunnen vorüber;

keinen Blick für Kriemhild, kein Wort für Etzel, die lautlos und regungslos, als könnte die Vision sich sonst auflösen, dem Geisterzug mit seinem Odin an der Spitze nachstarrten.

Schon von der Tür aus sah Hildebrand das Bild der Verwüstung und den toten Rüdiger, es bedurfte keiner Frage mehr. Es blieb nur noch übrig, um die Herausgabe des Leichnams zu bitten.

Gunther war einverstanden. Und weil er die gleichen Gefühle für den Toten hatte und wünschte, daß alle es wüßten, setzte er zu einer kleinen Rede an, nicht wie es Gernot früher getan hätte, sondern wirklich nur zu ein paar Abschiedsworten. Vielleicht drückte er sich ungeschickt aus, und es wirkte wie ein Hinhalten, jedenfalls riß einem der Berner, Hildebrands Neffen Wolfhart, der Geduldsfaden; Volker beantwortete es mit derselben vorlauten Geste, und binnen kurzem zog sich bereits wieder ein Sturm zusammen.

Der Nibelungendichter hat in Wolfhart, dem blutjungen Ritter aus dem Gefolge Dietrichs, einen zweiten »Giselher« geschaffen; bewußt. Wolfhart hat einen anderen Charakter, er ist jähzornig; aber er zeigt die gleichen seelischen Züge. Auf jeder Seite, wo immer Recht oder Unrecht auch sein mögen, steht nun ein Giselher. Wie im Leben: auf allen Seiten die Mütter, auf allen Seiten die Jugend, auf allen Seiten ein Langemarck.

Während Gunther redete und Hildebrand ebenso vernünftig antwortete, flogen zwischen Wolfhart und Volker die Worte hin und her. »Hol ihn dir« und »Ich werde dir deine Fiedel mal neu stimmen«, lauter Pennäler-Unsinn, der vor allem den Jungen ganz um den Verstand brachte. Er wollte sich auf den Spielmann stürzen, Hildebrand sprang dazwischen. Volker lachte, Wolfhart riß sich vor Scham und Wut los, der Alte hinter ihm her; ach, leider ging die Jagd nicht in Richtung Treppe, sondern mitten hinein in die Nibelungen, die zuerst unschlüssig zurückwichen – noch einen Schritt zurück und noch einen – und dann zuschlugen. Auch Gunther und Giselher waren im Nu in den Kampf verwickelt, alle – und diese »alle« waren nicht mehr viel.

Wieder macht sich der Nibelungendichter daran, das Gemetzel zu schildern, aber er hat allmählich die Spannkraft verloren; die Gefühle sind erschöpft, die Worte haben sich langsam abgenutzt. Es geht dem Ende zu. Seine Gedanken eilen schon voraus, er hat selbst den Wunsch, Schluß zu machen. Nur an Wolfhart und Giselher entzündet sich sein Herz noch einmal.

Der erste, der fiel, war ein junger Neffe Dietrichs, Herzog Siegstab von Bern. Volker erschlug ihn. Dann hatte auch der Spielmann zum letzten Mal gelacht. Es erwischte ihn endlich durch Hildebrand selbst. Es ging Schlag auf Schlag, der Saal wurde (über Kniehöhe) übersichtlich, man konnte nur nicht mehr gut treten.

Es standen noch ein paar der »Großen«. Dankwart verteidigte sich hoffnungslos in der einen Ecke, Gunther hielt sich in der anderen. Hagen senste die letzten aus Hildebrands Gefolge um, und über das Geröll und den Schutt der verkohlten Balken und über die Gefallenen hinweg jagten sich nun Giselher und Wolfhart. Beide hatten Todesfurcht und Angst überwunden, beide hatten die unsichtbaren Fahnen entrollt und ein Jauchzen auf den Lippen, Gloria, Viktoria, in der Heimat, in der Heimat, da gibt's ein Wiedersehn; so rannten sie gegenseitig in die Schwerter.

Als Hildebrand Wolfhart fallen sah, kam ihm überhaupt erst zum Bewußtsein, daß der Saal verödet war – zwei standen noch aufrecht, die letzten Nibelungen: Gunther und Hagen.
Ihn packte das Grauen. Er stieg über die Toten zu Wolfhart hinüber, der noch lebte und als braver Sohn alle herzlich grüßen ließ; der Alte bückte sich, um ihn sich über die Schulter zu werfen, doch die Last war zu schwer. Sein Glück – er richtete sich auf, und Hagen stand vor ihm.
Der letzte Gang, dachte er. Aber der Tronjer war am Ende seiner Kraft. Die Schläge kamen schwerer, müder. Hildebrand schöpfte neue Hoffnung, er rückte der Tür näher. Plötzlich durchfuhr ihn ein stechender Schmerz – getroffen, verwundet, fliehen, das einzige, was er noch denken konnte. Er warf den Schild nach hinten, machte einen Riesensatz, erreichte den Ausgang und fiel, mehr als er ging, die Treppe hinunter in die Freiheit.
Dort rappelte er sich auf und stürmte, eine Blutspur hinter sich herziehend, zum Ritterhaus.

*

Der große Dietrich von Bern saß immer noch am Fenster und sann, als Hildebrand hereinstolperte. Geistig weit weg, nahm er die Erscheinung des Alten nur approximativ wahr, bemerkte zwar von ungefähr dessen Ramponiertheit, vermutete jedoch, man habe ihn hinausgeworfen, weil er unhöflich war. »Vil rehte ist iu geschehen« (Ganz recht ist Euch geschehen), läßt der Nibelungendichter ihn sagen, und gibt dem Berner damit eine Atti-

tüde der Dekadenz, des Snobismus. Man merkt deutlich, daß Dietrich für ihn keine Figur aus Fleisch und Blut ist, sondern nur ein Mittel für den jeweiligen Zweck.
Im Augenblick bezweckt er, uns eine Szene von Schiller'scher »tragischer Ironie« hinzulegen. Da steht der verwundete Hildebrand, letzter Überlebender, knapp dem Tode entronnen, und sein Herr spricht von »Händeln« und »Unhöflichkeit« und setzt der Ahnungslosigkeit die Krone auf, indem er es in schöner Selbstsicherheit eine gute Lehre nennt.
Eine ganze Weile läßt der Dichter die beiden sich mißverstehen und die Aufklärung verzögern. Hildebrand, bei allem Respekt vor seinem Exilkönig, versucht sich zu rechtfertigen, aber Dietrich fährt ihn an – nein, falsch, er fährt ihn nicht an, das wäre zu farbig – er sagt ins Leere: »Ir soldet vliezen daz leben« (»Eigentlich sollte ich Euch für den Ungehorsam mit dem Tode bestrafen«). Der Alte entgegnet bitter, er habe nichts getan, als um die Herausgabe des toten Rüdigers gebeten.
Endlich ein Wort, das trifft. Dietrichs Bewußtsein hakt ein: Rüdiger tot, also ist es wahr?
Er steht auf, gemessen und königlich. (Gleich muß dramaturgisch der Blitz der Erkenntnis niedergehen!) Er blickt durch den Alten hindurch, ohne ihn recht wahrzunehmen, und befiehlt alle Mann klar zum Gefecht.
Es entsteht eine Pause! Jetzt erst begreift Hildebrand, daß sein Herr noch in den Wolken schwebt, aus denen er ihn nun stürzen sehen wird. Ihn schwindelt: »Wer soll mit Euch gehen?« fragt er. »Ich bin alters eine, die andern, die sint tôt!«
Diese Axt hätte manchen gefällt. Sogar Dietrich wankte ein wenig. Er rief klagend die Mächte des Schicksals an,

und es dauerte einige Zeit, ehe er den Verlust überwunden hatte. Dann ging er, sagt der Dichter, sich sein Streitgewand selbst zu suchen.

*

Standen Etzel und Kriemhild noch im Hof? Starrten sie immer noch zur Ruine hinauf wie zu einem Adlernest und verfolgten die Bewegungen der beiden letzten Überlebenden im Horst, in dem die Berge von Toten, die Ritter, die Freunde und ihr Kind lagen?
Wie düster die Luft; wie schwer das Atmen. War auch heute die Sonne gekommen wie alle Tage? Blühten die Linden, und stiegen die Lerchen in den Himmel? Weinte nicht alles in der Welt und wünschte zu schlafen, zu vergessen, zu sterben?
Ein totes Königreich in der Dämmerung. Und morgen würde hier das tiefe Schweigen einziehen.
Oder merkte Kriemhild das alles nicht mehr? War sie schon weit weg und trat, den Schwur erfüllt und die verkrampften Lippen endlich gelöst, mit dem Lächeln des puren Goldes vor ihren ewigen Geliebten? Die einzig Glückliche.
Standen sie noch im Hof? Daß der Saal von den letzten hunnischen Rittern (Reserveoffizieren der Schreibstuben, Wachttürme und Magazine) weiter umschlossen wurde, ist gewiß. Schritten Dietrich und Hildebrand wirklich wieder wortlos an dem König vorbei auf die Ruine zu? Es scheint so. Es war des Berners eigener Waffengang, vielleicht wollte er sich die volle Handlungsfreiheit bewahren.
Als er die Treppe hinaufstieg, hörte er gerade noch Ha-

gen zu Gunther sagen, er sei Mannes genug, mit Dietrich allein fertig zu werden. Stolze Reden, dachte er und beschloß, sie nicht zu vergessen.
Er trat in den Saal und hatte das Gefühl, in die Hölle zu blicken. In der Ecke hockten zwei Kerfen, die nun herankamen – Gunther, einst König, und Hagen. Er erkannte sie kaum.
»Der Menschheit ganzer Jammer« kam ihn an; er wandte sich zu Gunther und sprach milde wie ein UNO-Schlichter von dem Leid, das sie heraufbeschworen, und der Schuld, die sie auf sich geladen hätten.
Gunther hörte schweigend zu, gleichgültig wehrte der Tronjer ab. Aber als Dietrich das Angebot machte, sich bei Etzel für ihr Leben zu verwenden, wenn sie sich ergäben, fuhr Hagen wie eine Echse hoch. Er, nicht Gunther, traf die Entscheidung, und sie lautete: Niemals!
Dietrich machte einen letzten Versuch, er schritt zum Äußersten, ja, eigentlich schon zum Unrecht: Er versprach ihnen das Leben, beiden; und er schwor, sie selbst nach Worms zu bringen.
Wieder antwortete Hagen. Zum zweiten Mal: Nein.
Der Berner war am Ende seiner Weisheit, nun verstand er nichts mehr: Hagen schlug das aus, worum er kämpfte. Unbegreiflich.
Ist es das? Es wär's, wenn es ihm wirklich um das Überleben ginge, aber eben das ist falsch. Überleben wollte Gunther, Hagen wollte leben. Die Silbe »über« war zu viel für ihn. Er wollte in seiner Idee *leben*, nicht, sie überleben. Er wollte etwas, was Dietrich ihm nicht geben konnte: daß seine Taten, die aus der Idee geboren waren und nur ihr dienten, niemals zur Rechenschaft gezogen werden durften. Sie *waren* es aber, und das ließ sich

nicht mehr ungeschehen machen. Wie sollte der Rest des Lebens aussehen? Geschenkt, Herr Dietrich, geschenkt!
Gunther dagegen hätte sicherlich zu sagen gewußt, wie solch ein Rest des Lebens, wenn nicht in Worms, dann in Doorn, aussehen konnte; jedoch er schwieg vor seinem General.
Es war also nichts mehr zu machen. Dietrich fragte den Tronjer, ob er sich der Worte erinnere, die er zu Gunther gesagt habe?
Jawohl, er erinnere sich.
Ob er bereit sei zum Zweikampf?
Er sei bereit.
Der Berner wußte, es würde nicht leicht werden; dem Tronjer wuchsen die Kräfte nach wie den Echsen die Schwänze. Er schob Hildebrand zur Seite und zog das Schwert.
Hagen fiel ihn sofort wie ein Tollwütiger an. Minutenlang konnte Dietrich an nichts denken, als sich zu decken. Das Gefährliche war die Härte des Balmung, dem kein Eisen zu schaden schien.
Hagen schlug, Dietrich deckte ab. Hagen wurde immer sicherer, aber er wurde auch immer offener. Der Berner sah es. Als er plötzlich aus der Deckung vorstieß, drang dem Tronjer das Schwert tief in den Panzer. Er verlor die Waffen und wankte.
Jetzt der Fangstoß –
Aber Dietrich brachte es nicht über sich; er rammte das Schwert in den Boden, um die Hände frei zu haben, packte Hagen, warf ihn auf die Knie und fesselte ihn.
Und so, an der Leine, führte er den Torkelnden auf die Treppe. Beim Anblick des Gefürchteten entrang sich der wartenden Menge ein Stöhnen der Erlösung.

Dietrich brachte den Gefangenen vor die Königin. Kriemhild, mit einem Antlitz, von dem die Jahre abgefallen schienen, verneigte sich tief und ehrfürchtig vor dem Sieger. Dietrich bat, sie möge ihm dadurch danken, daß sie dem Wehrlosen das Leben schenkte.
Sie lächelte. Was wußte dieser Mann von ihr! Sah er nicht, daß Siegfried neben ihr stand? *Ihm* gehörte Hagen. Sie ließ ihn abführen.
Einer Antwort wurde sie enthoben, denn in diesem Augenblick dröhnte eine Stimme über den Hof wie das Brüllen eines verirrten Tieres. Auf der Treppe stand Gunther und schrie nach Dietrich.
Kein Priamos, kein Lear, kein Don Quixote. Ein Gunther. Er schrie nach Dietrich, der ihm Hagen genommen hatte...
Hildebrand reichte seinem Herrn wortlos die Waffen, und der Berner machte sich noch einmal auf, um den letzten zu holen, den einstigen König der Burgunder.
Gunthers Kraft war erschöpft. Er kämpfte nur noch, um kämpfend zu fallen, wie andere beten, um betend zu sterben.
Dietrich hatte keine große Mühe, ihm das gleiche Schicksal zu bereiten wie Hagen. Er verwundete ihn, schlug ihm das Schwert weg, rang ihn zu Boden und band ihn. Dann half er ihm auf und nahm die gefesselten Hände in seine. So kamen sie, Hand in Hand, die Treppe herab.
Während Kriemhild mit Hagen keine Silbe gewechselt hatte, sprach sie ihren Bruder an; jedoch wie einen Fremden. »Willkommen«, sagte sie ausdruckslos, fügte ordentlich seinen Namen hinzu und hängte die Worte »aus Burgund« daran: Es klang, als sei er ein fahrender Ritter. Gunther antwortete mit »vil liebiu swester mîn«.

Es war kein Versuch, etwas zu retten, es war Galgenironie. Er machte sich keine Illusionen.
Noch einmal bat Dietrich für die Besiegten um Gnade. Kriemhild sagte sie ihm zu, merkwürdig schnell und geistesabwesend. Sie wünschte, er möge jetzt gehen.
Er ging; schweren Herzens und in Ungewißheit.

*

Man hatte die Gefangenen getrennt, keiner wußte vom anderen. Sie lagen gefesselt in Verliesen und waren ganz in die Macht Kriemhilds gegeben.
Sie ließ sich zu Hagen führen.
Sie sprach nicht gern mit ihm, aber es war noch etwas in Ordnung zu bringen, bevor er sein Schicksal erlitt: Sie hatte den Nibelungenhort verloren, sie hatte sich das Erbe Siegfrieds nehmen lassen; sie mußte es ihm wiederbringen.
Hagen lag in einer Ecke der Zelle wie zusammengekehrte graue Asche, unter der es noch glimmte und schwelte. Als Kriemhild ihn anredete und von ihm den Hort verlangte, fuhr ihr sofort wieder eine Stichflamme ins Gesicht. Er habe geschworen, das Versteck nicht preiszugeben, solange einer seiner Herren noch am Leben sei.
Was hatte er gesagt? Sie war nicht mehr fähig zu denken, sie hatte das Gefühl, ganz nahe vor dem Ziel zu stehen, greifbar nahe. *Was* war es, was Hagen hören wollte? Was war nötig? Sie versuchte, ihre Gedankendrähte zu entwirren — da geschah der Kurzschluß: Sie lief hinaus und gab Befehl, Gunther zu enthaupten.
Irgend jemand tat es. Niemand außer diesem Niemand

war in der letzten Minute des Königs dabei: Er sah den Mann mit der blanken Waffe auf sich zukommen und starb ohne ein Wort und ohne Zeugen; auch der Dichter wollte den Kerker nicht betreten, ließ Gunther allein und wartete mit Kriemhild, draußen.
Die Königin war voller Ungeduld, als entginge ihr der Tausch ihres Lebens. Als man endlich den Kopf brachte, nahm sie die tropfende Trophäe, ohne einen Blick darauf zu werfen, und hielt sie Hagen hin.
Der Tronjer betrachtete das Haupt eine Weile mit zusammengepreßten Lippen. Dann sah er Kriemhild an und sagte: »Du hast dînen willen. Den Schatz, den weiz nu niemen, er soll dich immer verholn sîn (verborgen bleiben)« – er hatte sie mit *Du* angesprochen und schloß: »Du vâlandinne! (Du lebendiger Satan)«.
Kriemhild horchte... sie hörte deutlich, ganz deutlich, was Siegfried sprach... ja, sie verstand...
...mit einem Sprung war sie bei Hagen, riß ihm das Schwert heraus – einen Moment lang erstarrte sie bei dem Anblick; sie schien meilentief in die Erinnerung hinabzufallen und flüsterte »das trug mein holder Liebster, als ich zuletzt ihn sah« – dann holte sie aus und schlug dem Tronjer den Kopf ab.
Etzel sah es noch, ohne es verhindern zu können. Er, hinter ihm Hildebrand und Dietrich, drängten in die Zelle, alarmiert vom Tode Gunthers und in der Hoffnung, das Strafgericht noch aufschieben zu können – zu spät.
Das Bild des schwertschwingenden Weibes, von dessen Hand ein Hagen von Tronje sterben mußte, schmerzte Etzel und entsetzte Dietrich. Für den alten Hildebrand aber bedeutete es den Einsturz seiner Welt, die Götter-

dämmerung, die es nicht geben durfte. Außer sich vor Zorn und einem höheren Befehl als dem seines Herrn gehorchend – der Idee, genau wie Hagen es getan hätte – ging er hin und tötete die Königin.

*

Zum letzten Mal rauschte der Todesengel durch den Raum, der gute Freund Kriemhilds, ihr alter, vertrauter Bekannter, dann schwang er sich in die Lüfte, um die unschuldige Schuldbeladene dem unsterblichen Geliebten zuzuführen.
An dem Zipfel seines Mantels aber hielt sich »die Idee« fest und flog mit in die Unsterblichkeit.
»Hie hat daz maere ein ende: daz ist der Nibelunge nôt.«
Und wenn sie nicht gestorben sind, dann leben sie heute noch.

RONDO

Nun, meine Damen und Herren?
Herr Gemahl schon die Flugkarte besorgt? Koffer gepackt?
Sie fürchten, daß »daz maere« noch nicht zu Ende ist? Ich fürchte es auch, meine Freunde. Aber packen Sie ruhig wieder aus, Sie werden dem Schicksal nicht entgehen. In Ihrer Brust tragen Sie es mit fort. Auch wenn Sie die Finger heben und abschwören: Menschen wie wir *machen* nicht Geschichte, sie *sind* Geschichte.

Sie glauben nein? Sie meinen, Sie haben das, was not tut: die Seele aus dem Supermarkt? Nichts von Siegfried, nichts von Kriemhild, nichts von Gunther, nichts von Hagen? Die Seele ohne Preislage?

Wenn es so wäre, wenn es Ihnen gelänge, hier oder in der Fremde den Psalter, den zu schlagen uns bestimmt ist, wegzuwerfen, zu zertrampeln oder umzustimmen auf einen Kammerton, den Ihnen der Wind frisch zuträgt, dann werden Sie das Gespött der Welt sein, nicht Fisch, nicht Fleisch, nicht Franzose, nicht Italiener, nicht Grieche, nicht Spanier, nicht Russe.

Fürchten Sie sich denn vor dem Fazit der Bestandsaufnahme? Schreckliche Zutaten, sagen Sie? Ja, das ist wahr. Aber seien Sie ohne Sorge; wenn Sie wüßten, womit die Kuchen anderer Völker gebacken sind!

Schreckliche Zutaten, es ist wahr. Und unbeschreiblich schöne. Mit einem Bein in der Hölle, mit dem anderen auf der vorletzten Stufe zum Himmel; zur Himmelstür, hinter der wir schon Gott sprechen hören können.

*

»Am deutschen Wesen wird die Welt genesen« – nein, ganz sicher nicht.

Aber wir, wir könnten daran genesen.

Wenn wir begreifen, was wir da huckepack tragen. Wenn wir aufhören mit dem Fratzenschneiden und sind, die wir sind. Der Herr der Welt will uns wiedererkennen, wie er uns gemeint hat.

JOACHIM FERNAU

Cäsar läßt grüßen
384 S., Leinen

»Deutschland, Deutschland über alles ...«
255 S. mit 24 Zeichn., Leinen

Disteln für Hagen
224 S., Leinen

Ein Frühling in Florenz
312 S., Leinen

Die Genies der Deutschen
352 S., Leinen

Der Gottesbeweis
80 S., Efalin

Die Gretchenfrage
Variationen über ein Thema von Goethe
176 S., Leinen

»Guten Abend, Herr Fernau«
240 S., Efalin

Halleluja
320 S., Leinen

Die jungen Männer
336 S., Leinen

Rosen für Apoll
352 S., Leinen

Sappho
169 S., Efalin

Und sie schämeten sich nicht
232 S., Leinen

War es schön in Marienbad
Goethes letzte Liebe
280 S., Leinen

Ein wunderbares Leben
352 S., Leinen

HERBIG

Joachim Fernau
Geschichte, mit Temperament und Witz geschrieben

Ernst & Schabernack
Besinnliches und Agressives. (6722)

War es schön in Marienbad
Goethes letzte Liebe. (6703)

Wie es euch gefällt
Eine lächelnde Stilkunde. (6640)

Sprechen wir über Preußen
Die Geschichte der armen Leute. (6498)

Mein dummes Herz
Lyrik. (6480)

Komm nach Wien, ich zeig' dir was
2000 Jahre Wiener Mädl. (6383)

Die Gretchenfrage
Variationen über ein Thema von Goethe. (6306)

Und sie schämeten sich nicht
Ein Zweitausendjahr-Bericht. (3867)

Halleluja
Die Geschichte der USA. (3849)

Caesar läßt grüßen
Die Geschichte der Römer. (3831)

Die Genies der Deutschen
(3828)

Deutschland, Deutschland über alles...
Von Anfang bis Ende. (3681)

Disteln für Hagen
Eine Bestandsaufnahme der deutschen Seele. (3680)

Rosen für Apoll
Die Geschichte der Griechen. (3679)

GOLDMANN VERLAG

6x LITERARISCHES LESEVERGNÜGEN

(6849)

(6861)

(6731)

(6771)

(6556)

(6652)

Goldmann Taschenbücher
Informativ · Aktuell
Vielseitig · Unterhaltend

Allgemeine Reihe · Cartoon
Werkausgaben · Großschriftreihe
Reisebegleiter
Klassiker mit Erläuterungen
Ratgeber
Sachbuch · Stern-Bücher
Indianische Astrologie
Grenzwissenschaften/Esoterik · New Age
Computer compact
Science Fiction · Fantasy
Farbige Ratgeber
Rote Krimi
Meisterwerke der Kriminalliteratur
Regionalia · Goldmann Schott
Goldmann Magnum
Goldmann Original

Goldmann Verlag · Neumarkter Str. 18 · 8000 München 80

Bitte
senden Sie
mir das neue
Gesamtverzeichnis

Name _____

Straße _____

PLZ/Ort _____